KB267227

# 산속의 가을 저녁 山居秋暝

빈 산, 새로 내린 비 막 갠 뒤
날 저물자 가을이 깊어졌다
밝은 달 소나무 사이로 비치고
맑은 샘물은 돌 위로 흐른다
대나무숲 시끄럽게 빨래하는 아낙네들 돌아가고
연꽃 요동치게 고깃배가 내려가네
봄날의 향기로운 꽃 없어진들 어떠리
은자만 절로 머물만 한 것을

空山新雨後 天氣晚來秋
明月松間照 清泉石上流
竹喧歸浣女 蓮動下漁丹
隨意春芳歇 王孫自可留

太極劍刀解用

태극검해(太極劍解) 3

한성수 新무협 판타지 소설

초판 1쇄 찍은 날 § 2005년 6월 3일
초판 1쇄 펴낸 날 § 2005년 6월 13일

지은이 § 한성수
펴낸이 § 서경석

편집장 § 문혜영
편집책임 § 장상수
편집 § 서지현 · 최하나

펴낸곳 § 도서출판 청어람
등록번호 § 제1081-1-89호
등록일자 § 1999. 5. 31
어람번호 § 제2-0611호

주소 § 경기도 부천시 원미구 심곡1동 350-1 남성B/D 3F (우) 420-011
전화 § 032-656-4452  팩스 § 032-656-4453
http://www.chungeoram.com
E-mail § eoram99@chollian.net

ⓒ 한성수, 2005

ISBN 89-5831-527-X 04810
ISBN 89-5831-524-5 (세트)

# 太極劍解

한성수 新무협 판타지 소설

Fantastic Oriental Heroes

## 3

성녀(聖女)를 찾아서

# 태극검해

도서출판
청어람

# 【目次】

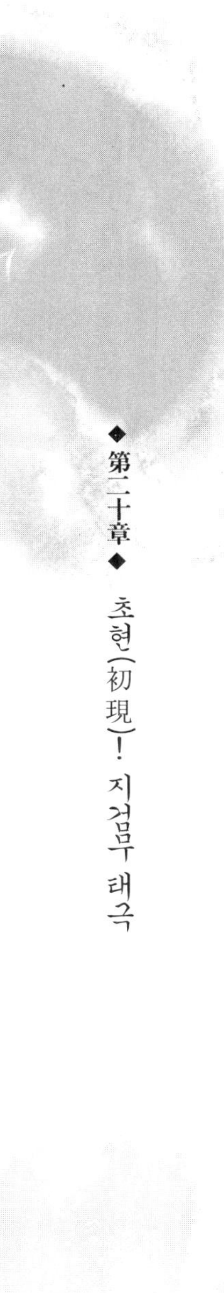

◆ 第二十章 ◆

초현(初現)! 지검무 태극

지검무(指劍舞) 태극(太極)!

반보무적 십팔식 중 진자운이 완성하지 못한 마지막 삼 초 전 육식의 검식이다.

검학의 대종인 무형검을 염두에 둔 이 비기는 단천뢰심강과 태극혜검의 검리(劍理)를 혼합해 진자운이 독창해 냈다. 언제나 남과는 다른 길을 추구해야 직성이 풀리는 진자운의 괴벽의 부산물이었다.

그러나 진자운이 실전에서 지검무 태극을 사용하는 건 오늘이 처음이었다. 무형검을 기본으로 하는 만큼 내력의 소모가 극심한 검식이었기 때문이다.

'지금의 내 내공 화후론 딱 삼식까지밖엔 펼칠 수 없으니 그전에 끝내야 한다!'

진자운은 눈빛을 차갑게 가라앉히곤 검기가 담긴 소지를 앞으로 뻗었다. 그러자 막 청류독장을 뿜어내며 진자운에게 달려들려던 독인의 신형이 휘청거렸다. 마치 보이지 않는 어떤 기운에 꿰뚫린 것 같다.

그때 다시 진자운의 중지가 이미 근처까지 치달은 다른 독인을 쓸어 갔다. 처음은 칠현금의 현을 퉁기듯 부드럽게, 다음은 거문고 속주를 하듯 맹렬한 기세를 품고서.

파파파파파!

검지가 튕겨지고 중지가 춤을 추고 다시 약지와 소지, 엄지가 커다 란 원을 그렸다.

거의 일 수유도 안 되는 순간 펼쳐진 숨 막힐 듯한 움직임. 그렇게 달려들던 독인들 모두의 신형이 크게 흐트러졌을 때다.

스윽!

진자운은 연신 신형을 휘청이는 독인들 틈으로 파고들었다. 마치 무 대에 올라 첫 걸음을 떼어놓는 무희와 같이.

"커컥!"

"컥!"

보보를 밟으며 전진하는 진자운의 춤사위에 휘어감긴 독인들의 입 에서 숨이 끊기는 듯한 단절음이 터져 나왔다. 순간적으로 진자운의 손끝을 떠난 검기가 그들의 온몸을 난도질했다. 아름다움만큼의 잔혹 함을 담아서.

그런데 막 끝마무리 동작으로 하늘을 향했던 양손을 멋지게 내리던 진자운이 신형을 가볍게 휘청거렸다.

'씨발, 역시 진기가… 모자란다!'

만약 지켜본 여인이 있다면 환상마저 품게 만들 뻔했던 삼식의 변화 였다. 초현(初現)한 지검무 태극은 충분히 진자운의 기대를 충족시켜

줄 만한- 위력을 발휘했다. 아직 완성되지 않았다는 점만을 제외하곤.

진자운은 얼른 후들거리는 다리에 힘을 줬다. 그는 고개를 돌렸다. 일반적인 강기에 버금가는 무형검에 휩쓸린 독인들의 최후를 확인하기 위함이었다.

"역시……."

진자운의 눈살이 절로 찌푸려졌다. 소지에 검기를 끌어올리며 어느 정도 각오는 했으나 피바다 속에 누운 다섯 독인의 모습은 결코 볼 만한 광경이 아니었다.

사실 진자운은 일시지간 텅 비어버린 단전의 느낌보다 더 기분 나쁘고 화가 났다. 본의 아니게 강호에 나온 후 첫 살인을 하게 됐기 때문이다.

그때 서자호루 쪽에 검은색 그림자가 모습을 드러냈다. 진자운이 독인들과 맞붙은 잠깐의 틈을 타 담화연을 피신시키고 온 서이환이었다.

"대단하군. 만독문의 독인을 한꺼번에 다섯이나 제압할 수 있다니!"

"제압?"

진자운이 반문했을 때다. 서이환이 귀신같은 속도로 발검을 함과 동시에 거의 무방비 상태로 서 있는 진자운 쪽으로 파고들었다.

파팟!

평소와 달리 처음부터 빼 든 두 번째 검인 청강검이 일으킨 반월의 검기가 호선을 그렸다. 목표는 놀랍게도 피바다 속에서 신형을 일으킨 독인의 인후였다.

"컥!"

다시 한 번 독인의 입에서 신음이 터져 나왔다. 그 순간, 서이환이 진자운을 안고 급격히 옆으로 물러섰다. 다시 일어선 다른 독인들이 뿜어낸 청류독장을 피하기 위함이었다.

"어째서 아직 살아 있는 거야?"

진자운의 짜증 섞인 외침에는 다소의 안도감도 섞여 있었다. 일단 그는 사람을 죽이지 않은 것이다. 그때 서이환이 연신 반월 검기를 쏟아내며 짧게 대답했다.

"인간들이 아니니까."

"그럼 죽일 수 없다는 거요?"

"그렇진 않다."

순간 서이환의 손이 마지막 세 번째 검을 빼 날렸다. 진육담과 소설향의 싸움을 말렸던 때 사용한 바 있는 비검을 펼친 것이다.

쇄액!

비검은 서자호루를 에워싼 노송 중 하나를 노리고 날아갔다. 거의 눈에 보이지도 않을 정도의 빠르기.

그러나 막 목표로 했던 노송을 꿰뚫으려던 비검이 갑자기 힘을 잃었다. 점차 속도가 떨어지더니, 어느 순간 공중에 그대로 멈춰 버렸다. 마치 힘이 다한 것처럼.

"으음."

한 가닥 진기를 비검에 실어 조종하던 서이환의 입에서 가벼운 신음이 흘러나왔다. 비검이 멈추자 조종자였던 그 역시 가벼운 내상을 입고 말았다. 비검을 공중에 멈추게 한 자의 무공은 그만큼 강했던 것이다.

'서이환조차 능가하는 고수?'

진자운은 힐끔 서이환의 가볍게 굳은 안색을 살피고는 민활한 동작으로 그의 품에서 빠져나왔다. 이미 지검무 태극을 펼치느라 잠시 내력이 고갈됐던 문제는 해결된 상황.

천하 내가기공의 으뜸인 무당파의 태극심공과 귀원일여의 연기법을 수련한 그의 내공은 정순함과 순수함에 있어 타의 추종을 불허했다. 내공을 좀 심하게 끌어다 썼다 해서 주화입마하거나 내상을 입을 염려 는 전혀 없었다.

"흠."

진자운은 어느새 동작을 멈춰 버린 독인들을 살피고 공중에 멈춰 있 는 비검에 신경을 집중했다.

그러자 비검이 그냥 공중에 멈춰 있는 게 아니라 미세하지만 가늘게 몸체를 떨고 있음을 알 수 있었다. 지금 서이환과 노송에 숨은 고수는 비검을 매개로 하여 내공 대결을 벌이고 있는 것이다.

'어리석군! 검의 고수가 내공 대결 따윌 펼치다니……'

진자운은 다시 서이환을 바라보곤 가볍게 혀를 찼다. 방금 전 자신 의 생명을 구해준 은혜 따윈 이미 까맣게 잊어버린 표정이다.

그러던 그가 갑자기 서이환의 협봉검을 빼앗았다.

"잠시만 빌립시다!"

"……."

내동 대결로 인해 서이환은 입술도 달싹일 수 없었다. 물론 진자운 에겐 애초에 대답을 기다릴 생각이 없었다. 그는 어느새 신형을 날리 고 있었다. 목표는 서이환의 비검을 멈추게 한 노송의 고수였다.

스파앗!

달리는 기세와 함께 검신합일(劍身合一)한 진자운이 그대로 노송을 갈랐다. 부족한 내력을 협봉검으로 대신했으나 위력은 절대적!

콰득!

협봉검을 타고 쏟아진 단천뢰심강이 노송을 두 쪽 낸 순간, 공중에 멈춰 있던 비검이 힘을 잃고 바닥에 떨어졌다. 내력 대결이 무승부로 끝난 것이다.

그와 함께 노송 속에서 녹포를 걸친 중년인이 튀어나왔다. 진자운을 공격한 독인들과 대동소이한 옷차림과 얼굴이나 눈빛이 달랐다.

마치 유리알 같은 눈빛.

진자운은 기세를 몰아 녹포중년인에게 협봉검을 찔러가려다 갑자기 멈춰 섰다. 서이환이 다급한 목소리로 소리쳤기 때문이다.

"멈추게!"

'뭔가 있나?'

진자운이 얼른 뒤로 물러서자 녹포중년인의 유리알 같은 눈빛이 투명하게 변했다. 강호에 흔하게 떠도는 소문이나 이야기에 잘 등장하는 특별한 사공(邪功)이나 마공을 발휘하기 전의 모습이었다.

그러나 잠시 긴장했던 진자운은 가볍게 실소를 터뜨렸다. 갑자기 녹포중년인의 입에서 왈칵 녹혈(綠血)이 터져 나왔기 때문이다.

"크윽. 내 호체독강(護體毒罡)을 뚫다니, 너는 어떤 괴물인 거냐?"

"당신은 사람이로구만?"

녹포중년인을 바라보는 진자운의 입가에 히죽 웃음이 걸렸다. 잘 걸렸다는 얼굴이다.

"으음."

멀리서 서이환이 역시 피를 한 모금 토하곤 진자운과 녹포중년인을 놀란 표정으로 바라봤다.

그는 독인들의 움직임과 비검을 통한 내력 대결로 대충 녹포중년인의 정체를 짐작하고 있었다. 고수가 고수를 알아본다고, 녹포중년인과 그가 데리고 다니는 열 명의 독인에 관한 소문은 마교에도 익히 알려져 있었다.

그래서 다시 공격해 들어가려던 진자운을 말린 것인데, 돌아가는 상황이 전혀 예상 밖이었다. 진자운이 펼친 일검에 녹포중년인은 녹혈을 토하고 약세까지 보이고 있는 것이다.

슥.

재빨리 입가를 소매로 닦은 서이환이 진자운과 녹포중년인의 중간쯤으로 이동했다. 여차하면 진자운과 협공을 펼쳐서라도 내상을 입은 녹포중년인을 죽이고야 말겠다는 생각이었다.

힐끔.

서이환 쪽을 곁눈질한 녹포중년인이 입 안의 녹혈을 바닥에 뱉었다. 그러자 녹혈이 떨어진 바닥에서 치익 소리와 함께 한 가닥 녹연이 솟아올랐다.

'독연?'

진자운이 얼른 내공을 운기하며 뒤로 물러서자 서이환이 큰 목소리로 소리쳤다.

"만독문의 독중독인(毒中毒人) 갈정립이 어째서 항주까지 온 것이지?"

녹포중년인이 유리알 같은 시선을 서이환에게 던졌다.

"내 정체를 알면서도 감히 대항하려 하다니, 정말 어리석은 녀석들이구나! 죽음이 바로 코앞에 이르렀다는 걸 모르는 녀석들이야!"

"흥, 아무리 당신이 이미 절대독경에 들었다곤 하나 홀로 무림맹의 고수들 전부를 상대할 순 없을 터! 기껏해야 치고 빠지기 정도나 할 생각인 겁쟁이를 두려워할 것 같은가?"

"그런 게 아니라 내가 눈앞 애송이의 일검에 내상을 입은 것에 용기를 낸 것일 테지. 하지만 내게는 천하무적의 시종들이 있다. 설마 그걸 잊은 건 아닐 텐데?"

서이환이 수중의 청강검에 검기를 집중시키며 말했다.

"당신이 데리고 다니는 열 명의 독인들은 불사의 육체와 청류독장을 얻는 대신 신지를 잃었다고 들었다. 주인인 당신의 정신이 흐트러진다면 독을 잔뜩 머금은 허수아비에 다름없지 않겠는가!"

"그래, 확실히 그랬지."

천천히 고개를 끄덕여 보인 갈정립의 입가에 차가운 미소가 떠올랐다.

"하지만 너희 애송이들은 만독문의 제이고수인 나 갈정립을 너무 무시하는 게 아닐까?"

"그게 무슨……."

서이환은 의혹 섞인 말을 채 끝맺지 못했다. 갈정립이 뱉은 독혈의 위력을 보고 몇 걸음 뒤로 물러서 있던 진자운 때문이다. 그는 갑자기 협봉검으로 한차례 태극 문양을 그려 보이곤 갈정립에게 맹렬히 파고들었다.

"이 새끼, 나머지 다섯 놈들은 어디로 보낸 거야!"

'이런!'

서이환의 눈살이 찌푸려진 사이 갈정립이 언제 약세를 보였냐는 듯 쌍수 가득 녹색의 독강을 일으켰다. 득의만면한 웃음과 더불어.

"애송이가 건방지구나!"

일순 갈정립이 뻗어낸 녹색의 독강이 장심에 고리 모양으로 응축됐다. 독강에 더욱 강력한 파괴력을 담은 강환(罡環)이었다.

우웅!

대기를 울부짖게 하는 소음과 함께 갈정립의 쌍수를 떠난 강환이 검과 함께 파고드는 진자운에게 날아갔다. 아예 진자운 자체를 박살 내려는 기세를 품고서.

'큭!'

진자운은 태극혜검의 기세를 품은 협봉검의 검봉이 떨리는 순간 일이 잘못됐음을 직감했다. 강기를 능가하는 강환이었다. 검신합일을 이뤘다 해도 상대할 수 없는 게 당연했다.

파창!

두 번 생각할 것도 없이 수중의 협봉검을 놓아버린 진자운의 신형이 공중어서 몇 차례 회전을 일으켰다.

제운종이었다.

덕분에 그는 아슬아슬하게 지척까지 이른 강환의 직격을 피했다. 어린 시절을 막싸움으로 보낸 본능적인 위기 감각이 빛을 발하는 순간이었다.

물톤 극독이 함유된 강환이었다.

직격을 피했다 해서 타격이 없을 리 없다. 순간적으로 단천뢰심강을 끌어올린 진자운의 신형이 연신 뒤로 물러섰다. 이미 그가 입고 있던 장포는 너덜너덜하게 변해 있었다. 지독한 독기와 강환의 위력이 남긴 상처였다.

그러나 진자운의 눈은 이때 오히려 생생하게 살아나 있었다. 미친 듯 끓어오르고 있는 진기와 목구멍까지 치솟은 비릿한 피 내음이 그의 야성어 가까운 피를 뜨겁게 달궜다.

자신보다 강한 자를 만날 때 본능적으로 느끼게 되는 전의(戰意)!

오랜만에 느껴본 피 끓음에 히죽 웃어 보인 진자운이 합공에 나서려는 서이환에게 버럭 소리쳤다.

"이 녹혈 괴물은 내가 맡을 테니, 꼬맹이한테 가시오!"

"그를 자네 혼자 상대할 수는……."

"서이환, 당신은 자신의 임무에 충실하는 거요!"

"……."

서이환이 일시 대답하지 못하는 사이 진자운이 천천히 일권파의 자세를 취했다. 지검무 태극을 사용하고 싶었으나 기혈이 미친 듯 끓어오르고 있었다.

지익!

진자운이 반보 앞으로 이동했다. 일권파에 이어 파산경을 연달아 펼치기 위한 간격 조정이었다.

그러자 갈정립의 유리알 같은 눈에 처음으로 감정 비슷한 것이 떠올랐다.

자신의 절명강환(絕命罡環)에 스친 것만으로도 죽을 것 같은 얼굴을 한 진자운이었다. 사실 바로 절명하지 않은 것만 해도 뜻밖이었다. 그런데 압도적인 무력 앞에서도 전혀 물러서려 하지 않는다. 흥미가 동하지 않을 수 없었다.

'재밌는 애송이…….'

갈정립이 다시 쌍수에 절명강환을 일으키는 대신 붉은 기운을 형성시켰다. 그의 특기인 오행독장(五行毒掌) 중 하나인 화독신장(火毒神掌)이었다.

"내가 그저 조금 나이를 더 많이 먹었다는 것만으로 너 같은 애송이와 내력 대결에 들어간다면 욕을 먹겠지? 나는 네 녀석을 화독신장만으로 상대할 테니, 자신있으면 덤벼봐라!"

"그 말 후회할 거요!"

진자운은 갈정립에게 결코 봐주지 말란 입에 발린 소리를 하지 않았다. 오히려 그가 마음을 바꿀까 봐 먼저 공격에 들어갔다. 절명강환만큼이나 위협적으로 보이는 화독신장의 변화 속으로.

파파파!

일권과 전 육식이 순식간에 다섯 번이나 연환하자 갈정립의 화독신장 역시 변화를 보였다.

그는 활활 타오르는 듯한 쌍장을 한데 모으더니 바로 진자운의 상반신을 쓸어갔다. 독중독인답게 요혈을 노리기보다 몸 전체 중 어디든 때리기만 하면 된다는 공격이었다.

물론 진자운은 이미 그런 갈정립의 내심을 읽고 있었다. 일권파로 일으킨 격공권을 단숨에 쓸어버리고 파고드는 화독신장을 교묘한 보법으로 피한 진자운이 갑자기 신형을 바람같이 공중으로 띄웠다.

휘익.

진자운은 그냥 뛰어오르기만 한 것이 아니다. 그는 사람 높이 정도로 뛰어오른 것과 동시, 자오원앙각으로 갈정립의 팔목 관절을 가볍게 건들었다.

족히 천 근의 힘이 담긴 일각!

갈정립의 눈살이 가볍게 찌푸려지는 순간, 진자운이 신형을 공중에서 살짝 뒤틀며 태산압정의 식으로 장권을 내려쳤다. 목표는 갈정립의 인중이었다.

파곽!

갈정립은 쌍수를 교차해 진자운의 일장을 막아냈다. 순간 방금 전

일각을 당한 팔목이 시큰하고 저려왔다. 진자운의 외공은 장난이 아니었던 것이다.

'애송이가!'

갈정립의 쌍장이 기쾌하게 움직였다. 회심의 일장이 실패한 것과 동시, 무방비 상태가 된 진자운의 가슴 전체를 노린 일격이었다.

그러나 그것 역시 진자운의 계산에는 들어가 있었다. 앞으로 내밀어진 갈정립의 오른 어깨를 밟고 공중에서 신형을 비튼 진자운의 검지에서 흐릿한 검기가 솟구쳤다. 바로 갈정립이 일으킨 화독신장의 장심을 노리며.

파팟!

갈정립이 장심에서 극심한 통증을 느끼고 뒤로 한 걸음 물러섰을 때다. 천근추와 함께 바닥에 떨어져 내린 진자운이 강한 진각을 일으키며 신형을 번개같이 회전시켰다. 파산경을 펼친 것이다.

콰쾅!

그러나 진자운의 어깨에서 등으로 이어진 파산경 삼식과 오식의 연환은 갈정립의 팔뚝에 가로막혔다. 아니, 그는 그저 파산경을 막아낸 것뿐만이 아니라 되팅겨냈다. 진자운이 익히 알고 있는 파산경 일식과 대동소이한 방어였다.

'큭!'

진자운은 자칫 핏물을 토할 뻔했다. 마치 답례라도 해주려는 듯 갈정립의 철산고가 바로 파고들었기 때문이다.

진자운이 주춤거리며 뒤로 물러서자 갈정립 역시 더 이상 뒤쫓지 않았다. 방금 전 진자운의 검기에 상처를 입은 장심이 시큰거리고 있었다. 장심에 모아놓은 오행신독이 빠르게 역류하고 있었다.

‘대단한 놈! 고작해야 약관 정도밖엔 안 되어 보이는 나이에 감히 내게 연달아 상처를 입히다니!’

갈정립의 유리알 같은 눈에 다시 감정이 떠올랐다. 이번에는 진자운에 대한 살기였다. 너무 빼어난 진자운의 실력에 초절정고수인 그이나 위기감을 느꼈다.

해서 막 진자운에게 절명강환을 날리려던 갈정립의 어깨가 갑자기 움찔거렸다. 그와 심령이 이어져 있는 독인들로부터 안 좋은 소식이 전해졌다. 예상 밖의 상황을 만난 것이다. 그리고 바로 그때였다.

슈우— 펑!

서자호루의 삼층 난간에서 범상치 않은 폭죽이 치솟더니, 하늘에 현란한 불꽃을 수놓았다. 무림맹의 사단 중 하나인 청룡단의 단원이 위기 상황을 만났을 시 동료들을 불러 모으는 신호였다.

‘쯧!’

야천을 수놓는 불꽃을 보고 나직이 혀를 찬 갈정립이 눈앞의 진자운을 살기 어린 눈빛으로 바라봤다.

여전히 그를 지금 이 자리에서 처리하고 싶은 마음은 변함이 없었다. 다만, 오늘은 시기가 아니란 생각이 들었다.

서자호루에 네 명의 독인을 침투시킨 지가 오래인데, 목표로 했던 담화연을 사로잡지 못한 데다 곧 무림맹의 고수들이 몰려들 터였다. 이젠 둘러서야 할 때였다.

“애송아, 오늘의 빚은 나중에 반드시 갚으마!”

“……”

갈정립은 진자운의 대답을 기다리지 않고 바람같이 신형을 날렸다. 그가 휘파람을 불자 얼마 전부터 꼼짝달싹 않고 있던 다섯 독인들이 따라서 신형을 날렸고, 곧 서자호루에 침투했던 독인들 역시 그 뒤를 쫓았다. 모든 것이 서자호루 삼층에서 터진 한 방의 폭죽이 만든 결과물이었다.


“웩!”

갈정립과 아홉 독인이 모습을 감추고서야 진자운은 참고 있던 핏덩이를 바닥에 쏟았다.

시커멓게 죽은 피는 바닥에 떨어지자마자 지독한 악취를 뿜어냈다. 갈정립과 몇 초식을 나누는 동안 진자운은 독에 중독된 것이다.

그때 서자호루 안에서 서이환의 품에 안긴 담화연과 각기 검과 구환대도를 빼 든 모용청려와 철무한이 모습을 드러냈다. 네 명의 독인과 악전고투를 펼친 듯 그들의 모습은 진자운과 비교해도 그리 나아 보이지 않았다.

“다들 살아 있었군?”

진자운이 그들의 모습을 살피고 피식 웃어 보였다. 독기에 침습당한 체내가 부글거리며 끓고 있었지만, 그는 결코 약한 모습을 보이지 않았다.

“진 가가!”

얼른 서이환의 품에서 벗어난 담화연이 달려오자 진자운이 다시 입가에 웃음을 흘리며 나직이 중얼거렸다.

“정말 지키기 힘든 아가씨구만……”

“진 가가, 많이 다친 거야?”

“아니, 아가씨가 아니라 꼬맹이던가?”

“……”

　진자운이 코앞까지 다가선 담화연의 품 안에 푹 안겼다. 그녀의 얼굴을 보자 마음속의 오기가 조금 약해졌고 다리가 후들거리기 시작했다.

　그때 흔들리는 그의 시야 속으로 뒤늦게 혈우마도를 빼 들고 달려오는 소설향과 몇몇 청룡단 소속 무인들의 모습이 보였다. 물론 마지막으로 기억하는 모습이었다.


＊　　　　＊　　　　＊


　"제기랄!"

　진자운은 침상에서 눈을 뜨자마자 욕부터 내뱉었다. 가슴속에서 부글거리며 끓어오른 울화가 드디어 폭발하고 말았다.

　그는 어제 담화연 일행과 헤어져 현무각으로 돌아온 후 까마득하게 정신을 잃었다.

　서○환의 도움으로 몸 안에 침투한 독기는 모두 배출했지만, 초절정 고수와의 목숨을 건 싸움이 있은 직후였다. 체력과 심력의 고갈이 이만저만 극심하지 않았다. 만약 무당 내공의 정심함이 없었다면, 바로 큰 내상이나 주화입마에 들어갔을지도 모른다.

　그러나 그는 정신을 잃은 뒤로도 계속 본능적으로 갈정립과 싸웠고, 결국 또다시 패하고 말았다. 무당산을 내려온 후 줄곧 노력했지만, 여전히 부족한 실전 경험과 지검무 태극을 완벽하게 펼칠 수 없는 내공 때문이었다.

　'내공, 내공이 문제인가?'

　진자운은 침상에 누운 채 엄지손가락을 이로 질근거리며 깨물었다.

그가 어젯밤 상대했던 갈정립은 무림맹과 결전을 앞두고 있는 만독문의 이인자였다.

다른 사람 같으면 그런 자와 백중세로 싸운 것만으로도 영광스럽게 생각할 터인데, 진자운은 전혀 그런 마음이 들지 않았다. 그가 목표로 하는 건 진정한 무공의 완성이지 헛된 명예나 공명심이 아니었기 때문이다.

진자운은 그렇게 한동안 침상에서 몸을 뒤척거렸다. 평소 같으면 벌써 일어났어야 할 시간인데 왠지 만사가 귀찮았다.

그냥 아무 생각 없이 뒹굴거리고 싶은 느낌.

그러나 진자운은 얼마 지나지 않아 벌떡 침상에서 일어났다. 어떤 일이고 깊게 고민하는 건 성격에 맞지 않을뿐더러, 일이 없으면 만들어서라도 하고야 마는 기질이 발동된 것이다.

"아아, 배고프다!"

진자운은 몸을 한차례 뒤틀어 보이고 방 밖으로 나서다 눈살을 가볍게 찌푸렸다. 어제 파김치가 돼서 돌아온 그를 붙잡고 꽤나 귀찮게 굴었던 현음과 현황이 문 앞에서 서성거리고 있었다.

"새벽 댓바람부터 웬일들이야?"

좋지 않은 기분이 반영된 진자운의 퉁명스런 반응에 현음은 기가 막히다는 표정을 지었고, 현황의 얼굴은 슬쩍 굳어졌다. 이미 사시(巳時: 오전 9시－오전 11시 사이) 말이었다. 새벽이란 말은 결코 어울리지 않았다.

"흥, 새벽 댓바람이라……."

불퉁거리는 현음과 달리 얼른 안색을 수습한 현황이 언제나와 같이 뻣뻣한 표정으로 진자운에게 말했다.

"사숙께서는 정오쯤에 비무가 있지 않으십니까?"

"팔강전이 그쯤이긴 하지."

"사부님께서 오늘부터 총군사님을 비롯한 타 파의 여러 명숙들과 더불어 참관인이 되신다며 제게 사숙님을 보필하라 명하셨습니다."

진자운의 눈살이 가볍게 찌푸려졌다.

"어째서 갑자기?"

"그건⋯⋯."

현음이 어깨를 으쓱해 보이며 현황의 말을 끊고 끼어들었다.

"그거야 뻔하지 않습니까? 그동안 무림맹의 높은 어르신들은 회의를 거듭하느라 비무대회에 신경을 쓰지 못했습니다만, 팔강전부터는 후기지수 중에서도 일류고수급들이 출전합니다. 팽팽한 승부가 벌어질 가능성이 높으니, 여러 명숙들이 참관인이 되는 게지요."

"현음 사형의 말이 옳습니다. 아무래도 팔강전에 오른 사람들은 구파일방과 팔대세가 출신들이 대다수이다 보니⋯⋯."

"노친네들이 떼거리로 몰려와서 혹여 있을지 모를 승부에 대한 잡음을 줄이겠다는 거로군?"

현음과 현황의 설명을 단 한 마디로 축약한 진자운의 얼굴에 심드렁한 표정이 떠올랐다.

어젯밤 벌였던 혈투를 생각하면 비무대회에 출전한 정파의 후기지수들 따윈 아예 관심 밖이었다.

이미 비무대회에 참가한 이래 느꼈던 흥미가 절반도 넘게 감소했다고 할 수 있었다.

'흥, 하지만 더러운 기분 풀기용으론 적당할지도 모르겠군. 나이 어린 사제가 그 기분 나쁜 총군사와 타 파 명숙들 앞에서 망신을 당할까

봐 노심초사하고 있을 운엽 사형의 체면을 세워줄 필요도 있겠고.'

팔강전에 오른 다른 기재들이 들었다면 공분하고도 남았을 속마음과 함께 진자운이 어깨를 가볍게 으쓱해 보였다.

"뭐, 일단 배부터 채우자고."

"그러기엔 시간이……!"

"비무 시간에 맞추지 못하면 곤란합니다!"

연달아 소리 지르는 현황과 현음의 말을 가볍게 무시한 채 진자운이 현무각 밖으로 휘휘 걸어갔다. 그의 얼굴엔 어느새 평소 같은 여유가 묻어 나오고 있었다.


비무대 주변은 새벽부터 다른 때보다 훨씬 많은 사람들로 장사진을 치고 있었다.

오늘은 평소 같으면 얼굴 한 번 보기 힘든 각파의 명숙들이 참관인으로 참석할 정도로 비무대회의 백미로 손꼽히는 팔강전이 펼쳐지는 날이었다. 평생 한 번 볼까 말까 한 구경거리를 위해 사람들은 기꺼이 새벽부터 줄 서는 수고를 마다하지 않았다.

사람들은 총군사 제갈효를 위시한 구파일방과 팔대세가의 명숙들이 모습을 드러낼 때마다 큰 목소리로 환호를 질러댔다.

특히 정파 쪽 인사들의 목소리가 가장 컸다. 지금 모습을 드러낸 사람들이 그들에겐 우상이나 다름없다는 걸 단적으로 보여주는 모습이었다.

그렇게 비무대 한 켠에 만들어지기만 하고 한동안 비워져 있던 참관인석이 가득 메워졌고, 비무대회 십 일째의 막이 올랐다. 팔강전의 시작이었다.

하지만 진시(辰時:오전 7시—오전 9시 사이) 말부터 시작된 첫 번째 비무가 끝날 때쯤이다.

열띤 분위기가 한껏 고조되어 있던 비무대 주변이 갑자기 바늘 하나가 떨어져도 소리가 들릴 정도의 고요 속에 파묻혔다. 비무대회가 벌어진 이래 최대의 이변이 벌어졌기 때문이다.

"이, 이게……."

"꿀꺽!"

사람들의 어이없어하는 중얼거림과 침 삼키는 소리 속에 사룡 중 한 명인 칠절매화검 가진환이 고개를 푹 숙였다. 이미 절반으로 꺾인 지 오래인 매화고검을 타고 한줄기 핏방울이 맺혔다가 흘러내렸다.

"보, 본인이 졌소이다!"

결국 가진환이 패배를 인정하자 비무대 주변에서 거의 광란에 가까운 절규와 함성이 터져 나왔다. 화산파와 관련있는 사람들과 그렇지 않은 사람들의 희비가 극렬하게 교차된 것이다.

"칠절매화검이 패했다!"

"사룡이 남해검문(南海劍門)의 제자한테 패했다!"

"화산파의 제자가 검으로 패했다!"

가진환은 귓전을 때리는 함성에 현기증이 나는지 신형을 잠시 휘청거렸다.

거의 한 시진 이상 계속된 혈전의 끝이었다.

가진환은 현재 거의 극한까지 내력과 심력을 소모한 상태였다. 게다가 가볍지 않은 검상까지 당했으니 지금 당장 쓰러진다 해도 무리는 아니었다.

그러나 지금 참관인석에는 화산파의 삼신봉(三神峰) 중 한 명이자 장로인 고검(孤劍) 도간(桃幹) 도장이 자리잡고 있었다.

사사로이 외숙이 되는 그를 잠시 떨리는 눈빛으로 바라본 가진환이 매화고검을 쥔 손에 힘을 줬다. 검으로 패배했다 하여 화산제자의 자존심마저 꺾일 수는 없었다.

가진환이 휘청거리는 걸음으로 비무대를 벗어나자 근처에 있던 화산제자들이 일제히 달려들었다. 그들은 그때까지도 흥분된 얼굴로 승자를 향해 환호하는 사람들을 차갑게 노려보고 가진환을 부축해 사라졌다.

그러자 팔강전부터 심판을 맡은 청룡단 단주 미안냉혹검(美顔冷酷劍) 모용휘가 시선을 승자에게 던졌다.

"남해검문의 제자인 남희명이라고 했던가? 남해검문이 멀리 남해에 떨어져 있지만 검학이 일절이란 소문은 익히 들었네만, 이처럼 대단할 줄은 내 몰랐군."

"운이 좋았을 따름입니다."

"운이 좋았다라? 남 소협, 운만으로 사룡 중 한 명인 칠절매화검을 꺾을 순 없다네."

중키에 별다른 특징을 찾기 힘든 얼굴인 남희명을 지그시 응시하던 모용휘가 슬쩍 참관인석을 바라봤다. 화산파의 최고 기대주의 패배를 앉아서 목도해야 했던 도간 도장의 체면을 생각한 배려였다.

'끝내게!'

역시 도간 도장의 안색을 살핀 제갈효가 미미하게 고개를 끄덕여 보이자 모용휘가 얼른 남희명의 승리를 공식 선언했다. 첫 번째 사강자의 탄생이었다.

진자운은 현음과 현황을 이끌고 이변이 일어난 비무대 주변에 도착하자마자 눈살을 가볍게 찌푸렸다. 어젯밤 소란의 주인공들이 모두 모여 그를 기다리고 있었기 때문이다.

'쳇, 마치 어젯밤의 일이 나 혼자 꾼 꿈인 것 같군.'

내심 혀를 찬 진자운이 손을 들어 보이자 담화연이 사람들이 보든 말든 진자운에게 달려들었다.

"진 가가, 어째서 이렇게 늦은 거야? 재밌는 구경거리를 놓쳤잖아!"

진자운은 맹렬히 달려들던 담화연의 이마를 손으로 막고 고개를 가볍게 흔들었다.

"꼬맹아, 어째서 사람들의 시선 따윈 신경도 안 쓰는 거냐? 그러다 너 혼사길 막힌다."

"진 가가가 데려가면 되지!"

"내가 미쳤다고 너 같은 꼬맹이를 데려가겠냐?"

"내가 꼬맹이라고 하지 말랬잖아!"

"꼬맹이를 꼬맹이라고 부르지 않으면 뭐라고 부르겠냐."

진자운은 담화연의 이마를 손가락으로 살짝 튕기곤 말했다.

"뭐가 그렇게 재밌는 구경거린데?"

담화연이 양손으로 이마를 감싸 쥔 채 혀를 내밀어 보였다.

"안 가르쳐 줄 거다!"

"너, 그러다 맞는다."

담화연이 얼른 뒤로 물러났다. 진자운이 붙잡으러 나서길 기대하는 표정을 지어 보이며.

그때 진자운에게 다가선 모용청려가 추수 같은 시선을 던지며 말했다.

“몸은 괜찮은 건가요?”

진자운이 담화연을 대할 때완 사뭇 다른 표정으로 그녀에게 피식 웃어 보였다.

“내 몸은 황소같이 튼튼하오만?”

“겉보기론 그래 보이는군요.”

“속도 마찬가지요.”

진자운은 뭔가를 탐색하는 듯한 모용청려에게 히죽 웃어 보이곤 담화연에게 했던 질문을 다시 던졌다.

“모용 소저, 뭔 구경거리가 있었다는 거요?”

“칠절매화검 가 소협이 패했어요.”

“산도적한테?”

“철 소협은 내일 자전섬광도 팽 소협과 비무를 펼쳐요. 가 소협을 이긴 사람은 남해검문의 남희명이란 무명 소협이었어요.”

“재밌었겠군.”

진자운은 말과 달리 그다지 애석해하지 않고 비무대 쪽으로 걸어갔다. 심판을 맡은 모용휘와 비무대 앞에서 몇 가지 애기를 나누던 현황과 현음이 진자운에게 빨리 오라고 손을 흔들어 보였기 때문이다.

진자운이 어슬렁거리며 걸어오자 현음이 못마땅한 표정으로 톡 쏘아붙였다.

“소사숙, 중요한 비무를 앞두고 뭐 하시는 겁니까?”

“미녀들에게 둘러싸여 히히덕거리고 있었지.”

“그, 그런…….”

진자운의 당당한 대답에 현음 곁에 서 있던 현황이 재빨리 주변을 둘러봤다. 혹시 누군가 듣기라도 했을까 겁내는 표정이었다.

그러자 그에게 히죽 웃어 보인 진자운이 곧바로 비무대로 신형을 날렸다.

슝.

진자운이 비무대에 오르자 주변에서 다시 환호가 터져 나왔다. 그가 며칠 전 스스로 만든 반보무적 일보단천이란 별호는 이미 널리 알려져 여기저기서 연호되었다. 누가 뭐래도 이번 비무대회 최고의 인기인 중 한 명이 등장한 것이다.

그때 진자운에게 다가온 모용휘가 전음으로 말했다.

[어젯밤 우리 려아가 신세를 많이 졌다고 들었소. 만독문의 독인들에게 당한 부상은 문제가 없는 것이오?]

'려아? 이자는 모용세가에 속한 자로군.'

진자운은 모용청려가 어째서 청룡단의 신호용 폭죽을 몸에 지닐 수 있었는지를 깨닫고 피식 웃었다.

[뭐, 덕분에.]

[부상이 없다니 다행이오. 어제의 일은 내 마음속 깊이 간직하고 있다가 후일 갚을 날이 있을 것이오.]

[기대하겠소.]

진자운의 대답이 너무 여상스러웠기 때문인가. 그를 지그시 바라보다 미미하게 고개를 끄덕여 보인 모용휘가 얼른 비무대 중간으로 향했다.

그러자 불쾌한 표정을 짓고 있던 진자운의 팔강전 상대, 삼창신기 악준이 모용휘에게 불평 섞인 눈길을 던졌다. 같은 팔대세가에 속한 터라 그와 모용휘는 이미 어느 정도 안면이 있었던 것이다.

그사이, 진자운은 비무대 한 켠에 마련된 참관인석을 쭈욱 훑어보고 내심 고개를 가로저었다.

총군사 제갈효를 비롯해 참관인석에 앉은 사람들은 하나같이 신선 같은 풍모에 가까웠다.

간혹 개방의 장로인 천이개처럼 생뚱맞은 사람도 있었지만, 대체적으로 곱게 삶을 보낸 늙은이들이었다. 어디를 봐도 현 무림을 이끌 사람들다운 패기는 느껴지지 않았다.

'적어도 저들 중 광마 선배나 독중독인 갈정립과 독인들을 능가할 만한 자들은 없어 보인다. 저 총군사 영감쟁이는 좀 꺼림칙한 구석이 있지만……'

진자운은 속마음을 숨긴 채 참관인석을 향해 슬쩍 포권해 보였다. 어디까지나 사형인 운엽자에 대한 예의였다.

그런 후 그가 비무대 중간으로 다가서자 한참을 기다리고 있던 악준이 수중에 든 장창으로 바닥을 톡톡 두드렸다.

"진 소협, 비무에 늦는 건 상대에 대한 예의가 아니지 않소."

"……"

진자운이 삼창신기 악준을 힐끗 바라봤다. 평소 가지고 다니지 않던 장창을 들고 있는 그의 모습은 얌전해 보이던 첫인상과 달리 꽤나 패도적이었다. 중원 삼대창법의 하나인 악가창의 후계자답게 창을 들자 본성이 드러난 듯 보였다.

'그러고 보니, 나는 아직까지 창법의 고수와는 싸워본 일이 없었군.'

내심 고개를 끄덕인 진자운이 특유의 삐딱한 시선을 그에게 던졌다.

"오늘따라 참관인석에 꽤나 많은 어르신들이 모이셨길래 인사 좀 하느라 늦었소이다. 본래 우리 나이 어린 후배들은 선배에 대해 공경하는 마음을 갖는 게 당연하지 않겠소이까?"

“그야 당연한 말이지만, 그전에 진 소협은 너무 본인을 오래 기다리게 했소이다.”

“그건 미안하게 생각하오.”

“사람으로 하여금 초조감을 느끼게 하는 것도 병법의 하나라 들었소이다. 진 소협이 병법을 다룰 줄 안다 하여 본인이 화를 내는 것은 도리가 아니겠지요.”

얼핏 들으면 꽤나 대범한 말이었다. 하지만 그 속에는 진자운이 자신과의 승부를 유리하게 이끌기 위해 일부러 비무에 늦었다는 뜻이 담겨 있었다. 그런 악준의 내심쯤 모를 리 없는 진자운이었다.

히죽.

악준을 향해 이를 드러내 보인 진자운이 모용휘 쪽을 힐끗 바라보며 말했다.

“어차피 비무 규칙 정도는 모두 인지하고 있는 상황이니, 바로 시작합시다.”

모용휘가 악준에게 의사를 타진했다.

“그대도 되겠나?”

악준이 나직이 코웃음 치며 고개를 끄덕였다.

“악가창의 후계자는 도전을 두려워하지 않습니다!”

“그럼, 시작하게!”

모용휘가 다시 진자운 쪽을 바라보고 뒤로 물러섰다. 그러자 마치 기다렸다는 듯 악준이 수중의 장창을 하늘 높이 치켜 올려 보였다. 일종의 기수식이었다.

그런 후 그가 바람같이 진자운을 향해 장창을 찔러갔다. 한시라도 빨리 진자운을 눈앞에서 지워 버리고 싶다는 듯. 팔강전의 두 번째 시합이 시작된 것이다.

　파파파파팟!
　악준은 비무 시작 후 십 초가 지나도록 계속 맹공을 가했다. 상대인 진자운이 그의 압도적인 창법에 밀려 연신 피하고만 있었기 때문이다.
　'흥, 처음부터 악가창을 적수공권으로 상대하겠다고 나선 것부터가 잘못이다!'
　악준은 잠깐이나마 자신이 진자운을 너무 높게 평가했다고 생각했다. 그만큼 눈앞의 진자운은 악가창의 맹공 앞에 처량할 정도로 밀리고 있었다. 바람 앞의 등불이란 지금의 진자운을 말하는 것 같았다.
　그런데 갑자기 공격을 받아넘기기만 하던 진자운이 움직임을 보였다. 그저 단순히 막고, 피하던 여태까지의 평범함에서 벗어난 반보의 움직임.
　오싹!
　등줄기로 소름이 돋는 듯한 느낌과 함께 악준은 재빨리 장창을 세웠다. 눈으로 보고 한 방어가 아니다. 수없이 많은 낮과 밤 동안 부친이나 숙부들과 실전에 가까운 비무를 벌이며 몸에 밴 본능이었다.
　결과적으로 악준의 선택은 옳았다.
　진자운의 일권파를 막아내는 데 성공한 것이다.
　하지만 진자운의 일권파는 총 육식의 변화가 있었다. 악준의 장창이 권경의 충격을 막아낸 순간, 그의 신형이 기쾌하게 파고들었다.
　이번 역시 눈으로 따를 수 없는 변화!
　악준은 악가창 최고의 방어 초식인 노룡출수(老龍出水)를 정신없이 펼쳤다. 눈으로 변화를 따를 수 없는 그로선 최선의 선택이었다.

파파팟!

일시 일어난 창영(槍影)이 진자운의 전신을 휘감았다. 비무대 주변에서 구경하는 사람들에겐 오히려 진자운이 공격당하는 듯 보였다.

그러나 진자운의 신형이 다시 반보 옆으로 이동했을 때다.

터텅!

바닥에 진각을 일으키며 앞으로 나선 진자운이 자신의 심장을 노리며 파고들던 장창의 앞머리를 한 손으로 튕겨냈다. 창 끝에 천 근 이상의 힘을 실었던 악준으로선 생각조차 하지 못한 기변.

악준이 황급히 창 끝을 비틀어 더욱 힘을 가한 순간, 진자운의 신형이 앞으로 쑥 파고들며 회전을 일으켰다.

일권파로는 악가창의 엄밀한 기세를 파해하기 힘들겠다는 판단과 동시, 파산경을 펼친 것이다. 악준의 훤히 드러난 가슴을 목표로.

콰쾅!

거센 폭음과 함께 악준의 신형이 비무대 바닥에 비참하게 나뒹굴었다. 진자운의 파산경에 얻어맞아서는 아니다. 심판을 보고 있던 모용휘가 최후의 순간 달려들어 악준을 뒤로 날리고 진자운의 파산경을 대신 받은 것이다.

"큭……."

모용휘의 잘생긴 얼굴에 순간적으로 작은 균열이 일었다. 진자운이 전력으로 파산경을 펼친 게 아님에도 그가 느낀 타격은 보통이 아니었다.

슥.

파산경에 이어 자오원앙각을 펼치려던 진자운이 슬그머니 모용휘에게서 떨어졌다. 이미 심판이 참견한 이상 더 이상 손을 쓰는 건 무의미하단 판단이었다.

‘순간적으로 악준을 날리고 내 파산경을 막아냈다? 역시 모용세가의 사람들은 특이한 점이 있구만.’

침묵하는 진자운을 묘한 감정을 담아 바라보던 모용휘가 어느새 자리에서 일어선 악준을 향해 고개를 가로저었다.

“악 소협, 자네의 패배네.”

“그렇지 않습니다! 모용 대협께서 갑자기 뛰어드시지 않았다면…….”

“자네는 죽거나 큰 중상을 당했을 거야.”

“그…….”

악준은 다시 뭐라 항변하려다 자신의 손에 들린 장창을 바라보고 입을 다물었다. 진자운의 파산경에 담긴 전사경에 휘말린 그의 장창은 손잡이 부분까지 회오리 모양으로 부서져 있었다. 조금만 더 힘이 가해졌다면, 손목을 따라 온몸을 부숴 버렸을 게 분명했다.

“어찌… 어찌…….”

망연자실해진 악준이 결국 고개를 떨궜다. 너무나 압도적인 무공의 차이에 넋을 잃어버린 것이다.

그 모습을 씁쓸한 표정으로 바라본 모용휘가 참관인석 쪽의 의중을 묻지도 않고 진자운의 승리를 선언했다. 재론의 여지가 없는 승부란 판단이었다.

“이번 비무의 승리자는 무당파의 진 소협입니다!”

“…….”

진자운이 말없이 모용휘를 바라보다 참관인석을 향해 포권해 보였다. 역시 사형인 운엽자를 향한 인사였다.

# 第二十一章 ◆ 불패신권과의 비무(比武)

"호오, 재밌는 녀석이 나타났는걸?"

진자운과 악준의 비무가 막 시작됐을 무렵이다. 느닷없이 자신의 옆자리에 모습을 드러낸 각원 대사의 중얼거림에 제갈효의 노안이 가볍게 꿈틀거렸다.

'게을러 터진 늙은 땡중이 오늘은 무슨 바람이 불어 이곳까지 나온 건가?'

제갈효가 의혹이 담긴 시선을 던지자 주변의 명숙들이 하는 인사를 태연히 받고 있던 각원 대사가 입가에 작은 주름을 만들어 보였다.

"흘흘, 언제는 너무 나서지 않는다고 뭐라더니, 오랜만에 장차 무림의 동량이 될 아이들을 좀 구경하려고 나온 노승에게 어찌 그런 눈빛을 던지는 겐가?"

제갈효가 나직이 헛기침을 토했다.

“크흠, 평소에 안 하던 짓을 하면 죽을 때가 된 거라고 하더구려. 설마 맹주께서는 이제 부처님의 존안을 뵈러 가고 싶어지신 건 아니외까?”

“그럴 리야 있겠는가. 어찌 불존께서 이 불초한 제자를 그토록 빨리 보고자 하겠는가? 아직 삼, 사십 년은 족히 속진에 놔둘 것일세.”

“그렇소이까?”

반문과 함께 입가에 슬쩍 미소를 띄워 보인 제갈효가 악준의 창격을 무던히 받아넘기는 진자운 쪽을 손가락으로 가리켰다.

“저 아이가 북검신도의 나이 어린 사제랍니다.”

“흠, 움직임은 정중동을 취했고, 창을 받아넘기는 수법은 이일대로 이정제동이니, 무당내가권을 제대로 전수받았다고 할 수 있겠구만.”

“수준은 어때 보입니까?”

“헐헐, 이미 절정에 도달해 있네. 응?”

순간 진자운이 악준을 공격해 들어가는 모습을 본 각원 대사의 백미가 꿈틀거렸다. 일권파에 이어 파산경으로 넘어가는 진자운의 권법 속에 숨겨진 지독한 패도를 엿본 것이다.

“왜, 그러십니까?”

제갈효가 묻자 각원 대사가 가볍게 고개를 저어 보였다.

“허어, 허공과 허무가 모습을 감춘 후 무당에 저처럼 격렬한 권법을 펼치는 자가 있었던가!”

“격렬한 권법?”

제갈효의 시선이 다시 비무대 쪽을 향했다. 그러나 그때 이미 진자운과 악준의 대결은 끝나 있었다.

악준은 비무대 바닥을 뒹굴고 진자운은 모용휘 쪽을 바라보고 있었다. 그전에 벌어진 상황은 굳이 보지 않더라도 불문가지(不問可知).

제갈효의 눈 깊숙한 곳에 이채가 떠오른 순간, 각원 대사가 슬그머니 자리에서 일어섰다.

"어딜 또 급히 가시려는 겁니까? 이렇게 모습을 보였으니, 여러 명숙들과 담소라도 좀 나누고 가시지……."

"크흠, 오랜만에 좋은 구경을 했으니 됐네. 빈승이 그런데 무척 약하다는 건 자네도 잘 알지 않는가."

"훙, 그게 아니라 미차라도 마시고 싶어지신 게지요?"

"그렇지 않아도 목이 좀 컬컬하기도 하네."

"……."

각원 대사가 노안 가득 웃음을 지어 보이자 제갈효는 더 이상 뭐라 하지 않았다. 어차피 그가 명숙들과 자리를 함께해 봐야 도움도 되지 않을 걸 뻔히 아는 데다 뭔가 볼일이 있으리란 생각이 들었기 때문이다.

'그나저나 저 무당파의 신성은 점점 더 탐이 나는군. 꼭 불사단주로 만들어서 크게 써먹어야겠어.'

정중하게 포권해 보이는 진자운을 바라보는 제갈효의 노안이 신선 같은 미소를 한껏 지어 보였다.


*　　　　*　　　　*


항주성 외곽의 죽림(竹林).

갈정립은 간밤 진자운의 검기에 상처를 입은 자신의 장심을 살피다 입가에 씁쓸한 미소를 만들어냈다.

그는 천하제일을 다투는 부친을 둔 죄로 태어나자마자 독지(毒池)에서 벌모세수(伐毛洗髓)를 받고 꼬박 사십 년간을 독공에 매달려 왔다.

그동안 겪은 고초란 이루 말로 형언할 수 없을 정도였다. 목숨을 내놓지 않고는 만독문 오백 년 역사상 단 세 명밖엔 이룩하지 못한 절대 독경에 들 수 없었기 때문이다.

하지만 어젯밤 갈정립은 이제 고작 약관밖엔 되지 않은 애송이 하나를 제압하는 데 실패했다. 비록 전력을 다 기울인 것은 아니나 두 차례나 상처를 입었다. 그것이 그의 드높은 자부심에 큼지막한 생채기를 냈다.

'모든 건 다 진육담, 이 호색하고 무능한 녀석이 일을 제대로 처리하지 않았기 때문이다!'

갈정립은 두 번 생각할 것도 없이 발을 들어 바로 앞에 부복해 있는 진육담의 머리를 찍어눌렀다. 그냥 발만 갖다 댄 것이 아니었다. 거의 땅바닥에 처박힐 정도로 힘을 가했다.

"컥! 컥……."

거의 숨이 넘어갈듯 헐떡이면서도 진육담은 아프다는 비명조차 삼키고 있었다. 갈정립의 성격을 아는 까닭이다.

그렇게 한참을 진육담의 머리를 밟아대며 분을 삭이고 있던 갈정립이 갑자기 발에 담고 있던 힘을 뺐다. 평상시 같으면 도저히 있을 수 없는 일.

잔머리 하나는 비상하게 돌아가는 진육담이 얼른 신형을 일으켜 세웠다.

주르륵.

　진육담의 코에서 쌍코피가 터져 줄줄 흘러내리고 있었다. 그러나 그는 코피를 닦을 생각은 하지 않고 매서운 시선으로 주변을 둘러보더니, 갈정립에게 슬쩍 고개를 숙여 보였다.

　"대사형, 이곳은 제게 맡겨주십시오!"

　"한 명도 살려 보내면 안 된다."

　"그럴 일은 없을 겁니다."

　"주둥이만 앞세우지 말고 행동으로 보여라! 그 코피 좀 닦고."

　"예."

　그제야 쌍코피를 소매로 슥 훔쳐 보인 진육담이 주변에 도열해 있던 수하들에게 슬쩍 시선을 던졌다. 죽림의 삼십 장 밖까지 다가온 무림맹의 추격대를 오히려 역습하기로 마음먹은 것이다.

　"한 놈도 살려 보내면 안 된다!"

　다시 흘러내리기 시작한 쌍코피를 그냥 놔둔 채 일갈한 진육담이 먼저 신형을 날렸다. 그러자 그의 수하들 역시 바람같이 그 뒤를 따랐다.

　눈앞에서 갈정립과 십대독인이 보고 있었다. 살기 위해선 반드시 공을 세워야 한다는 생각이 그들의 움직임을 빠르게 만들었다. 적어도 평소의 두 배는 족히 넘을 정도로.

　슈슈슈슈슉!

　진육담과 그의 수하들이 떠나자 십대독인과 홀로 남은 갈정립이 입술을 한차례 꿈틀거려 보였다.

　문득 이대로 항주의 무림맹을 쳐서 박살 내고 싶다는 충동을 느꼈으나 이성이 얼른 고삐를 잡아당겼다. 그는 아직 만독문의 지존이 아닌 것이다.

　'흥, 언젠간 그리될 날이 있겠지!'

진육담의 귓전으로 도살하는 자와 도살당하는 자들 간의 격렬한 공방이 전해져 왔다.

*          *          *

진자운은 비무대에서 내려서며 어깨를 가볍게 으쓱해 보였다. 평소와 다른 느낌을 받았기 때문이다.

'사람들이 나한테 달려들려 하지 않는군?'

진자운이 의혹의 시선을 모용청려에게 던지자 그녀가 면사를 나풀거리며 질문에 응했다.

"진 소협은 이제 사룡을 이긴 사람이 됐어요. 그러니 여태까지 사룡이 누리고 있던 것들 중 상당수를 얻게 된 거예요."

"일테면?"

"명성과 존엄이지요."

"흠."

"물론 거기엔 질시나 모략도 뒤따르겠지만요."

"……."

진자운은 자신을 바라보는 사람들의 눈과 표정에 떠오른 선망과 동경의 감정을 살피고 뒤통수를 긁적였다.

확실히 사룡 중 한 명인 삼창신기 악준은 여태까지 상대했던 비무자들과 수준이 다른 고수였다. 그는 결국 자신으로 하여금 비무대회에 참석한 이후 처음으로 일권파에 이어 파산경마저 펼치게 했다.

그러나 이와 같은 사람들의 주목은 평소 되는대로 아무렇게나 살아온 진자운에겐 낯간지러운 바가 없지 않았다.

[꼬맹아!]

[왜?]

[이곳에서 빠져나가자!]

담화연과 전음을 나눈 진자운이 비무대를 뒤로하고 걸어가며 슬쩍 모용청려 등에게 시선을 던졌다. 어느새 그의 걸음은 크게 빨라져 있었다. 한시라도 빨리 비무대 주변에서 벗어나고 싶은 심정이었다.

'명성을 얻는다는 것도 썩 좋은 것만은 아니구만.'

어느새 담화연은 진자운의 옆에 따라붙어 있었고, 모용청려 등이 얼른 그 뒤를 따랐다.

사람들에게 밀려 저만치 뒤로 물러서 있던 현음과 현황이 연신 손을 흔들며 불렀지만, 진자운은 뒤도 돌아보지 않았다. 그들에게 붙잡혀 운엽자에게 끌려가느니 담화연 등과 시간을 보내는 편이 훨씬 즐거운 건 당연하다.


무림맹에 들어가기 전 숙소로 정했던 운명객점에 이른 진자운 일행은 주루를 통째로 빌렸다. 물론 한턱을 내기로 한 건 모용청려였다. 비무대회 사강에 오른 걸 축하하라고 진자운이 우겼기 때문이다.

음식과 술이 날라져 오는 동안 진자운은 담화연, 소설향 등과 객쩍은 농담을 나누며 히히덕거렸다. 평소와 다름없는 모습이었다. 이미 어젯밤의 혈전은 그의 뇌리 속에서 까맣게 잊혀진 듯 보였다.

그런데 진자운을 빤히 바라보고 있던 모용청려가 묘한 눈빛을 던지며 면사를 나풀거렸다.

"마음이 즐겁지 않을 땐 웃지 않아도 돼요."

"뭐……."

진자운의 시선이 모용청려를 향했다. 그러자 모용청려의 면사가 다시 나풀거렸다.

"마음이 즐겁지 않거나 괴로울 때도 웃는 게 남자란 편견은 버리란 뜻이에요."

"……."

진자운은 잠시 동안 모용청려를 빤히 바라봤다. 갈정립과의 격투 이후 계속된 고민을 들킨 것 같아 기분이 묘했다. 갑자기 두 사람 사이에 시간이 멈춘 듯 보였다.

그러다 진자운이 씩 웃으며 말했다.

"이 시점에서 나는 모용 소저에게 고민을 털어놔야 하는 거요?"

"진 소협이 절 지기라 여기신다면……."

"아하하!"

여태까지와 비교가 되지 않을 정도로 크게 웃어 보인 진자운이 고개를 살짝 옆으로 기울어 보였다.

"지기라 하니 묻는 말인데, 혹시 모용 소저는 내공을 단기간에 끌어올릴 수 있는 절세신단이나 영약 같은 걸 가지고 있소?"

"없어요."

"모용세가에는?"

"제가 알기론 없어요. 그런 영약이 있다면 벌써 아버님이나 오라버니가 복용하셨을 거예요."

"하긴, 그런 보물을 먹지 않고 놔두는 것은 바보 같은 짓이니까……."

진자운은 입맛을 다시며 청풍에게 준 자소단을 떠올렸다. 여태까지 크게 생각하지 않고 있었는데, 내력의 필요성을 절감하자 내심 아깝다는 생각이 들었다. 사람 마음은 이토록 간사한 것이다.

그때 입술을 살짝 내민 채 두 사람의 대화를 지켜보고 있던 담화연이 커다란 눈을 한차례 깜박이곤 진자운에게 말했다.

"진 가가, 영약 같은 게 필요한 거야?"

"꼬맹이 너한테 있기라도 한 거냐?"

시큰둥한 진자운의 물음에 담화연이 얼른 고개를 끄덕여 보였다.

"응, 대번에 내력을 일 갑자 이상 올려줄 만한 게 있긴 해."

"뭔데?"

"혈마신단(血魔神丹)이라고……."

"됐다."

진자운은 한마디로 담화연의 말을 잘랐다. 이름만으로도 대충 어떤 식으로 내력을 상승시킬지 알 만했기 때문이다.

'쳇, 천상 나중에 무당파의 사형들한테 아부를 하거나 소림사 같은 곳이라도 털어야 하는 건가?'

진자운은 갈정립이 아무렇지도 않게 펼치던 절명강환을 떠올리며 부은 얼굴이 됐다.

아무리 생각해도 지검무 태극이나 단천뢰심강의 위력이 절명강환에 떨어진단 생각은 들지 않았다.

만약 공정한 싸움만 된다면 절대 지지 않을 자신이 있었다. 단지 내력 수련의 정도 때문에 남에게 뒤처진다는 건 도저히 참을 수 없었다.

그렇게 진자운이 내심 투덜거리고 있을 때다. 맞은편 자리에 홀로 앉아 주루 전체를 향해 살기를 뿜어내고 있던 서이환의 시선이 문 쪽을 향했다. 그의 이목을 끌 만한 검기를 지닌 자가 객점 안으로 들어섰기 때문이다.

삐그덕!

문이 열리고 모습을 드러낸 사람은 남색 무복에 패검을 찬 평범한 인상의 청년이었다. 서이환의 태도를 눈여겨보고 있던 소설향의 눈에 이채가 떠올랐다.

"오늘 화산파의 칠절매화검을 꺾은 남해검문의 검객……."

"응?"

진자운의 시선이 소설향을 좇아 문 쪽으로 향했다. 오늘 자신과 더불어 사강에 선착한 남해검문의 무명검객이 있다는 말을 기억해 낸 것이다.

그러나 남희명은 진자운이나 소설향 등에 시선을 던지지 않았다. 그의 눈길을 잡아끈 건 강렬한 살기와 검기를 동시에 뿜어내고 있는 서이환이었다.

'대단한 검기의 소유자다!'

남희명이 서이환을 눈여겨볼 때다. 점소이가 얼른 그에게 뛰어와 허리를 굽신거렸다.

"어서 옵서!"

남희명은 서이환에게서 시선을 떼지 않은 채 점소이에게 건성으로 말했다.

"간단한 요기를 하고 싶은데……."

"요기라니 어떤 걸 원하시는지요?"

"그냥 아무거나."

"그래도 주문을 하셔야지, 제 마음대로 음식을 날라 올 순 없는뎁쇼!"

"……."

남희명의 눈살이 문득 가볍게 찌푸려졌다. 평생 본 일이 드문 검의 고수를 만나 정신을 집중하고 있는데, 옆에서 파리 한 마리가 웽웽거리며 날아다녔다. 기분이 좋을 리 없었다.

그때 진자운이 갑자기 자리에서 일어섰다. 그는 뚜벅거리며 걸어가 서이환과 남희명의 중간에 섰다.

"당신은……."

남희명이 진자운을 알아보고 동공을 수축시켰다. 서이환에 의해 고조된 긴장감이 진자운의 정체를 눈치챈 순간 거의 폭발하기 직전에 이르렀다.

슥!

자신도 모르게 검파에 손을 갖다 댄 남희명에게 진자운이 히죽 웃어 보였다.

"혼자 왔소?"

"그게……."

"혼자라면 합석합시다. 이런 곳에서 사강자 두 명이 만나는 것도 꽤나 드문 일이지 않소?"

진자운은 여전히 검파에서 손을 떼지 않고 있는 남희명에게 다가와 어깨를 잡아끌었다. 마치 오랜 친우를 맞은 것 같은 얼굴을 하고서.

"그게, 나는……."

무심코 저항하려는 남희명에게 진자운이 슬쩍 목소리를 낮춰 말했다.

"저 엄청난 미인들이 보이지 않소?"

"그……."

"사내라면 이럴 때 그냥 말없이 따라오는 거요."

“…….”

자신도 모르게 모용청려와 소설향 쪽을 바라본 남희명이 얼른 진자운에게 잡힌 어깨에서 힘을 뺐다. 평생 본 적이 드문 미녀들이었기 때문이다.

그는 마치 얌전한 새색시와 같은 얼굴을 한 채 진자운의 뒤를 쫄래쫄래 따랐다. 이미 서이환이 쏘아 보낸 검기와 살기 따윈 까맣게 잊어버린 표정으로.


진자운은 남희명을 소설향 앞에 앉혀서 한동안 술고문을 가했다. 일단 술을 먹여놓은 다음 몇 가지 물어볼 일이 있었기 때문이다.

남희명은 정말 술을 잘 받아 마셨고, 곧 대취했다. 거의 술이라곤 입에도 대지 않았던 사람인지 마시는 게 화끈한 만큼 취하는 것도 빨랐다.

“크하하하! 내가… 내가 사, 사룡을 이겼다! 화산파의 칠절매화검을 이겼단 말이다!”

진자운의 유도심문에 얌전히 대답하던 남희명이 갑자기 자리에서 벌떡 일어서 소리 지르다 바닥에 쓰러졌다. 이미 소설향을 좇아 다섯 동이가 넘는 커다란 술독을 비운 터라 그는 몸조차 제대로 가누지 못했다.

바닥에 얼굴을 박은 채 해롱대고 있는 남희명을 발로 툭툭 걷어찬 진자운이 점소이에게 손가락을 튕겨 보였다.

“이 사람, 객실에 업어다 놔라.”

“저기, 방이 없는뎁쇼.”

휑하니 달려온 점소이가 손바닥을 비비며 난색을 지어 보이자 진자운이 모용청려에게 대뜸 손을 내밀었다.

"모용 소저, 돈 좀 빌려주쇼."

"돈이 없으신가요?"

"얼마 전에 도박을 하다가 전 재산을 날려서 궁하오."

"진 소협과 저는 친구 사이니까 빌려 드리죠."

모용청려는 전낭을 꺼내 주머니째 진자운에게 건네줬다. 그러자 진자운이 전낭 안에서 은자 부스러기 두 개를 꺼내 점소이에게 던져 주며 말했다.

"얼마 전 내가 사용하던 방을 줘."

"알겠습니다요!"

언제 방이 없냐고 했냐는 듯 점소이는 냉큼 남희명을 업었다. 보고 있던 사람들이 혀를 내두를 정도로 뻔뻔스런 모습이었다.

그런 점소이를 향해 피식거리는 진자운에게 담화연이 고개를 갸웃해 보이며 물었다.

"진 가가, 어째서 생판 처음 보는 남 소협에게 장난을 친 거야?"

"장난?"

"설향 언니하고 술내기를 하게 만든 건 그야말로 남 소협을 죽이려고 한 거잖아."

"아가씨!"

소설향이 곱지 않은 눈빛을 던졌으나 담화연은 살짝 혀를 내밀어 보일 뿐이었다. 자신의 말이 틀렸냐는 듯한 표정이다.

진자운이 빙글거리고만 있자, 모용청려가 담화연에게 대신 설명하듯 말했다.

"소 소저, 진 소협은 남 소협을 위해서 그런 거랍니다."

“그건 또 무슨 소리죠?”

담화연이 의심스런 눈빛을 던지자 진자운과 시선을 맞춘 모용청려가 설명을 계속했다.

“남 소협은 오늘 화산파의 최고 기재인 칠절매화검 가 소협을 이기고 사강에 올랐어요. 남해검문 같은 변방의 소문파의 제자로선 일대 파란을 일으킨 거지요. 그러니 군웅대회에 온 화산파 제자들이 어찌 분한 마음이 없겠어요?”

“그들이 남 소협에게 복수하러 온다는 건가요?”

“명문정파인 화산파의 제자들이 비겁하게 암습을 가하거나 하진 않겠지요. 하지만 정당한 비무 요구라면 남 소협으로선 피할 도리가 없는 거예요.”

“아! 결국 그들은 남 소협이 죽거나 큰 중상을 당할 때까지 계속 비무를 신청하겠군요?”

“예, 그래서 진 소협은 남 소협을 대취시켜서 화산파 사람들과 마주치지 못하게 한 거예요. 설혹 그들이 남 소협이 묵은 곳을 안다 해도 술에 취해 곯아떨어진 사람에게 비무를 신청할 순 없을 테니까요.”

“흐응, 하지만 진 가가가 그렇게 의협심이 많은 사람은 아닌데…….”

딱!

담화연은 의심스런 표정을 지어 보이다 진자운에게 머리를 얻어맞고 잔뜩 울상이 됐다. 평소보다 조금 더 아프단 생각이 들었다.

진자운이 그런 담화연을 향해 피식 웃어 보이곤 자리에서 일어섰다.

“내 잠깐만 나갔다 오지.”

“배라도 아픈 건가요?”

모용청려가 묻자 진자운이 단호한 표정으로 대답했다.

"정답! 터지기 직전이오."

오랜만에 만난 술 상대를 잃은 뒤 홀로 자음자작하고 있던 소설향이 이맛살을 찌푸리며 붉은 입술을 내밀었다.

"이그, 화상!"

"크흠, 자연적인 생리 현상을 가지고 타박하기는. 자기는 안 싸나."

"너, 죽는다!"

소설향이 발끈해 소리쳤으나 진자운은 들은 체도 하지 않고 문 쪽으로 어기적거리며 걸어갔다. 그때 역시 홀로 자음자작하고 있던 서이환이 눈빛을 빛내며 말했다.

"혼자서도 충분한가?"

"볼일은 혼자 보는 게 당연하지 않겠소."

"충분한가 보군."

"뭐, 일단은……."

진자운은 서이환에게 손을 한차례 흔들어 보이고 문밖으로 걸어나갔다. 모용청려와 담화연의 눈빛 전송을 받으며.

*　　　　*　　　　*

초저녁 무렵, 무림맹을 몰래 빠져나온 각원 대사는 평범한 청의 장포를 걸치고 머리에는 작은 보자기를 썼다.

자기 딴에는 빡빡 머리를 숨기려는 의도로 한 변장이나 대단히 어설펐다. 대충 눈썰미가 좋은 사람이라면 중이 변장했다는 걸 대번에 알아볼 수 있을 정도였다.

그래서인지, 여유가 넘치는 걸음으로 항주 홍등가를 거니는 각원 대사를 바라보는 사람들의 시선은 별로 곱지 못했다. 사실 남몰래 손가락질하는 사람이 상당수 있었다. 내심 품고 있던 중이나 도사에 대한 환상을 각원 대사가 산산조각 냈다는 생각에 분한 마음을 감추지 못하는 것이다.

그러나 그런 사람들의 손가락질이나 곱지 못한 시선을 모를 리 만무한데도 각원 대사의 얼굴은 태연자약하기만 했다. 설혹 바로 눈앞에서 욕설을 퍼붓는 사람이 나타난다 해도 전혀 거리낄 게 없다는 표정이다.

그는 홍등가 이곳저곳에서 요염한 옷차림과 얼굴로 취객들을 유혹하는 여인들을 흐뭇한 표정으로 훑어봤다. 이미 젊음은 지나가 여인에 대한 욕정은 사라진 지 오래이나 눈요기를 포기할 마음은 전혀 없어 보였다.

'헐헐, 어찌 저리 여인들의 때깔이 하나같이 곱단 말인가! 역시 불존께서 젊은 여시주들을 주의하라 제자들에게 설파하신 건 선견지명(先見之明)이 있으셨던 것이야!'

홍등가를 거닐며 연신 고개를 끄덕여 보이는 각원 대사에게 여인 몇이 다가왔다. 아무리 주책 맞은 노승이라 하나 남자이긴 매한가지란 판단을 내린 것이리라.

"젊은 오빠, 어딜 그리 바삐 가시는 거예요?"

"아직 밤도 긴데, 잠깐 들렀다 가세요!"

옷자락을 잡고 늘어지는 두 여인의 애교에 각원 대사의 노안이 가볍게 상기됐다. 눈으로만 즐기던 것과 직접 여인들이 달라붙는 건 또 달랐다. 코끝을 간질이는 지분 향기에 숨이 막혀왔다.

하지만 각원 대사는 손을 내밀어 여인들의 볼을 가볍게 쓰다듬을 뿐

걸음을 늦추지 않았다. 여인들은 애써 옷자락을 잡아당겼으나 곧 다리에서 힘이 풀려 털썩 주저앉았다. 각원 대사의 손길이 스쳐 지나간 이후의 일이다.

"어멈머! 내가 왜 이래?"

"다리가… 다리가……."

각원 대사가 여인들을 향해 홍소를 터뜨리며 고개를 끄덕여 보였다.

"헐헐, 여시주들이 사내 볼 줄을 아는구나. 하나 지금은 빈승이 좀 바쁘니, 다음을 기약하는 것이 옳을 것이야."

"이 망할 늙은 중대가리야! 도대체 나한테 뭔 짓을 한 거야!"

"이 호색한 늙은 중아! 진짜 미향 언니와 나한테 무슨 짓을 한 거야!"

여인들이 악다구니를 썼으나 각원 대사는 더 이상 뒤를 돌아보지 않았다. 그는 마치 여인을 농락한 후 바람처럼 떠나는 화화공자처럼 손을 크게 휘저어 보일 뿐이었다. 오랜만에 눈요기를 실컷 했으니 이제 그만 무림맹을 빠져나온 본목적에 충실할 때가 됐다는 판단이었다.

각원 대사가 작은 소동 끝에 홍등가를 막 벗어났을 무렵이다. 객점 밖을 나선 진자운은 태연한 표정으로 주변을 둘러보다 히죽 웃었다. 그의 예상이 들어맞았기 때문이다. 운명객점에서 얼마 떨어지지 않은 돌담 뒤로 철무한의 거대한 몸집이 얼핏 보였다.

'미련한 산도적 녀석! 숨으려면 제대로 숨던가.'

진자운은 괜스레 딴청을 피우며 주변을 거닐다 바닥에 떨어진 돌멩이를 발로 툭 걸어찼다. 목표는 철무한이 몸을 숨긴 돌담이었다.

패앗!

경력이 담긴 돌멩이는 맹렬한 기세를 품고 철무한에게 날아갔다. 가속도가 붙은 탓에 강한 파공성이 났다. 암기나 다름없는 위력인 것이다.

"윽!"

철무한은 자신도 모르게 구환대도를 세워 돌멩이의 직격을 막았다. 도객의 본능이었다.

물론 진자운이 아무 생각 없이 돌멩이를 걷어찼을 리 없다.

철무한이 구환대도를 곧추 세운 것과 동시였다.

스으.

바닥을 박차며 신형을 뽑아 올린 진자운이 철무한에게 파고들었다. 그에 따라 번개와 같이 움직인 권장.

'왜?'

철무한은 미처 진자운에게 입도 벙긋하지 못하고 수중의 구환대도를 회전시켰다. 진자운의 권장에서 일어난 경력이 이미 코앞까지 도달해 있었기 때문이다.

파파파!

철무한의 구환대도가 가벼운 떨림을 보였다. 진자운의 일권파에서 일어난 격공권을 막아내며 일어난 현상이다.

'큭!'

철무한은 호구가 찢어지는 듯한 통증을 참고서 이미 면전까지 파고든 진자운에게 구환대도를 내리그었다.

파슛!

일도양단(一刀兩斷)의 기세!

마침 철무한의 하체를 향해 자오원앙각을 쓸어가던 진자운의 몸이 순간 드 쪽 난 듯 보였다. 그만큼 철무한의 일도는 맹렬하고 쾌속했다.

하지만 철무한은 바닥에 닿은 구환대도를 재빨리 횡으로 그었다. 사람을 베는 손맛이 없었다. 진자운이 두 쪽 난 듯한 모습은 환상에 불과했다.

그러자 과연 자오원앙각를 물리고 옆으로 신형을 돌려세운 진자운이 철무한의 품 안으로 벼락같이 파고들었다. 몸 전체를 날려 승부를 걸어온 것이다.

'지독한!'

철무한은 횡으로 그은 구환대도를 되돌릴 시간이 없다고 판단했다. 그는 들기둥 같은 다리에 힘을 주고 주먹을 뻗었다. 진자운의 돌격을 되튕겨내려는 의도였다.

그러나 진자운의 돌격은 파산경이었다. 웬만한 주먹으로 막아낼 수 있는 성질의 것이 아니다.

철무한의 솥뚜껑만한 권격을 가볍게 튕겨낸 것과 동시, 환상처럼 옆으로 이동한 진자운의 다리가 작은 회전을 일으켰다.

파팍!

철무한은 일시 눈앞에서 별이 반짝이는 걸 느꼈다. 파산경을 막은 것밖엔 기억이 나지 않는데, 어느새 진자운의 자오원앙각에 뒤통수를 가격당한 것이다.

휘청!

철무한의 커다란 몸이 순간적으로 크게 흔들렸다. 내력이 담기지 않은 자오원앙각이었으나 일시 정신이 혼미할 정도의 타격을 받았다.

그러자 순간 철무한의 넓은 어깨를 밟고 뛰어오른 진자운의 좌각이 다시 등 뒤 명문혈을 때렸다. 결정타였다.

쿵!

더 이상 견디지 못하고 철무한이 바닥에 얼굴을 박았다.

휘릭.

공중에서 멋지게 제운종을 펼친 진자운이 철무한이 쓰러진 자리 맞은편에 내려선 후 큰 목소리로 꾸짖었다.

"어찌 신성한 군웅대회의 비무에 참가한 자로서 다른 후보에게 해코지를 하려 온단 말인가!"

"끄으…….."

"아무리 네가 녹림의 산도적이라곤 하나 당당한 무당파의 제자인 나 진자운은 이 일을 절대 묵과할 수 없다!"

"내, 내가 뭘……."

"이놈이 그래도 자신의 잘못을 인정치 못하고!"

진자운이 철무한의 옆구리를 강하게 발로 걷어찼다. 역시 내력은 담기지 않았으나 꽤나 힘이 담긴 일격이었다.

[이 바보 같은 산도적아! 내일 있을 사강전을 준비한답시고 모용 소저를 따르지 않더니, 고작 한다는 짓이 몰래 숨어 염탐하는 거냐!]

[그, 그게 나도 그러려고 했는데, 자연스레 발걸음이…….]

[시끄럽고! 일단 내가 생각하는 바가 있으니 입 다물고 있어라! 그렇지 않으면 당장 모용 소저한테 네놈의 추레한 짓을 몽땅 고해 바칠 테니!]

"……."

철무한이 결국 얌전히 입을 다물었다. 도저히 진자운에겐 당할 수 없다는 판단이었다. 그러자 진자운이 입가에 흐릿한 미소를 떠올리곤 시선을 운명객잠 맞은편의 큼직한 건물 그림자 쪽에 던졌다.

한참 전 운명객점 주변에 몰려들었다가 갑작스레 벌어진 진자운과 철무한의 결투 때문에 숨죽인 화산파 제자들이 있는 방향이었다.

"혹시, 거기 있는 건 화산파의 친구들이 아닙니까?"

오늘 운명객점에 모인 건 가진환이 속한 화산파의 자랑인 매화검수(梅花劍手)들이었다. 그들 중 으뜸인 매화취검(梅花就劍) 혁경우가 앞으로 나섰다.

"우리는 화산파가 맞소만, 당신은 무당파의 진 소협이 아니십니까?"

"반보무적 일보단천 진자운이 바로 접니다."

"그, 그렇소이까……."

"예."

혁경우는 진자운의 다소 경망스러워 보이는 모습을 지그시 바라보다 내심 눈살을 찌푸렸다.

방금 전 진자운과 철무한이 벌인 공방은 매화검수의 으뜸인 그로서도 깜짝 놀랄 정도의 수준이었다. 절대 자신이나 다른 매화검수들로선 상대할 수 없겠다는 생각이 들었다.

'그런데 그런 무위를 지닌 자가 저렇게 어린 나이라니…….'

혁경우는 이미 사십대인 자신의 나이와 무공 성취를 생각하며 나직이 한숨을 쉬었다. 사제인 가진환 또한 어린 나이로 빼어난 무위를 지녔지만, 눈앞의 진자운과는 아예 무공 수준 자체가 달랐다. 설혹 오늘 사강에 올랐다손 쳐도 진자운과 만난다면 상대가 되지 못할 게 분명했다.

그 점을 알기에 그는 진자운이 버티고 있는 이상 오늘 사제인 가진환의 복수를 하는 건 무리란 판단을 내렸다. 가진환에 버금갈 정도로 빼어난 무공을 지닌 철무한을 개 잡듯이 잡아 패는 모습을 본 터라 마음이 크게 약해지고 만 것이다.

'자식, 역시 쫄았군!'

힐끔 혁경우의 얼굴을 살피고 내심 흡족하게 웃은 진자운이 의뭉스레 물었다.

"그런데 이런 늦은 저녁에 화산파 분들이 어쩐 일이십니까?"

"그, 그것이……"

"아하! 술 생각이라도 나서 몰려오신 게 아닙니까? 그렇다면 오늘은 제가 가볍게 비무대회 사강에 오른 기념으로 한턱내겠습니다!"

진자운이 히죽거리며 다가오자 혁경우가 얼른 뒤로 몇 걸음 물러났다. 진자운의 압도적인 기세에 완전히 눌려 버린 것이다.

그런데 그때였다. 뒤에 도열해 있던 매화검수들 사이에서 작은 웅성거림이 터져 나왔다. 뜻밖의 인물이 운명객점 앞에 모습을 드러냈기 때문이다.

"도, 도간 사숙조님!"

"사숙님께서 이곳에 어떻게?"

혁경우를 비롯한 매화검수들이 일제히 도간 도장에게 달려가 도열했다. 화산 삼신봉 중 일인이자 고검이란 존귀한 칭호를 받는 도간 도장이 모습을 드러냈으니 당연한 일이었다.

도간 도장이 사질인 혁경우를 못마땅한 표정으로 바라보곤 멀뚱하게 선 진자운에게 시선을 던졌다.

"자네가 운엽자의 막내 사제인가?"

'이런……'

진자운이 재빨리 도망칠 구석을 찾다가 내심 혀를 차고 도간 도장에게 다가갔다. 운엽자와 동배인 도간 도장이 모습을 드러냈으니, 화산

파의 매화검수들을 어르면서 뺨치려던 계획은 물 건너간 거나 다름없
다는 판단이었다.

"진자운이 도간 선배를 뵙습니다."

진자운이 정중히 포권을 해 보이자 도간 도장이 한 자루 칼처럼 냉
엄한 얼굴을 미미하게 끄덕여 보였다.

"운엽자와 빈도는 무림 중에 같은 배분일뿐더러, 오래된 지기와 같
은 사이니 그냥 도간 사형이라 부르게나."

"그래도 어찌……."

"운엽자의 사제는 빈도의 사제이기도 하네. 자네는 사양하지 마시
게."

"…예."

진자운은 작은 목소리로 대답하며 내심 불만을 욕으로 승화시켰다.
도간 도장이 이렇게 나온 이상 더 이상 남희명을 위해 손을 쓸 수 없게
된 것이다.

그러자 진자운의 내심을 읽기라도 한 것일까?

냉랭한 눈빛으로 진자운의 낯빛을 살핀 도간 도장이 말을 돌리지 않
고 직설적으로 물었다.

"혹시 이곳에 남해검문의 남희명이란 어린 친구가 들지 않았는가?"

'역시!'

다시 속으로 욕을 한 진자운이 슬쩍 고개를 옆으로 꼬아 보이며 대
답했다.

"그런 걸로 알고 있습니다."

"혹시 자네하고 그 친구 간에 사귐이 있는가?"

"그리 크게는……."

“음, 알겠네.”

도간 도장은 진자운에게 다시 고개를 끄덕여 보이곤 운명객점 쪽으로 걸어갔다. 재빨리 혁경우를 비롯한 매화검수들이 뒤따랐다. 그들은 다시 기세가 등등해져 있었다.

그러나 그때 갑자기 걸음을 멈춘 도간 도장이 매화검수들에게 백미를 슬쩍 치켜 올리며 말했다.

“너희는 밖에 있거라! 남희명이란 친구한테 내 확인해 볼 일이 있어 찾아왔을 뿐이니.”

‘확인?’

진자운이 얼른 눈빛을 빛내며 도간 도장에게 다가갔다. 도간 도장 정도 되는 사람이 고작해야 가진환의 복수 따윌 위해 나선 것이 의문스러웠는데, 갑자기 실마리가 풀렸다.

“저, 도간 사형, 한 가지 물어봐도 되겠습니까?”

“묻게나.”

“남해검문의 남 소협이 도간 사형을 움직이게 할 정도의 거물인지 궁금합니다.”

“음, 그건……”

잠시 말끝을 흐리며 주저하던 도간 도장이 입가에 한 가닥 냉기를 품었다.

“흥, 자네는 남이 아니니 말해 줘도 상관없겠지. 남해검문이 비록 중원에서 멀리 떨어진 변방에 위치해 있다곤 하나 빈도의 눈을 속일 수는 없는 거라네.”

“그건 또 무슨?”

“오늘 낮에 남희명이란 어린 친구가 본 파의 매화 삼십육식 중 하나

인 매화만개(梅花滿開)를 깬 초식은 결코 남해검문의 파랑검법(波浪劍
法)이 아니란 뜻일세.”

“그럼…….”

“빈도의 눈이 정확하다면, 그때 잠시 보인 검식은 마교의 십대마공
중 하나인 폭류마검(暴流魔劍)의 변형식이 분명하네. 과거 마교와 정파
간의 정마대전 시 빈도는 분명 그 검법을 본 일이 있다네. 우리 화산파
에 그 ㅁ두 놈들이…….”

도간 도장은 갑자기 말을 멈췄다. 갑자기 운명객점의 이층에서 흐릿
한 그림자가 신형을 날렸기 때문이다. 진자운이 보기에 얼마 전 술에
절어 쓰러진 남희명이 들었던 방 쪽이었다.

“놈!”

도간 도장이 재빨리 그림자를 향해 신형을 날렸다. 반신반의하던 자
신의 생각이 맞았다는 판단이었다.

슈슈슈슈슉!

도간 도장을 쫓아 혁경우를 비롯한 매화검수들이 일제히 신형을 날
렸다. 이미 오늘의 일은 가진환의 사적인 복수로 끝날 문제가 아니었
다. 지난 정마대전 시 마교에게 꽤나 큰 피해를 본 화산파였던 것이다.

‘그러니까 마교에서 파견된 녀석이 여자한테 빠져 임무를 망각했을
뿐더러, 술에 취해 해롱거리다 쓰러졌다는 건가?’

홀로 남은 진자운은 어이없는 기분에 내심 고개를 흔들었다. 정파
무림맹이 자리잡은 항주에 만독문의 독인들이 마음대로 날뛴 것만도
황당한데, 마교 고수까지 출몰했다. 앞으로 어찌 될지 심히 기대되는
대목이었다.

그때 슬그머니 자리에서 일어선 철무한이 뒤 마려운 강아지 같은 얼

굴을 하고 다가왔다.

"도대체 일이 어떻게 돌아가는 거냐?"

"글쎄."

진자운은 어깨를 으쓱해 보이고 철무한을 발로 한차례 걷어찼다.

퍽!

"또 왜 때리는 거냐!"

철무한이 불퉁거리며 눈을 부릅뜨자 진자운이 협박하듯 말했다.

"모용 소저 부를까?"

"…아니."

히죽.

만족스레 웃어 보인 진자운이 다시 철무한을 발로 걷어차곤 말했다.

"난 슬슬 무림맹으로 돌아가 봐야 한다. 나 대신 산도적 네가 들어가서 이곳에서 벌어진 일 가지고 실컷 떠들어라."

"그, 그렇지만 나는……."

"어차피 지금 숙소로 돌아가 봤자 모용 소저가 아른거려서 정신 집중이나 제대로 하겠냐? 오늘 화끈하게 즐기고 내일 마음껏 싸우는 거다!"

잘 해보라는 표정으로 철무한의 어깨를 한차례 두드린 진자운이 뒤도 돌아보지 않고 신형을 돌렸다.

"……."

진자운의 뒷모습을 멍청한 표정으로 바라보던 철무한의 얼굴에 다소 감격한 표정이 떠올랐다. 모용청려와의 자리를 마련해 주고 말없이 물러서는 진자운이 진짜 멋있게 보였고, 너무 고마웠던 것이다.

진자운은 철무한에게 말했던 것과 달리 무림맹으로 향하지 않았다. 갑자기 귓전을 때린 천리전음 때문이다.

[나 두림맹주인데, 자네와 비무를 하고 싶으니 좀 보세나!]

진자운은 마치 무언가를 찾기라도 하려는 듯 어두운 항주의 뒷골목을 헤집고 다니다 바닥에 침을 탁 뱉었다. 어림짐작으로 천리전음이 날아온 방향을 정하고 꽤나 오랫동안 추적했는데 실마리조차 발견할 수 없었다. 상대의 무공이 생각 이상으로 뛰어나다는 뜻이었다.

'내게 한 거짓말이 진짜였단 건가?

진자운이 걸음을 멈추자 반대편 골목에서 어슬렁대며 다가오는 늙은이 한 명이 보였다. 진자운의 예리한 눈썰미로 판단하건대 머리에 보자기를 뒤집어쓰고 변장을 한 파계승(破戒僧)이 분명해 보였다.

"정말 무림맹주십니까?"

진자운이 대뜸 질문을 던지자 근처까지 다가온 각원 대사가 입가에 벙긋한 미소를 만들어냈다.

"빈승이 불패신권이라 불리는 파계승이라네."

"진짜 불패신권 각원 대사님인지는 모르겠지만, 하고 있는 모습을 보니 파계승인 건 맞는 것 같습니다."

"헐헐, 역시 그래 보이는가?"

"예."

진자운이 주저없이 고개를 끄덕여 보이자 각원 대사의 얼굴에 즐거운 기색이 떠올랐다. 그가 무림맹주에 오른 이후 이처럼 눈앞에서 꼬박꼬박 말대꾸하는 사람은 친우인 제갈효를 제외하곤 정말 오랜만이었다.

그러나 진자운의 눈에 각원 대사는 조금 이상해 보였다. 아무리 자신이 진짜 거지라 해도 면전에서 대놓고 거지라고 부르면 기분이 나쁜 법이다. 평범한 인간이 보이는 반응이다.

대개 그러할뿐더러, 거기서 크게 벗어나는 사람은 별로 없었다. 사실 그런 사람이 있다면 진자운은 대놓고 위선자라 부를 용의가 충분히 있었다.

'그런데 눈앞의 무림맹주를 자처하는 파계승은 그런 위선자는 아닌 것 같고… 혹시 너무 늙어서 살짝 맛이 간 건가?'

진자운이 진지한 표정으로 바라보자 각원 대사가 슬그머니 얼굴에 떠올라 있던 미소를 지웠다. 진자운의 속마음을 대충 짐작할 수 있었기 때문이다.

"빈승은 파계승이긴 해도 그리 이상한 사람은 아니라네."

"충분히 이상해 보입니다만?"

"어떤 점에서 그리 보이는가?"

"무림맹주인 불패신권이라면 구주 이십오성 중 오정에 속한 천하제일의 권법 고수라고 알고 있습니다."

"빈승이 강호 동도들에게 그렇게 불리기도 하지."

"그런데 그런 분이 뭐 하려고 저 같은 까마득한 후배에, 무공도 별 볼일 없는 사람에게 비무를 요청하겠습니까? 보통 이런 건 아랫사람이 윗사람에게 정중하게 돈수백배하고 수차 부탁한 다음에 이뤄지는 거잖습니까?"

"일테면?"

"이 후배는 선배님의 높은 무공과 명성을 오래전부터 흠모해 왔습니다. 감히 얼마나 하늘이 높은 줄 모르고 땅이 얼마나 넓은 줄 모르는 터라 선배에게 가르침을 청하오니, 부디 허락해 주십시오! 라든지……."

"자네는 그러고 싶은 것인가?"

"아뇨."

진자운이 딱 잘라 말하자 각원 대사가 다시 미소를 띠었다.

"빈승 역시 그러긴 싫다네. 그러니 북검신도의 사제쯤 되는 사람이 궁시렁거리지 말고 빈승과 소림, 무당 간의 권법을 절차탁마나 해보세."

"절차탁마인 겁니까?"

"그렇게 말해 놓는 게 좋지 않겠는가?"

"……."

진자운의 눈빛이 슬그머니 반짝이기 시작했다.

◆ 第二十二章 ◆

불사단주(不死團主)는 사라졌다

"폭풍마검(暴風魔劍) 여율량 선배에게 숨겨진 제자가 있었던가?"

소설향은 바람을 쐬러 객점 밖에 나섰다 뒤에서 들려온 목소리에 고운 아디를 살짝 찡그렸다.

그녀와 남희명이 펼친 연극은 뱃속에 능구렁이를 백 마리쯤 품고 있는 진자운조차 속여 넘겼다. 내심 득의만면해 있었는데, 서이환은 대번에 눈치챈 것이다.

'지독한 인간!'

소설향이 서이환에게 입술을 살짝 내밀어 보였다.

"십 년 전쯤 해남도를 여행하던 중 재질이 탁월해 보이는 남해검문의 평제자를 거둔 모양이에요."

"십대마군 중에서도 세 손가락 안에 든다는 여율량 선배의 눈에 띈 아이가 평제자였다니 믿을 수 없군."

“그러니까 남해검문이 이류문파인 거죠.”

“흠.”

손가락으로 각진 턱을 한차례 매만진 서이환이 말했다.

“그렇지만 그가 항주 군웅대회에 참가한 건 우연은 아닐 테지?”

“세상에 그런 우연은 드물죠. 그는 제게 몇 가지 정보를 알려주기 위해 온 거예요.”

“그런 것치곤 멍청해 보이던데?”

“멍청한 거 맞아요. 비무대회에 참가해서 폭류마검을 펼친 걸로도 모자라 진짜 술에 취해 쓰러지다니!”

소설향이 잔뜩 성난 표정을 지어 보이자 서이환이 턱에서 손가락을 뗐다. 그리고 소설향의 말에 장단을 맞추는 대신 질문을 던졌다.

“그가 전해준 정보가 뭐지?”

“제가 말해 줄 것 같은가요?”

“말하게 해야겠다면!”

어느새 서이환의 손은 협봉검의 검파에 닿아 있었다. 평소 성격대로 무력을 써서라도 반드시 소설향의 입을 열게 만들겠다는 의지의 표명이었다.

물론 소설향이 그런 위협에 굴복할 여인은 아니다. 그녀는 서이환으로부터 한 걸음 물러서며 눈꼬리를 살짝 치켜올렸다.

“서 단주, 진정 십대마군 전체와 척을 지겠다는 건가요?”

“나는 십대마군을 믿지 않는다.”

“감히!”

소설향이 노한 표정으로 다시 한 걸음 물러섰다. 혈우마도를 발도할 간격을 확보하기 위함이다. 그러나 그녀가 막 혈우마도를 발도하려는 찰나!

두 사람을 뒤따라 객점을 빠져나온 담화연이 위엄 넘치는 목소리로 소리쳤다.

"두 분, 뭐 하는 거예요!"

서이환과 소설향이 일순 일촉즉발의 기세를 허물고 담화연을 향해 시선을 던졌다.

"아가씨!"

"아가씨!"

담화연의 눈에 맑은 빛이 떠올랐다. 그와 함께 그녀의 얼굴에 보는 이로 하여금 감히 범접치 못하게 하는 위엄이 자연스레 일어났다. 태어나 단 한 번도 남의 밑에 있어본 일이 없는 사람만이 가질 수 있는 기질의 발현이었다.

"제게 서 단주와 설향 언니는 친인과 같은 분들이에요. 하지만 다시 한 번 분쟁을 일으킨다면, 신교의 율법에 따라 처리하겠어요!"

"며, 명심하겠습니다!"

"존명!"

소설향과 서이환이 얼른 고개를 숙여 보였다. 지금 그들의 앞에 있는 건 진자운의 구박을 묵묵히 감내하던 소녀가 아니라 존귀한 천마신교의 성녀인 것이다.

담화연이 두 사람을 묵묵히 바라보다 시선을 무림맹이 있는 쪽으로 던졌다. 또다시 그녀의 손아귀를 벗어나 제멋대로 날아가 버린 진자운이란 바람이 아쉬워서다.

＊　　　＊　　　＊

한동안 각원 대사를 빤히 바라보고 있던 진자운이 한차례 어깨를 으쓱해 보였다.

"맹주님께서 절차탁마를 하자 하시니, 후배로선 따르지 않을 도리가 없겠지요. 하지만 어차피 질 것이 뻔한 싸움을 제게 강요하시려면 뭔가 이득을 남겨주셔야 하지 않겠습니까?"

"이득?"

"예."

각원 대사가 갑자기 자신의 옷깃 여기저기를 털어 보였다. 마치 몸을 기어다니는 빈대라도 잡는 듯한 모습이다.

진자운이 호기심 어린 표정으로 바라보자 각원 대사가 미미하게 고개를 흔들어 보였다.

"빈승은 오직 불존의 그늘에 기대어 사는 불쌍한 땡중이라네. 어찌 자네한테 줄 만한 것이 있겠는가?"

"소림사 출신이시잖습니까!"

"그렇기야 하지."

"그럼 대환단 같은 거라도……."

"그런 게 있으면 빈승이 먹었지. 자네 같으면 그런 걸 남겨두겠는가?"

"혹시 후일 무림을 구할 절세영웅이 될 후배를 위해 남겨둘 수도 있는 문제잖습니까!"

"크헐헐헐!"

각원 대사는 진자운에게 손가락질까지 하며 비웃어댔다. 어느 모로 보든 고승의 모습은 아니고, 파계승이라고 하기에도 대단히 비윗장을 상하게 하는 행동이었다.

'제기랄, 진짜 무림맹주 맞는 거냐?'

진자운의 얼굴에 불만스런 기색이 가득 떠오르자 각원 대사가 얼른 웃음을 멈췄다. 그리고 마치 곶감을 가지고 손자를 희롱하는 할아비 같은 얼굴로 말했다.

"이미 자네의 내외공은 절정의 경지에 올랐고, 천하제일이라 불리는 무당의 신공을 두루 익혔네. 이제 더 이상 내공에 연연할 단계가 아닐 터인데 어째서 대환단 같은 신외지물(身外之物)에 연연하는 것인가?"

"내공이 필요하니까요."

"내공이?"

"예, 어젯밤 내공이 부족해서 싸움에 패했거든요."

진자운의 말은 지나칠 정도로 솔직했다. 눈앞의 각원 대사가 진짜 무림맹주가 맞다면 어젯밤의 일을 모를 리 만무하다는 계산 하에 내뱉은 말이었다.

과연 그다지 놀라는 빛이 없이 각원 대사가 말했다.

"갈정립이란 아이는 만독문에서도 두 번째 가는 초절정고수라네. 자네가 패했다 해도 그리 억울해할 필요는 없어."

"하지만 자신의 최고 무공을 사용하지도 못하고 패했다면 얘기가 달라지는 게 아닙니까?"

"내공이 부족해서 최고 무공을 펼치지 못했다는 건가?"

"예."

"정말루?"

각원 대사의 말투는 비록 아이 같았으나 표정만은 진지했다. 그의 얼굴엔 더 이상 파계승이라 볼 수 없을 정도의 위엄이 넘쳤다.

자신도 모르게 뒤로 물러서려다 동작을 멈춘 진자운이 각원 대사와 눈을 마주치고 대답했다.

"뭐, 그렇다고 생각합니다."

"방금 전까지만 해도 자신하더니, 어째서 갑자기 말을 바꾸는 게 지?"

"일단은 맹주님께 가르침을 받고 싶은 생각이 들었기 때문입니다."

"일단은?"

"절차탁마를 하는 데 그 정도면 충분한 게 아니겠습니까?"

말을 끝낸 진자운이 슬그머니 일권파의 자세를 취했다. 처음부터 자신이 하수임을 인정하고 선공을 펼치기로 마음먹은 것이다.

'역시 재밌는 아이다!'

바로 이를 드러내는 진자운의 태도에 마음이 흔쾌해진 각원 대사가 그를 향해 가볍게 손짓했다.

"덤벼보게나!"

"갑니다!"

진자운이 스스로 만든 반보무적 십팔식의 원칙을 깨고 각원 대사를 향해 달려들었다. 한줄기 바람으로 변해서.

"좋구나!"

한 소리 탄성과 함께 각원 대사의 주먹이 진자운에게 파고들었다.


'응?'

진자운은 눈을 뜬 순간 이맛살을 크게 찌푸렸다. 머리가 깨질 듯 아픈 가운데, 쏟아질 듯 반짝이는 별빛에 몽롱한 몽환경을 느꼈다. 그는 지금 대자로 바닥에 뻗어 있는 것이다.

그때 진자운이 뻗어 있는 바로 옆에 쭈그려 앉아 있던 각원 대사의 능글맞은 목소리가 들려왔다.

"젊은 친구라 회복이 빠르구만. 적어도 반 시진은 깨지 못할 줄 알았더니, 일 다경만에 정신을 차렸어."

"…설마 제가 진 겁니까?"

진자운이 이마를 짚은 채 자리에서 일어나 앉자 각원 대사가 입가에 벙글거리는 미소를 담았다.

"견강이회수(見剛而回手)! 적을 상대할 때, 나는 손을 내어 적의 허실을 탐지한다. 만일 적이 급히 막는다면 이때 나는 손을 되돌려 그 예리함을 피한다. 그 후에 다시 전진하는 것이다."

진자운이 눈살을 가볍게 찌푸렸다. 각원 대사가 내뱉은 요결은 대부분의 무림인들이 권법에 입문할 당시 가장 처음 외우는 구결이었다. 칠 년 가까이 반보붕권에 매달린 바 있는 그가 모를 리가 없다.

"입수이투수(入手而偸手)! 이 수법은 반드시 민첩해야 한다. 교수(交手) 중에 적이 강하게 손을 뻗으면 나의 손은 먼저 몰래 교차하여 적의 손이 이르기 전에 먼저 이르러야 한다. 이것은 적으로 하여금 방어하려고 해도 방어할 수 없도록 하는 것이다. 실제 기술의 운용은 이러하다. 적이 나의 상부를 공격하면 나는 아무런 자세도 잡지 않고 오히려 몸을 낮추어 적의 하부를 공격한다. 혹은 적은 원(圓) 공격을 하고 나는 직선 공격을 하기도 하는데 각도가 관건이다."

"절수이곤수(截手而滾手)! 내가 공격하면 적은 이를 막으려 하는데, 이때 나의 손은 적의 손을 타고 들어가 그 막으려는 곳이 허당이 되도록 만들고, 나의 손은 이미 적의 경계를 눌러 버린다."

"곤수이누수(棍手而漏手)! 이것은 개합수폐(開合收閉)의 방법이다.

곤수라는 것은 막는 것 같으나 원으로 감는 것이요, 누라는 것은 섞이는 것 같으나 떨어지는 것이다. 무릇 손의 누법은 세 가지가 있다. 상(上)은 제루, 중(中)은 곤루, 하(下)는 순루이다. 무엇으로 응할 것인가는 세를 헤아려 사용한다."

"헐헐, 그렇다면 직통이구수(直通而勾手)는?"

"실전에서 적은 예리한 권으로 밀고 들어오는데 이때 나는 정신을 가다듬고 손이 닿으면 구를 걸어 타격을 희석시킨다. 높게 오면 위로 걸고 낮게 오면 아래로 건다."

진자운의 답이 바로 이어지자 각원 대사가 갑자기 뼈만 앙상한 주먹을 휘둘렀다.

딱!

"이놈아! 그렇게 잘 아는 녀석이 어째서 어리석게 쓸데없는 내공을 탐하려는 것이냐? 네 단전의 그릇은 이미 가득 차서 더 이상 하늘의 기운을 담을 곳이 없거늘 영약을 먹는다 해서 도움이 되겠느냐!"

"그건……."

"네 녀석의 무공은 이미 깨달음을 얻기 전엔 더 이상의 진보가 없는 절정의 끝자락에 이르렀다는 것이니라!"

각원 대사가 벌떡 자리에서 일어섰다. 그러자 얼른 그 뒤를 따른 진자운이 섬광처럼 뇌리를 스친 생각을 입 밖으로 내뱉었다.

"그렇다면 방금 전에 맹주님께서 펼친 권법에 전혀 내공이 담기지 않았다는 겁니까?"

"헐헐, 그래도 아예 쓰지 못할 밥통은 아니구나."

"쳇, 밥통이 이렇게 젊은 나이에 초절정의 문턱에 도달할 수 있겠습니까?"

“무공 실력도 그 입심 정도가 되면 얼마나 좋을꼬.”

“곧 그렇게 될 겁니다.”

진자운은 언제 풀이 죽었냐는 듯 의기양양한 표정으로 웃어 보였다. 문제의 콘질이 내공이 아니라 깨달음이란 걸 알자 오히려 마음이 개운해진 것이다.

‘역시 이 녀석밖엔 없으렷다!’

내심 가음을 굳힌 각원 대사가 만면에 감돌던 고약한 표정을 지우고 말했다.

“네가 이번에 불사단주를 맡아 빈승을 좀 도와줘야겠다.”

“저 같은 밥통이 존엄한 무림맹주님께 뭘 도와드릴 수 있겠습니까?”

“밥통은 아니라며?”

“밥통이라 하셨잖습니까!”

각원 대사가 고개를 가로저었다. 도저히 못 말리겠다는 생각이 들었다.

“이번에 새롭게 만들어질 불사단은 본래 만독문과의 대전이 있을 시 다른 사단의 예비 전력의 성격을 띠고 있느니라.”

“사단을 위한 창칼받이를 말씀하시는 겁니까?”

“녀석, 입 한번 걸구나. 하지만 네 말이 꼭 틀린 것만도 아니다. 일단 정마 간에 대전이 벌어지면 수많은 인명이 목숨을 잃는 건 당연한 일이니까. 그러니 네 녀석이 그 불쌍한 녀석들의 생명을 맡아줘야 하지 않겠느냐.”

“불사단 전체의 목숨을 제게 맡기겠다는 뜻입니까?”

“거기에 더해 다른 사단의 목숨까지 함께 얹는 건 어떠하냐?”

진자운이 히죽 웃어 보이곤 말했다.

“어차피 이번 비무대회에 우승하면 불사단주가 되는 걸로 알고 있었는데, 따로 부탁까지 하실 필요가 있겠습니까?”

“빈승은 네 녀석의 무위를 보고 잠정적으로 이번에 만들어질 불사단을 오단 전체의 중심으로 생각하고 있었다. 그런데 배분을 숨긴 못된 네 녀석이 날뛰는 바람에 쓸 만한 녀석들이 모조리 빠져나가게 생겼으니 어쩌겠느냐?”

“사룡을 말씀하시는 겁니까?”

“오늘 네 녀석이 사룡 중 하나인 악가의 어린애를 처참하게 박살 냈으니, 어찌 어렸을 때부터 오냐오냐하며 키워졌을 다른 녀석들이 싸울 맛이 나겠느냐. 아마도 녀석들은 모두 몇 가지 되지 않을 이유를 대며 내일 자파나 자기 집으로 짐을 싸 돌아갈 것이다.”

“점집 차리셔도 되겠습니다?”

“더 맞고 싶으냐?”

진자운이 얼른 뒤로 물러섰다. 그러자 각원 대사가 나직이 웃어 보이며 말했다.

“흘흘, 어쨌든 그래서 네 녀석은 이번에 불사단주가 될뿐더러, 오단 전체의 총단주가 되어야 한다. 무림 중의 배분이나 무공, 싸가지 등을 따져 볼 때 네 녀석이 최적임자야.”

‘총단주라…….’

내심 어감이 좋다는 생각을 한 진자운이 한차례 어깨를 으쓱해 보이고 말했다.

“맹주님을 도와드리는 대신 두 가지 조건이 있습니다.”

“빈승에게 조건을 두 가지나 내걸겠다는 거냐?”

“맹주님께서 제게 한 부탁도 그리 쉬워 보이진 않습니다만?”

“흐음.”

잠시 고심하는 표정을 짓던 각원 대사가 선선히 고개를 끄덕였다.

“말해 보거라.”

진자운이 얼른 대답했다.

“첫 번째로 한동안 저와 대련을 해주십시오.”

“대련을?”

“방금 전에는 얼떨결에 당해서 그다지 도움이 되지 않았거든요.”

“욕심이 많은 아이구나. 그럼 두 번째는?”

“두 번째는 나중에 개인적인 제 부탁 하나를 들어주시면 됩니다.”

“무엇이든?”

“예.”

각원 대사는 다시 고심하는 표정을 짓는 대신 입가에 미소를 만들어 냈다.

“그러도록 하마. 대신 네 녀석도 빈승의 부탁을 성심성의를 다해 들어줘야 할 것이야.”

“물론이지요.”

진자운이 웃자 각원 대사 역시 웃었다.

두 사람 다 서로 상대가 한 부탁에 대해 크게 염려하지 않는 표정이었다. 사실 아예 관심이 없어 보이기도 했다. 묘하게 닮은 두 사람이었다.

다음날.

십일 일째를 맞은 비무대회에 파란이 일었다.

전날 가장 먼저 사강에 올랐던 남해검문의 남희명이 모습을 감췄을

뿐더러, 팔강에 올라 있던 두 명의 사룡이 기권을 했다. 우승 후보 셋이 갑자기 빠져나가 버린 것이다.

덕분에 세 번째와 네 번째 팔강전은 모두 취소되었다. 자전섬광도 팽무진과 사일검패 유청경이 부전패가 되고, 철무한과 벽력권(霹靂拳) 곽진이 사강에 올랐다. 어제에 버금갈 정도의 이변이었다.

갑작스런 비무 일정의 차질로 인해 심판들과 참관인들이 모여 숙의를 하는 동안 진자운은 얼떨결에 사강에 오른 철무한을 찾아갔다.

"확실히 미녀와 밤을 보내니, 운이 붙는구나."

진자운의 야유 섞인 말에 철무한이 낯을 가볍게 붉혔다. 정말 그렇다는 생각이 들었기 때문이다.

"어제는 정말……."

"나중에 이자까지 쳐서 갚아라."

"그렇게 하마."

철무한은 크게 고개를 끄덕여 보였다. 그러자 그의 굵직한 어깨를 주먹으로 툭 쳐 보인 진자운이 말했다.

"그런데 괜찮겠냐?"

"뭐가?"

"너 같은 산도적이 무림맹에 들어와 무사가 된다는 건 솔직히 꽤나 어울리지 않는 짓이잖냐."

"그렇긴 하지. 만약 아버님께서 아시면……."

"비 오는 날 먼지 나도록 두들겨 맞는 거 아니냐?"

움찔!

철무한의 장대한 몸이 크게 요동쳤다. 진자운의 말이 그의 가장 아픈 곳을 찔렀기 때문이다.

"저, 정말 난 맞아 죽을지도 모른다."

"그렇지만 물러설 생각은 없는 거겠지?"

"당연하지!"

철무한이 고리눈을 번뜩이며 소리치자 진자운이 이를 드러내며 웃었다.

"그러야 사내대장부지!"


급하게 참관인들과 숙의를 끝낸 오늘의 심판 모용휘가 비무대 끝으로 걸어나와 군중들을 향해 크게 소리쳤다.

"갑작스런 사태로 인해 오늘 벌어지기로 했던 팔강전은 모두 무산되었습니다! 그래서 참관인으로 참여한 무림의 여러 명숙 분들과 제갈 군사님께서 의논한 결과 새로운 방법으로 우승자를 뽑기로 했습니다!"

"새로운 방법이라니, 그게 뭐요!"

"그렇소! 말해 주시오!"

가장 먼저 목소리를 높인 사람들은 내기 도박을 하는 자들이었다. 어떻게서든 남보다 조금이라도 빨리 새로운 비무 조건을 알아내야만 한다는 일념으로 그들은 두 눈을 번들거렸다.

그러나 모용휘가 그런 도박꾼들의 속사정마저 배려해 줄 까닭은 없다. 그는 잠시 뜸을 들이며 도박꾼들의 속을 새카맣게 타 들어가게 한 연후에야 입을 열었다.

"현개 사강에 올라 있는 사람은 무당파의 진자운 소협, 북녹림의 철무한 소협, 하북 벽력문(霹靂門)의 곽진 소협입니다. 그 세 명 중 어떤 한 사람만을 비무 없이 결승에 올린다면 판정의 공정함에 문제가 발생할 것입니다. 그래서 결승전은 세 분 소협이 한꺼번에 비무대에 올라

무용(武勇)을 겨루는 걸로 정했습니다.”

“세 명이 함께?”

“세 명이 싸워 이기는 자가 우승자가 된다는 것이오?”

도박꾼들의 외침에 모용휘가 천천히 고개를 끄덕여 보였다. 그러자 비무대 주변, 여기저기에서 환성이 터져 나왔다. 삼인비무라는 독특한 구경거리가 생겼기에 당연한 반응이었다.


“재밌게 됐군.”

모용휘의 말이 끝난 순간 진자운이 가장 먼저 비무대 위로 뛰어올랐다. 그러자 철무한이 얼른 그 뒤를 좇았고, 비무대 반대편에 거들먹거리며 서 있던 곽진 역시 뒤질세라 뛰어올랐다.

서로 약속한 것이 아니었음에도 진자운을 비롯한 삼 인은 모용휘를 에워싸듯 갈라섰다. 자연스레 합공을 피하는 방위를 점했다 할 것이다.

최후의 삼 인을 한 명 한 명 눈으로 살핀 모용휘가 마지막으로 진자운과 눈을 맞추곤 경고하듯 말했다.

“결승에 오를 만큼 고강한 무공을 익힌 사람들이니, 특별히 다른 말은 하지 않겠네. 최선을 다해 싸우되, 앞으로 동료가 될 사이란 점을 잊지 말게나.”

“명심하죠.”

진자운이 히죽 웃어 보이자 모용휘가 얼른 비무대 외곽으로 신형을 날렸다. 삼인비무인만큼 최대한 방해를 주지 않으려는 의도였다.

‘사실 이 녀석들 말고 저 사람과 싸워보고 싶단 말야.’

모용휘 쪽을 힐끔 바라본 진자운이 긴장한 표정이 역력한 철무한과 곽진을 훑어보곤 말했다.

"이럴 땐 가장 강한 놈부터 죽이고 보는 거야!"

"그기 무슨?"

"뭐……."

진자운이 철무한에게 한쪽 눈을 찡긋해 보였다.

"가장 강한 나부터 죽이란 말야, 그렇게 멍청하게 서 있지 말고."

"아!"

"아, 하고 입이나 벌리고 있으면 얻어 맞는다구."

진자운이 바람같이 철무한에게 달려들어 일각을 먹이곤 신형을 뒤집었다. 연이어 맹렬한 권법이 이미 일절을 이뤘다 알려진 곽진에게 달려든 것이다. 마치 자신의 강함을 시위라도 하려는 사람처럼.

퍼퍽

공중에서 그대로 내쳐진 진자운의 일권파를 쌍권을 교차해 막은 곽진의 신형이 뒤로 주춤 물러섰다. 방어에 내공의 구 할을 사용했는데도 일권파의 폭발적인 파괴력을 막기엔 역부족이었다.

그런 틈을 놓칠 진자운이 아니다. 그는 바닥에 떨어져 내린 것과 동시, 강한 진각을 일으키며 파산경을 펼쳤다. 그대로 곽진을 비무대 바깥으로 내동댕이칠 심산.

그러나 진자운은 파산경의 방향을 일순 바꿔야만 했다. 그에게 일각을 당한 철무한의 구환대도가 명문혈을 쪼갤 듯한 기세로 파고들었기 때문이다.

'곰보다 둔한 놈!'

진자운은 내심 철무한의 늦은 대처를 욕하며 양 팔꿈치를 회전시켰다. 외가권에서 흔히 쓰는 수법이나 파산경의 연결 동작이니 기세가 달랐다.

따당!

철무한의 구환대도에서 쇳소리가 일었다. 진자운의 팔꿈치에 밀려 버린 것이다.

그 순간, 철무한의 장대한 몸 전체에서 강력한 바람이 일었다. 단순한 힘에서마저 진자운에게 밀릴 순 없다는 판단.

파파파팟!

구환대도가 춤을 췄다. 진자운의 상반신 전체를 뒤덮었다. 칼의 용도대로 베려는 게 아니라 아예 박살 내려는 기세였다.

그에 간신히 위기를 넘긴 곽진이 역시 진자운의 배후를 노리고 달려들었다. 그가 내치는 주먹에서 후끈한 바람이 일었다. 비전의 뇌풍권(雷風拳)을 펼쳐 낸 것이다.

진자운으로선 앞뒤로 대적을 맞이한 상황.

위기였다.

그러나 일순 진자운의 입가로 가는 미소가 떠올랐다. 마치 이런 상황을 기대하고 있었다는 듯.

스윽.

바닥으로 살짝 신형을 낮춘 진자운의 자오원앙각이 철무한의 하단을 쓸 듯 움직이다 구환대도를 차올렸다. 그리고 뒤도 안 보고 내쳐진 일장.

파콱!

곽진이 뇌풍권을 휘감아드는 부드러운 기운에 놀라 주춤거리며 뒤로 물러섰다. 사부에게 뇌풍권을 전수받으며 들었던 내가권을 익힌 상대를 만났을 땐 특별히 조심하란 말이 뇌리를 스친 것이다.

그 짧은 틈을 타 두 사람의 합공을 빠져나온 진자운이 진각을 일으키며 철무한을 맹공했다. 일권파나 파산경의 맹렬함이 아니라 무당 장권 삼십육로를 이용한 공격이었다.

"허! 하루 사이에 어찌 저리 변할 수 있단 말인가!"

참관인석에 앉아 삼인비무를 관심있게 지켜보던 제갈효는 나직이 혀를 찼다. 팔대세가 중 하나인 제갈세가의 가주인만큼 무공 역시 빼어난 그다. 며칠 전까지 그저 힘에만 의지하던 진자운의 무공이 한 단계 상승해 강유를 자유자재로 조절하기 시작했음을 모를 리 없다.

제갈효는 슬쩍 시선을 운엽자 쪽에 던졌다. 그동안 그가 자신의 소사제에게 가르침을 줬나 하는 생각이 들어서이다. 그러나 그는 곧 고개를 가로저었다. 운엽자의 무공 실력이나 성품은 익히 아는 바이다.

'그렇다면 누가 저 아이에게 가르침을 줬단 말인가?'

잠시 염두를 굴리던 제갈효의 눈살이 찌푸려졌다. 대충 짐작 가는 바가 있었기 때문이다.

"흥. 맹주, 갑자기 다 늙어서 제자라도 들이고 싶어지신 게요?"

제갈효가 시선을 옆으로 돌리자 어제처럼 갑자기 참관인석에 나타난 각원 대사가 끄덕거리며 조는 모습이 보였다. 매우 흐뭇하게 오수(午睡)를 즐기는 모습이다. 하지만 그런 겉모습에 넘어갈 제갈효가 아니다.

그가 식지를 세워 옆구리를 찌를 기세를 보이자 각원 대사가 얼른 끄덕이던 고개를 바로 했다. 그는 입가에 흘러내린 침을 가사 자락으로 닦곤 눈곱 낀 눈을 몇 차례나 끔뻑거려 보였다.

"흐암, 이젠 다 끝난 것인가?"

제갈효가 각원 대사를 밉살맞다는 듯 노려봤다.

"너스레 떨지 말고 빨리 말하는 게 좋을 것이오."

"뭘 말인가?"

"저 아이 말입니다!"

제갈효가 삼인비무를 열심히 즐기고 있는 진자운 쪽을 손가락으로 가리키자 각원 대사의 입술이 실룩거렸다. 웃고 있는 것이다.

"헐헐, 얻은 게 별로 없다더니, 그렇지도 않구나."

제갈효의 눈 깊은 곳에 작은 이채가 떠올랐다.

"역시 저 아이를 변화시킨 게 맹주시오?"

"이런 너구리 같은 사람을 봤나! 역시 넘겨짚은 것인가?"

"능구렁이를 뱃속에 수천 마리는 숨기고 있는 맹주를 상대하려면 너구라라도 돼야 하지 않겠습니까?"

"크흠, 자네는 너구리긴 해도 천 년은 묵은 너구리지."

"말 돌리지 마시고!"

슬쩍 제갈효의 말꼬리가 올라가자 각원 대사가 여전히 벙글거리는 얼굴을 한 채 말했다.

"자네나 빈승이나 이젠 늙었지 않은가."

"금분세수(은퇴)라도 하고 싶은 것입니까?"

"그건 아니네만, 더 이상 나이 어린 아이들하고 어울려 싸우긴 그렇지 않은가 말야."

"그래서 후계자를 키우셨다?"

"자네 같은 너구리한테 휘둘려 삐뚤어지기라도 하면 곤란하지 않은가?"

"홍, 이미 삐뚤어져 있다면 어찌하시려는지……."

"뭐, 그때야 자네가 또 힘을 써야겠지."

　말을 끝낸 각원 대사가 다시 웃어 보이자 제갈효가 밉살맞다는 듯 바라봤다. 또 자신에게 귀찮은 일만 떠넘기려 한다는 걸 눈치챘기 때문이다.

　'천 년 묵은 너구리는 내가 아니라 맹주 당신이오!'

　제갈효와 각원 대사가 언쟁을 벌이고 있는 사이, 진자운은 여유있게 철무한과 곽진을 몰아붙이고 있었다. 여태까지와 달리 반보무적 십팔 식에 연연하지 않는 그의 움직임은 행운유수(行雲流水)나 다름없었다.

　―부드러움으로 강함을 제압한다!

　무당파에 입문한 후 수없이 많이 들은 말이다. 하지만 그 말을 실천에 옮기기란 그리 쉬운 게 아니었다. 아니, 사실 더 정확히 말하자면 진자운은 그 말이 뜻하는 바를 여태까지 제대로 모르고 있었다. 그만큼 칠 년 면벽을 통해 이룩한 그의 무공은 지나칠 정도로 패도적이었다.

　그런 진자운에게 각원 대사와의 만남은 자신의 무공을 반추해 보는 계기가 됐다. 철저하게 깨지고 난 자만이 느낄 수 있는 깨달음이 있었다. 과거 운룡 진인과의 독대 시 무심코 내뱉었던 무당 무공의 기본에 생각이 미치게 된 것이다.

　그러자 과연 부드러움은 강함을 제압할 수 있었다. 미친 황소처럼 달려드는 철무한과 곽진을 진자운은 한 줌의 미풍만으로 자유자재 농락했다. 그들의 단선적인 움직임이 진자운의 눈에는 시퍼렇게 날이 선 칼날을 향해 달려드는 우매한 몸부림처럼 보였다.

진자운은 어느새 지검무 태극의 보법을 밟고 있었다.

사뿐거리는 춤과 같은 그의 움직임에 철무한과 곽진은 우왕좌왕했다. 철무한의 구환대도가 어느새 곽진의 목을 베어갔고, 곽진의 맹렬한 권풍 역시 철무한을 공격했다. 진자운이 바로 앞에 있는데도 그들은 전혀 힘을 발휘하지 못했다. 마치 무언가에 홀리기라도 한 듯한 모습.

'이들로는 더 이상의 진보는 어렵다!'

진자운이 갑자기 어른 머리 높이 만큼 뛰어올랐다. 철무한과 곽진이 서로를 향해 돌격하기 시작했을 때다.

파곽!

진자운의 발끝이 철무한과 곽진의 머리를 한차례씩 찍었다. 전혀 내력이 담기지 않은 일격.

그러나 마침 구환대도와 주먹에 전력을 기울이고 있던 철무한과 곽진은 갑자기 기혈이 역류하는 걸 느꼈다. 진자운의 가벼운 일격이 강맹함, 그 자체이던 일권파나 파산경보다 더 큰 파괴력을 발휘했다.

"크윽!"

"컥!"

철무한과 곽진이 비틀거리며 뒤로 물러섰다. 처음엔 그저 한 걸음이었다. 그러나 곧 두 걸음, 세 걸음이 되더니 갈수록 물러서는 속도가 빨라지기 시작했다. 비무대 끝에 도달하기까지.

슥.

진자운이 멋진 제운종과 함께 비무대 위에 떨어져 내렸다. 갑자기 제운종을 펼친 건 일종의 연출이었다. 사람들의 시선을 잡아끌고 환호하게 만들기 위한.

"우와아아!"

"반보무적! 일보단천!"

진자운의 예상대로 군중들은 미친 듯 열광했다. 예상 밖으로 일방적인 삼인비무의 결과에 피가 끓어올랐기 때문이다. 그리고 드디어 군웅대회 기간을 뜨겁게 달아오르게 만들었던 비무대회의 우승자가 나왔다.

진자운은 한동안 꽤나 바빴다.

비무대회의 우승자가 된 후 그는 제갈효가 주도하는 장엄한 불사단주 취임식에 참가해야 했고, 이어진 다채로운 모임에도 참석해야만 했다.

게다가 그가 불사단주이자 새롭게 재편된 무림맹 오단의 총단주에 오른 것과 동시, 그동안 숨겨왔던 배분이나 신분은 모조리 까발려졌다. 그동안 별다른 관심을 받지 않던 그에게 무림 각파의 이목이 집중된 건 당연했다.

각종 모임의 뒤끝에 몰려든 각파 명숙들과 내로라하는 직위를 시위하듯 들이대는 가진 자들 때문에 진자운은 이리저리 휩쓸려 다녀야만 했다. 모두 진자운이 전혀 바라지 않는 일이고 번거로움이었다.

그러나 진자운은 묵묵히 성질을 죽이고 그런 번거로움을 참아 넘겼다. 바쁜 와중에도 짬짬이 각원 대사를 찾아가 비무를 가질 수 있었기 때문이다.

그렇게 군웅대회의 마지막 날이 훌쩍 다가왔다.

성대한 폐막식의 뒤풀이를 끝마치고 숙소인 현무각으로 돌아온 진자운의 눈에 이채가 떠올랐다. 다시는 개인적인 만남은 없으리라 여겼던 얼굴을 발견해서다.

'이래서 사람은 출세하고 봐야 한다는 건가?'

진자운이 입가에 흐릿한 미소를 떠올리며 다가가자 현무각 앞을 서성거리고 있던 남궁성경이 살짝 얼굴을 붉혔다. 그동안 봐왔던 행동이나 성정을 미뤄볼 때 부끄러움을 느꼈다기보다는 수치심 때문이 분명했다.

진자운이 얼른 선수를 쳤다.

"전날은 취중에 제가 큰 결례를 범했소이다. 남궁 소저께서 부디 용서해 주시기 바라오."

남궁성경의 눈에 이채가 떠올랐다. 전날 진자운이 실례를 범한 건 분명하나 그녀 역시 그의 뺨을 때렸다. 그다지 잘한 일은 없었다.

'사람이 며칠 사이에 이리 달라질 수 있단 말인가?'

남궁성경은 내심 고개를 갸웃해 보였다. 그녀는 그동안 진자운이 점잔 빼는 사람들이 잔뜩 모인 회합에서 시달리느라 내심을 속이는 말투가 좀 더 세련되어졌다는 사실을 짐작조차 못하고 있었다.

남궁성경이 나직이 한숨을 토하곤 가볍게 고개를 숙여 보였다.

"저 역시 진 소협, 아니, 진 총단주님께 큰 결례를 범했습니다. 그 점을 사과드리기 위해 오늘 찾아왔으니, 너그러이 용서해 주세요."

"하하, 아닙니다. 어찌 남궁 소저께서 결례를 범했다 하십니까? 그건 모두 제 잘못이니 더 이상 거론치 말아주십시오."

"그렇게까지 말하시니……."

말끝을 가볍게 흐리는 남궁성경의 얼굴에 살짝 득의로운 기색이 떠올랐다. 진자운 역시 자신의 미모에 넘어갔다는 생각을 한 것이다.

그때 진자운이 남궁성경에게 정중하게 권했다.

"어려운 걸음을 하셨습니다. 잠시 안으로 들어 차라도 한잔하시는 게 어떻겠습니까?"

평소의 남궁성경이었다면 부드럽지만 완강한 표정으로 사양했을 것이다. 명문인 남궁세가의 여식으로 큰 그녀에게 그 정도의 소양은 당연했다.

하지만 등을 연신 떠밀던 숙부 남궁차경의 부추기는 듯하던 표정을 떠올린 그녀는 살짝 고개를 숙여 보였다.

"그럼 잠시 실례하도록 할까요?"

'진짜?'

계집애가 겁도 없다는 생각을 한 진자운이 씩 웃어 보였다. 오늘밤도 그는 다른 때처럼 각원 대사와 비무를 하러 갈 생각이었다. 그와의 비무만큼 현재 마음을 끄는 일은 없었기 때문이다. 하지만 일이 이렇게 된 이상, 오늘 각원 대사를 찾아가는 건 무리란 생각이 들었다. 감히 무림맹주를 바람맞히게 된 것이다.

'뭐, 할 수 없지.'

진자운이 한차례 어깨를 으쓱해 보이고 남궁성경에게 정중하게 손짓해 보였다. 숙녀답게 먼저 안으로 들라는 뜻이었다.


현음은 거의 발작이 일어나려는 걸 간신히 참았다. 진자운이 사리분별을 못하고 사고를 친 게 하루 이틀은 아니다. 하지만 밤늦게 여자를 숙소로 데려온 것도 모자라 늙은 사질인 자신에게 차 심부름까지 시킨 건 상당히 지나친 처사였다.

'그깟 비무대회 하나 우승하고 총단주에 올랐다고 우쭐해서는! 도대체가 뭔 생각을 하고 있는 거야!'

현음은 어설픈 솜씨로 차를 끓이며 한숨을 푹푹 내쉬었다. 그렇지 않아도 진자운의 강압에 의해 불사단의 부단주가 된 터라 그의 속은 잔뜩 꼬여 있었다. 내일부터는 새롭게 개편된 오단과 더불어 바쁜 나날을 보낼 걸 생각하면 울화통이 터지기 직전이었다.

그런데 막 최후가 될지도 모를 자유를 만끽하기 위해―술을 마시기 위해―현무각을 떠나려 할 때 진자운이 남궁성경과 들이닥쳤다. 모든 계획이 깨진 건 두말할 것도 없고, 참을 수 없을 정도의 분노가 치미는 걸 주체할 수 없었다.

"흥, 차에다가 침이라도 뱉을까 보다!"

물론 현음은 그런 짓을 하지 않았다. 오히려 그는 손을 데어가며 꽤나 정성스레 차를 끓였다. 사숙인 진자운은 밉지만, 남궁성경의 기품 있는 미모를 생각하면 그런 속된 짓을 하기가 쉽지만은 않았다.

그렇게 현음 평생을 통틀어 세 손가락 안에 들 만큼 잘 끓여진 차가 그럭저럭 준비됐다.

그는 주방을 감도는 쌉싸름한 다향에 코끝을 한차례 벌름거리곤 소반 위에 다구를 챙기기 시작했다. 결국 운명에 순응하는 자세가 된 것이다.

그리고 막 현음이 주방에서 빠져나올 때였다. 조용하던 현무각 주변에서 시끄러운 소음이 울려 퍼졌다. 사람들이 떠드는 소리와 병장기가 부딪치는 파공성, 비명 소리였다.

'침입자가 있단 말인가?'

현음은 재빨리 자신의 노력의 결정체인 다구와 찻주전자가 놓인 소반을 안전한 장소로 감췄다.

사실 차란 건 조금이라도 식거나 마실 시기를 놓치기만 해도 크게 맛과 향이 떨어지는 법이나 지금의 현음으로선 그런 데까지 신경 쓸 정신이 없었다. 굳이 말하자면 동물적인 본능이라 할 수 있었다.

그러는 동안 시끄러운 소란이 매우 가까운 곳까지 이르렀다. 현무각의 바로 코앞까지 이른 것이다.

'도대체 어떤 간 큰 자가 감히 무림맹 한가운데서 소란을 벌인단 말인가!'

눈살을 가볍게 찌푸린 현음은 소란이 인 방향으로 신형을 날리려다 움찔했다. 어느새 현무각 앞마당에 진자운이 서성거리고 있었다. 그 역시 소란의 정체를 알아내기 위해 모습을 드러냈음이 분명했다.

"소사숙."

현음이 목소리를 죽여 부르자 진자운이 식지를 입가에 가져다 댔다. 조용히 하라는 뜻이다.

현음이 입을 다물자 잠시 신경을 집중한 채 소란이 인 방향을 가늠하는 듯하던 진자운이 바로 신형을 날렸다.


진자운은 바람같이 신형을 날려 소란의 진원지에 도착했다. 현무각에서 얼마 떨어지지 않은 그곳에선 지금 십여 명의 무사와 소설향이 열심히 싸우고 있었다.

사실 엄밀히 말해 현 상황은 적수공권인 소설향을 십여 명의 현무단 무사들이 일방적으로 몰아붙이고 있다고 보는 게 옳았다. 소설향의 무위가 현무단 무사들보다 압도적으로 높았기 때문이다.

퍼퍽! 퍽퍽퍽!

소설향의 권장이 번개같이 움직일 때마다 현무단원들은 추풍낙엽처럼 뒤로 물러나기 바빴다. 평소처럼 현무각 주변의 번을 서다 동료들의 신호를 받고 달려온 그들은 채 진세를 갖추기도 전에 공격을 당했다. 압도적인 무공의 격차를 줄이기엔 역부족이었다.

그나마 소설향은 권각에 조금쯤 사정을 두고 있었다. 그저 권각을 펼쳐 현무단원들을 뒤로 물러서게 만들 뿐 살수를 쓰지는 않았다. 물론 그 역시 만만히 볼 만한 위력은 아니었지만, 최소한 사상자는 나오지 않았다.

‘꼬맹이한테 문제가 발생한 건가?’

한눈에 소설향의 안색이 심상치 않다는 걸 눈치챈 진자운이 슬쩍 목소리를 높였다.

“현무단은 뒤로 물러서라!”

소설향에게 열심히 두들겨 맞으면서도 결코 뒤로 물러서지 않고 있던 현무단원들 사이에서 환성이 일었다. 몇 명이 진자운의 얼굴을 알아본 것이다.

“총단주님이 오셨다!”

“총단주님이시다!”

현무단원들이 재빨리 소설향의 배후를 막은 채 좌우로 갈라섰다. 비무대회를 압도적으로 우승한 진자운의 무위는 이미 무림맹 내에 소문이 파다했다. 신임 총단주가 자신들의 복수를 확실히 해주리라고 그들은 믿어 의심치 않았다.

그러나 그들의 기대는 곧 처절히 배신당해야만 했다. 진자운이 소설향을 향해 손을 들어 보이며 히죽 웃어 보였기 때문이다.

“여어!”

‘아는 여자냐?’

‘또!’

이미 남궁성경이 현무각을 찾았다는 사실을 알고 있던 현무단원들의 얼굴에 참을 수 없는 분노의 기색이 떠올랐다. 오늘의 소란이 진자운을 쟁취하기 위한 여인들의 난동이란 생각이 얼핏 떠올랐기 때문이다.

그때 진자운을 한참 동안 노려보고 있던 소설향이 다소 초조한 표정으로 말했다.

"아가씨께서 사라지셨다!"

"납치당한 거요?"

"네 녀석을 만나겠다고 몰래 객점을 빠져나가신 뒤 소식이 끊겼다. 지금 서 단주가 열심히 행방을 찾고 있는데, 네게 찾아오시진 않은 것 같구나?"

"날 찾아오진 않았소."

"그럼 역시……."

"빌어먹을, 절정고수 둘 이서 그깟 꼬맹이 하나 간수하지 못하다니!"

진자운이 갑자기 나직이 욕설을 내뱉자 소설향이 잠시 화난 기색을 보이다 고개를 살짝 떨궜다. 변명의 여지가 없었기 때문이다.

그러자 주변을 에워싸고 있던 현무단원들의 표정이 잔뜩 상기됐다. 두 번째 여인도 모자라 세 번째 여인의 등장이었다. 이젠 사각 관계가 된 총단주의 애정 행각이 그들에겐 그야말로 흥미 만점이었다. 앞으로 두고두고 술자리에서 써먹을 수 있는 소재가 생긴 것이다.

"오늘 일어난 일을 입 밖으로 내뱉었단 봐라!"

마치 자신들의 내심을 알고라도 있는 듯한 진자운의 경고에 현무단원들이 움찔했다. 표정이 심상찮은 진자운의 한마디에 강한 압박감을 느꼈기 때문이다.

'쪼잔한 인간!'

'이런 데까지 권력을 휘두르다니!'

현무단원들이 서로 시선을 공유하며 불만을 토로하는 동안, 잠시 염두를 굴린 진자운이 힐끔 무림맹의 내원 쪽을 바라봤다. 무림맹주인 각원 대사의 거처가 있는 곳이었다.

'어쩌면 맹주와의 약속은 지키지 못하게 될지도 모르겠소이다.'

내원 쪽에서 시선을 뗀 진자운이 소설향에게 명령하듯 말했다.

"지금 당장 무림맹에서 떠나시오!"

"그렇지만……."

"꼬맹이는 내가 반드시 찾아올 테니까 걱정하지 말구."

말을 끝내자마자 진자운이 신형을 날렸다. 현무각에서 뒷간에 간 자신을 기다리고 있을 남궁성경이나 차가 식는 걸 조마조마한 심정으로 바라보고 있는 현음 따윈 아랑곳없이.

## 第二十三章

핏빛 검무(劍舞), 검을 이어받다

야수와 같이 눈을 빛내며 서이환은 항주성 곳곳을 헤매고 다녔다. 갑자기 모습을 감춘 담화연을 찾기 위함이다.

그러나 아주 작은 부분마저 놓치지 않는 그의 노력에도 불구하고 담화연의 종적은 묘연했다. 항주성 안에 자취 자체가 남아 있지 않았다.

그 시점에서 서이환은 고민으로 시간을 보내는 우를 범하지 않고 결단을 내렸다.

그는 바로 패왕혈검단을 집결시키는 표식을 정해진 장소에 남기고 수색의 범위를 넓혔다. 담화연뿐 아니라 며칠 전 공방을 벌였던 만독문의 독인들과 고수들의 뒤까지 추격하기로 결정한 것이다.

그러자 소득이 있었다. 만독문의 독인들 중 한 무리가 무림맹의 주작단과 격전을 벌인 흔적이 항주성 외곽에서 발견됐다. 어둡고 어두워 아무것도 보이지 않던 눈앞에 한줄기 서광이 비쳤다.

그렇게 사흘이 지나갔다.

서이환은 항주를 떠나 북상하던 중 드디어 만독문 독인들의 자취가 완연한 곳에 이르렀다. 따로따로 떨어져 이동하던 만독문의 독인들이 얼마 떨어지지 않은 곳에서 합류했음을 알려주는 징후가 여럿 보였다.

'조금만 시간을 끌면 패왕혈검단이 집결할 것이다. 보통 때의 나라면 패왕혈검단과 함께 적진을 치는 작전을 펼치는 게 마땅하겠지만……'

서이환은 협봉검을 빼 들었다. 뾰족한 세모꼴의 검봉을 바라보고 있자니, 마음속 깊은 곳에서 불꽃처럼 넘실거리던 살기가 차갑게 가라앉는 걸 느꼈다. 한 마리 고독한 야수가 검객으로 돌아온 것이다.

검신에 살짝 손가락을 가져다 댄 서이환의 입가에 흐릿한 미소가 떠올랐다.

들끓는 살기가 아닌 차가운 검객의 이성이 결심을 굳혔다. 패왕혈검단을 기다리지 않고 바로 적을 치는 쪽으로.

"성녀께서 기다리신다. 망설일 까닭이 없지 않은가?"

힐끗 태양이 중천에 뜬 하늘을 올려다본 서이환의 신형이 바람같이 대지를 박찼다. 만독문의 독인들이 집결했다고 예상되는 방향을 향해서.


스팟!

서이환의 협봉검이 사선을 긋자 기다렸다는 듯 피가 튀어 올랐다. 내음만 맡아도 속이 울렁거리는 독기가 스민 독혈이다.

순간 독인 하나가 서이환의 옆구리 쪽을 노리며 돌진해 왔다. 처음부터 계획된 합공.

그러나 서이환의 좌수에 들린 청강검 역시 놀고 있지만은 않았다. 어느새 바로 코앞까지 파고든 독인의 목젖을 청강검이 기쾌하게 찔렀다.

일검이사(一劍二死)!

일검필살 귀견수로 불리는 서이환에겐 그리 대단할 것도 없이 흔한 일이다. 이미 그의 주변에 십여 명이 넘는 독인이 독혈을 쏟아내며 쓰러져 있는 게 이를 증명했다.

'이들은 내가 습격할 것을 알고 있었다!'

독인들이 뿜어내는 독기로부터 체내를 보호하기 위해 숨을 멈춘 서이환의 무심냉막한 눈빛이 빠르게 주변을 훑어갔다.

그러자 그의 압도적인 무위에 눌려 머뭇거리고 있던 독인들이 빠른 걸음으로 산개했다. 포위망을 더욱 단단하게 조이고 퇴로를 막아선 것이다.

독인들의 얼굴엔 무슨 일이 있어도 오늘 서이환을 죽이고야 말겠다는 의지가 엿보이고 있었다.

피식.

서이환의 입가로 흐릿한 미소가 떠올랐다.

마교 내에서도 공포의 대명사로 분류되는 그였다. 이런 대우를 당하는 날이 있으리라곤 꿈에도 상상치 못했다. 어이가 없다 못해 분노가 치밀어 올랐다.

스읏!

서이환이 빼 든 두 개의 검봉에 아지랑이 같은 검기가 맺혔다. 그는 분노를 가슴속 깊이 억누르는 대신 마음껏 발산하기로 마음먹었다. 처절한 듯징으로.

파팟!

서이환의 협봉검과 청강검이 교차했다. 검기를 교차시켜 더욱 강력한 위력을 끌어올리는 수법.

그러자 서이환의 기세가 달라진 걸 눈치챈 독인들의 움직임이 바빠졌다. 짧은 순간의 대결이었지만, 서이환의 무서움을 알기엔 충분한 시간이었다. 자신들의 머릿수가 압도적으로 많다 하여 안심하고 있을 순 없었다.

독인들의 눈빛이 빠르게 얽혀들었다.

이심전심(以心傳心)!

독인들이 포위망을 좁혀오기 시작했다. 서이환이 강하게 치고 나오기 전에 선수를 치려는 의도였다.

물론 서이환이 이를 모를 리 없다. 쌍검을 교차해 맹렬히 끌어올린 검기를 정면에서 파고들던 독인들을 향해 폭발적으로 쏟아낸 그의 신형이 앞으로 튀어 올랐다.

돌격!

일시 그물망처럼 종횡하기 시작한 검기에 독인 둘이 피를 쏟으며 쓰러졌다. 집중된 검기에 직격을 당했으니 당연한 결과였다.

그리고 두 번째 싸움의 막이 올랐다.

피가 피를 부르는 대혈전이.


"큭!"

서이환은 산속으로 신형을 날리며 옆구리를 손으로 짚었다. 강한 돌격으로 독인들의 포위망을 뚫는 대신 그는 옆구리에 한차례 독장을 얻어맞아야만 했다.

호체진기로 방어를 했다곤 하나 꽤나 위중한 부상이었다. 일반 장력에 직격을 당했대도 심각한 중상일 텐데, 독장을 맞았으니 당연한 결과였다.

서이환은 강한 구역질을 느끼며 어금니를 지그시 깨물었다. 옆구리로부터 전신으로 퍼져 가고 있는 독기는 보통 심각한 게 아니었다. 지금 당장 조용한 장소를 찾아 운기조식으로 독기를 배출하는 게 급선무였다.

그런데 서이환은 달리던 도중 갑자기 신형을 우뚝 멈춰 세웠다. 그의 바로 코앞에서 시퍼런 검날 하나가 치솟아올랐기 때문이다.

슥!

검날은 서이환의 발바닥을 꿰뚫는 걸 실패하자 곧바로 땅속으로 자취를 감췄다. 전문적인 살수 뺨치는 기민함과 결단력이었다.

'이건……'

서이환은 거의 본능적으로 신형을 옆으로 틀었다. 뇌리를 스친 직감에 의한 움직임.

파팟!

순간 핏빛 화살 하나가 서이환의 볼을 스치고 지나갔다. 조금만 회피하는 동작이 늦었어도 인중을 꿰뚫었을 게 분명한 강전이었다.

"으득!"

서이환이 이를 악문 채 신형을 회전시켰다. 어느새 그의 손에는 협봉검이 쥐어져 있었다.

스팟!

검끝에 걸린 건 사람의 목젖이었다.

기껏해야 반 치가량.

그 반 치가 생사를 갈랐다.

막 서이환을 노리고 혈검을 휘두르던 적포 흑립인의 목이 뒤로 꺾였다. 그의 갈라진 목젖에서 핏줄기가 뭉클거리며 터져 나왔다.

"어째서!"

서이환의 좌수에 청강검이 잡혔다.

그 청강검으로 혈검과 함께 신검합일을 해 쏘아져 오는 두 흑립인의 검을 쳐낸 서이환이 빠르게 뒤로 물러섰다. 전투 시 오직 전진만 있을 뿐 단 한 번도 뒤로 물러서 본 적이 없는 그로선 처음 있는 일.

그만큼 서이환은 흥분해 있었다. 그의 배후를 노리며 땅속에서 튀어 나온 흑립인에게 일검을 허용할 정도로.

스팟!

서이환의 등판에 사선의 핏줄기가 터져 올랐다. 최후의 순간 서이환이 신형을 반전시키지 않았다면, 몸 전체가 두 동강 날 정도의 강력한 일검이 작렬한 것이다.

"검빈!"

서이환은 한때 자신의 오른팔이라 생각했던 패왕혈검단의 부단주 잔혹살검(殘酷殺劍) 냉검빈을 향해 청강검을 찔러갔다.

지잉!

서이환의 발끝에서부터 시작된 움직임이 검봉에 이르러 폭발을 일으켰다. 순간, 한 가닥 반월형의 검강이 냉검빈을 뒤로 물러서게 만들었다.

하지만 그게 다였다. 서이환의 양쪽에서 흑립인 둘이 위위구조의 수법으로 벼락같이 파고들었기 때문이다.

파파팟!

서이환의 왼손에서 청강검이 튕겨 올랐다. 공격해 들어온 흑립인 둘이 뒤로 물러선 것과 동시였다.

물론 서이환의 악력이 검을 놓칠 정도로 떨어진 건 아니다.

스윽.

순간적으로 자유가 된 왼손에 두 자가 조금 안 되어 보이는 마지막 세 번째 검이 잡혔다. 그리고 발검!

서이환의 옆구리에서 일어난 한줄기 빛살이 충분히 거리를 벌렸다고 생각하고 있던 냉검빈을 향해 폭사됐다.

비검.

서이환의 전력이 담긴 비검은 단숨에 냉검빈의 얼굴을 두 쪽 냈다. 패왕혈검단의 제이고수인 냉검빈이나 반항조차 못하고 숨이 끊겼다.

푸아아!

냉검빈의 반쪽 난 흑립이 삽시간에 혈립으로 변했다, 그가 내뿜은 붉은 선혈로 인해.

"죽어서나마 단주가 되어라!"

힘을 잃고 쓰러지는 냉검빈의 주검을 바라보는 서이환의 눈매가 가볍게 떨렸다. 수족같이 여기고 있던 수하의 죽음이었다. 마음에 동요가 없을 리 만무했다.

그러나 냉검빈의 죽음에도 불구하고 패왕혈검단은 뒤로 물러서지 않았다. 오히려 그들은 혈검을 늘어뜨린 채 서이환을 에워싸고 압박해 들어오기 시작했다.

'검빈이 주동자가 아니었단 말인가?'

서이환의 눈빛이 가늘게 흔들렸다. 그는 패왕혈검단의 배신에는 부단주인 냉검빈이 있다고 여겼다.

그래서 중상에도 불구하고 방금 전의 비검에 전력을 몽땅 쏟았다. 냉검빈을 죽이면 다시 패왕혈검단을 장악할 수 있으리란 판단이었다.

"…아무래도 내 생각이 짧았던 것 같군."

서이환은 미미하게 떨리는 협봉검을 눈으로 좇으며 나직이 중얼거렸다.

심한 중상에 독에마저 중독된 상태였다. 아직 전력 대부분이 온전한 패왕혈검단 전체를 상대로 싸우기는 역부족이란 생각이 들었다.

그러자 묵묵히 압박해 들어오던 패왕혈검단의 움직임이 잠시 멈췄다.

한때 상관이었던 사람에 대한 예의인가?

그들은 혈검을 내려뜨린 채 서이환이 다시 협봉검을 곧추세우길 기다렸다. 어차피 싸울 거라면 전력을 다하란 암묵적인 재촉이었다.

서이환의 눈에 다시 힘이 들어갔다.

그가 협봉검을 치켜들자 주변을 에워싼 패왕혈검단 중 한 사람이 쉿 소리 나는 목소리로 말했다.

"단주, 원망은 마시오!"

서이환의 눈살이 꿈틀거렸다.

"너는 윤극서로군."

"육지살(六指殺) 윤극서가 맞소이다."

자신을 윤극서라 밝힌 흑립인이 비어 있는 왼손을 내밀어 보였다. 확실히 그의 왼손은 육손이었다.

윤극서의 기형인 손가락을 살핀 서이환의 입가로 씁쓰레한 고소가 걸렸다.

"역시 내가 잘못 짚었군. 본래 야심이 가진 능력에 비해 컸던 검빈이라면 탄란을 일으켰을 수 있어도 윤극서 자네라면 반란일 수 없지.”

“단주도 아시다시피, 패왕혈검단의 역사상 반역이란 없소이다.”

“그럼?”

서이환의 반문에 윤극서가 잠시 망설이는 기색을 보였다. 뭔가 마음에 걸리는 게 있는 듯 보였다.

그러나 윤극서는 곧 가벼운 한숨을 내뱉었다.

“본래 내려진 것은 무조건적인 척살의 명령! 하지만 이 년 전 단주 덕분에 목숨을 구한 일이 있는 내가 이대로 명령을 이행한다면 의리가 없는 놈이 되겠지요.”

“자네는 누가 감히 패왕혈검단에게 단주 척살의 명을 내렸냐만 알려 주면 되네.”

“천마신패(天魔神牌)가 재림했소이다.”

“뭣!”

서이환의 얼굴에서 핏기가 가셨다. 설혹 목젖에 검이 대어진다 해도 놀라지 않을 담량을 지닌 그가 대경한 것이다.

그만큼 천마신패란 이름은 마교의 제자들에게 있어 많은 걸 내포하고 있었다.

신성시되는 교주에 버금가는 지고무상의 권위.

외경.

그리고 처절한 공포까지.

삽시간에 만감이 교차하는 표정이 된 서이환이 검끝을 가볍게 떨어보였다. 명령의 주체가 천마신패라면 충직했던 패왕혈검단이라 해도 결코 단주 척살령을 거부할 수 없었을 거란 걸 알고 있었기 때문이다.

윤극서가 내심 고개를 가로젓고 말했다.

"과연 단주 역시 천마신패의 권위 앞에선 당당할 수 없구려. 하긴 교주께서 승천하신 뒤 어느 누가 감히 천마신패의 권위 앞에 당당할 수 있겠소이까만……."

윤극서의 마지막 말은 마치 스스로를 향한 반문 같았다.

간신히 마음을 안정시킨 서이환이 물었다.

"천마신패의 주인에 대한 대답은 할 수 없겠지?"

"예, 제 권한 밖의 일입니다."

한마디로 서이환의 말을 자른 윤극서가 천천히 왼손을 들어올렸다. 패왕혈검단으로 하여금 다시 포위망을 좁히길 명령한 것이다.

스스슥!

그림자 같은 움직임으로 패왕혈검단은 서이환의 주변을 두 겹, 세 겹에 걸쳐 에워쌌다. 직속 상관의 능력을 그들은 누구보다 잘 알고 있었다. 중상을 당했다 하나 한 치의 방심도 보이지 않았다. 패왕혈검단 최고의 백전노장인 윤극서의 명령을 받는 만큼 당연한 일이었다.

서이환은 미지의 천마신패주를 떠올리며 내심 눈살을 찌푸렸다. 냉검빈이 아니라 윤극서를 택한 것만으로도 그의 능력은 의심의 여지가 없다는 판단이었다.

'하긴 지금 그런 걸 생각한다는 것도 우습겠군.'

서이환이 왼손을 살짝 뒤집어 냉검빈의 얼굴을 절반으로 쪼갠 비검을 회수했다. 비검의 검파에 매달려 있는 눈에 거의 보이지 않을 정도로 가는 은사를 잡아당긴 것이다.

바로 그때 윤극서가 살짝 손가락을 앞으로 향했다. 일제 돌격의 명령이었다.

"와라!"

서이환이 쌍검을 치켜 올리며 소리쳤다.

*　　　*　　　*

진자운은 광마 종리신광과 장진구를 통해 대충 알아났던 마교의 비밀 암호를 따라 서이환의 뒤를 좇았다. 서이환이 패왕혈검단을 소집하기 위해 남긴 신호가 많은 도움이 됐다.

물론 마교에서 보통 사용하는 암호와 패왕혈검단의 암호는 상당 부분 달랐다. 대충 마교의 암호 체계를 따라가지만 종종 전혀 다른 뜻을 함유하기도 했다.

덕분에 몇 번이나 길을 잘못 잡았다가 거꾸로 뒤집어 오기를 반복하는 동안 진자운의 얼굴에는 심술이 더덕더덕 붙었다.

사실대로 원인을 분석하자면 별다른 사전 준비도 없이 무림맹을 떠난 그의 잘못이 컸다. 길을 가던 사람 중 열 사람을 붙잡고 물으면 적어도 칠, 팔 명은 그리 대답할 터였다.

하지만 진자운은 자신의 잘못은 싹 잊어버리고 모든 잘못을 서이환에게로 돌렸고, 담화연에게 뒤집어씌웠다. 절대로 자신의 잘못을 온전히 인정하지 않았다. 그러기엔 지난 사흘간의 고생이 너무 억울했다.

'찾기만 해봐라!'

진자운은 애꿎은 서이환과 담화연을 연신 욕했다. 스스로 사서 하는 고생임에도 이미 일의 발단은 까맣게 잊어버리고 있었다.

그렇게 진자운이 최초 서이환과 독인들 간에 격전이 벌어졌던 장소에 도착했을 때다. 코끝을 찌르는 독기에 눈살을 가볍게 찌푸린 그의 시선이 먼 쪽 하늘을 향했다.

‘서 단주와 만독문의 독인들 간에 격전이 벌어졌다?’

진자운은 잠시 자신의 예상이 그럴듯하단 생각을 했다. 무엇보다 한 차례 호흡한 것만으로 속을 온통 뒤집어놓은 독기와 바닥에 떨어져 채 지워지지 않은 선명한 핏자국이 이를 증명했다.

한데 진자운은 곧 고개를 갸웃해 보였다. 그렇게만 보기엔 이해할 수 없는 일이 있었기 때문이다.

진자운이 항주에서 만난 만독문의 독인들은 하나같이 수준급이었다. 아무리 서이환이라 해도 그들이 마음먹고 달려들었다면 결코 도망치지 못했을 터였다.

그들 중 독중독인 갈정립은 차치하고, 휘하의 십대독인이나 진육담 등은 서이환이라 해도 쉽사리 승부를 장담할 수 없는 최고의 고수들이었다.

이처럼 약해 빠진 수하들만을 보내 서이환의 기만 살려주는 바보 짓은 아무리 생각해도 납득이 되지 않았다. 무언가 생뚱맞은 느낌이었다.

‘그렇다면 제삼의 세력이 끼어들었다는 건… 가?’

결국 자신의 이해 가능한 범위에서 결론을 내린 진자운이 주변을 빠르게 둘러보다 한 방향을 정해 신형을 날렸다. 음모의 냄새를 맡은 순간부터 마음이 바빠졌다. 골치가 지끈거리며 아파오기 시작한 것이다.


진자운은 반 시진가량을 달린 끝에 관도를 따라 걷는 한 무리의 수상한 무리를 발견했다. 부상자가 잔뜩 딸린 상인의 무리였다.

‘대충 스무 명이 넘어 보이는데, 여기저기 붕대를 맨 부상자가 다섯 명이 넘는다?’

진자운은 필시 붕대 속에 가려진 상처의 대부분이 상승의 검기에 의한 것이라고 짐작했다. 거의 감에 의해 찍은 것이나 그는 일단 뻔뻔해지기로 마음먹었다.

파팟!

진자운은 상인들이 어떤 반응을 보이기도 전에 바람같이 달려들었다, 부상자를 노리며.

"크으!"

팔 하나를 통째로 붕대로 감은 부상자가 진자운에게 완맥이 제압된 채 크게 비명을 질렀다. 엄중한 부상 부위를 감싸고 있던 붕대가 단숨에 뜯겨 날아갔기 때문이다.

"역시!"

진자운의 입가에 히죽 웃음이 떠올랐다. 그의 예상대로 붕대로 단단히 고정되어 있던 부상자의 상처는 검상이었다. 그것도 꽤나 고절한 수법에 의한.

그러나 잠시 검상을 살피던 진자운은 갑자기 제압하고 있던 부상자를 놔둔 채 뒤로 물러섰다.

그뿐 아니라 그는 허리를 숙여 자신이 뜯어낸 붕대를 집어 들어 부상자에게 내밀기까지 했다. 검상의 궤적이 서이환의 것이 아니라 판단 내린 것이다.

"이거 미안하게 됐소."

진자운의 넉살 맞은 사과에 잔뜩 겁에 질린 표정을 짓고 있던 부상자가 그제야 얼굴을 잔뜩 일그러뜨리며 고통을 호소했다. 공포가 지나가자 잠시 잊고 있던 통증이 다시 고개를 든 것이다.

바로 그때다. 얼이 빠진 표정을 짓고 있던 상인들 중 가장 연배가 높아 보이는 육십대의 백의노인이 잔뜩 긴장한 표정으로 말했다.

"귀하는 무엇 때문에 우리 북경상단을 공격하는 것이오! 우리 북경상단은 석가장에 속해 있으니……."

"아! 악랄한 강호의 악당들을 뒤쫓던 중 실수를 했으니 노인께서는 용서해 주십시오."

진자운이 다시 정중하게 사과하자 백의노인의 입이 가볍게 벌어졌다. 무언가를 말하려다 참는 얼굴.

슥!

부상자를 뇌둔 채 백의노인 앞으로 다가선 진자운이 눈에 안광을 담은 채 말했다.

"본인은 무림맹에 속한 사람입니다. 노인께서는 혹시 보고 들은 바가 있으면 소상히 말씀해 주시면 감사하겠습니다."

"그, 그건……."

문득 진자운의 뇌리로 심상치 않던 부상자의 검상이 스쳐 지나갔다. 내심 깨닫는 바가 있었다.

"북경상단이라면 꽤나 규모가 큰 상단인데, 호위 무사 한 명 보이지 않는군요. 부상자도 많고. 혹시 얼마 전에 습격을 당하지 않았습니까?"

"크헉!"

비명에 가까운 탄성을 토한 건 백의노인이 아니라 텁석부리를 한 부상자 중 한 명이었다.

백의노인이 탓하는 표정으로 노려보자 텁석부리가 얼른 입을 다물었다. 일행 중 백의노인의 권위가 꽤나 대단하다는 걸 알 수 있는 모습이었다.

그 모습을 본 진자운이 재촉하듯 말했다.

“사람의 목숨이 달려 있는 일입니다. 귀 상단이 어디에서 공격을 당했는지 알려주십시오.”

“우리 상단에게 그런 일은…….”

“쓰으!”

진자운이 인상을 붉혔다. 좋은 말로는 백의노인의 입을 열게 하지 못하겠다는 판단이었다.

과연 백의노인의 얼굴에 움찔 놀란 기색이 떠올랐다. 무력을 갖추지 못한 상인들에게 호위 무사도 없는 상황 하에 정체를 알 수 없는 무림인이란 두려운 존재임에 분명했다.

“서, 설마 무림맹에 속한 분이 무고한 양민을 괴롭히려는 건…….”

“양민?”

피식 웃은 진자운이 근처에 있는 바위를 발을 들어 찍어 내렸다. 내력이 닫긴 일각에 바위가 산산조각났다.

그러자 상인들 사이로 웅성거리는 소란이 일었다. 그들 중에서도 몇 수 무공을 견식한 자들이 있으나 이런 위력의 발차기는 본 바가 없다.

동요하는 상인들의 면면을 한차례씩 훑어본 진자운이 백의노인을 쏘아보며 말했다.

“보다시피 나는 지금 꽤나 흥분해 있는 상태요. 그러니 노인은 험한 꼴 당하기 전에 어디서 습격을 당했는지 빨리 말하는 게 좋을 거요!”

진자운의 말투가 어느새 시정잡배처럼 변했음을 눈치챈 백의노인이 자신도 모르게 뒤로 주춤 물러섰다. 압도적인 무력 앞에 두려움을 느낀 것이다. 그리고 순간 진자운이 재차 인상을 붉자 그가 결국 항복했다.

“보, 본 상단을 습격한 건 일단의 흑립인들이었소이다.”

“흑립인?”

“그렇소이다. 그 당시 녹림 대왕들의 습격인 줄 알고 병기를 뽑던 본 상단의 호위 무사들이 한꺼번에 목숨을 잃었고, 보시다시피 몇 명의 상인들 역시 부상을 당했구려.”

“거기가 어디요?”

“그건……..”

백의노인이 잠시 말끝을 흐리다 진자운의 인상이 다시 험악해지자 얼른 손가락으로 동쪽을 가리켰다. 이름 모를 산길이 구비구비 이어져 있는 방향이었다.

“저쪽이요, 저쪽!”

“흠.”

“정말이오! 믿어주시구려!”

백의노인의 부르짖음에 미미하게 고개를 끄덕여 보인 진자운이 예의를 갖춰 고개를 숙여 보이고는 바람같이 신형을 날렸다. 다급한 마음의 일각을 드러낸 것이다.

“허어!”

백의노인이 천천히 놀란 가슴을 쓸어 내리며 한숨을 내쉬었다. 하루새에 두 번이나 무림인의 습격을 당하고 보니 정신이 하나도 없었다. 이번에 북경으로 돌아가면 어떻게 해서든 실력있는 고수를 상단 호위 무사로 초빙해야겠다는 생각이 들었다.

그런데 갑자기 동쪽으로 사라졌던 진자운이 다시 돌아왔다. 그는 대뜸 얼마 전 백의노인과의 대화 시 탄성을 터뜨렸던 텁석부리 상인에게 달려들더니, 빠르게 물었다.

“형장, 여기 북경상단의 상단주가 누구요?”

"저기 있는 곽 노야인데 왜 그러시……."

"곽 노야? 무슨 곽 노야요?"

"곽유경 노야십니다."

"곽유경 노야. 흠, 고맙소."

진자운이 텁석부리의 어깨를 한차례 두드려 주곤 상단주인 백의노인 곽유경에게 히죽 웃어 보였다.

"노인의 말이 틀리다면, 일간 북경의 석가장으로 한번 찾아가 보겠습니다."

"그럼……."

"그럼."

진자운이 진짜 작별을 고하고 신형을 날렸다. 곽유경의 노안이 가볍게 일그러졌음은 물론이었다.


진자운은 피 내음을 쫓아 산길을 더듬던 중 발길을 멈췄다. 그가 지난 사흘간 뒤쫓던 사람을 발견했기 때문이다.

'서 단주…….'

진자운은 빠른 걸음으로 피바다 속에 주저앉아 있는 서이환에게 다가갔다. 이곳으로 향하던 중 예상했던 최악의 상황.

그러나 진자운은 당황하지 않았다. 그는 오히려 지나칠 정도로 냉철한 표정을 한 채 바닥을 향한 서이환의 코끝에 손가락을 가져다 댔다. 생사를 확인하기 위함이다.

'미미하지만 아직 숨결이 남았다!'

진자운은 재빨리 양손에 내력을 집중해 서이환의 명문혈과 단전에 가져다 댔다.

바닥을 온통 붉게 물들인 엄청난 핏물의 양.

이미 무슨 수를 쓰든지 간에 서이환의 생명을 건지긴 힘들었다. 진자운의 노력은 때늦었다고 볼 수 있었다.

하지만 진자운은 묵묵히 내력을 운기해 서이환의 몸속에 불어넣었다. 기적을 바라서가 아니다. 그는 서이환의 마지막 부탁을 듣고 싶을 따름이었다.

그렇게 한참의 시간이 지나갔다. 중간중간 따로 태극심공을 운기해 내력을 보충하던 진자운의 눈에서 정광이 번뜩였다. 거의 시체나 다름없던 서이환의 몸에서 가벼운 미동이 느껴졌기 때문이다.

꿈틀!

생명처럼 검을 쥐고 있던 서이환의 손가락이 경련을 일으켰다. 그러자 진자운이 더욱 많은 내력을 쏟아 부었다. 지금이 아니면 늦는다는 판단이었다.

잠시 뒤 서이환의 감겨 있던 눈꺼풀이 미미한 떨림을 보이더니, 힘겹게 뜨여졌다. 정신이 돌아온 것이다.

“누… 구?”

진자운이 내력을 쏟아 붓는 걸 멈추지 않고 대답했다.

“나요!”

눈앞의 진자운이 보이지 않는지 잠시 눈살을 찌푸려 보이던 서이환의 입술이 꿈틀거렸다.

“그렇군.”

진자운이 대뜸 질문했다.

“누구요?”

“복… 수는 무의미하다.”

"복수를 하지 말라는 뜻이오?"

"그렇… 다."

갑자기 속이 뒤틀리는 걸 느낀 진자운이 내력을 쏟아 붓는 걸 그만두려다 억지로 마음을 되돌렸다. 아직 서이환에게 들어야 할 말이 있었기 때문이다.

"꼬맹이는 진짜 만독문 놈들한테 납치당한 거요?"

"그건……."

"당신이 독인들과 싸우고 부하들한테 배신당했다는 건 대충 짐작하고 있소. 특별히 속일 생각하지 말고 말하시오!"

서이환이 진자운을 힘겨운 표정으로 바라봤다. 마교와는 철천지원수나 다름없는 무당파 제자인 진자운을 믿지 못해서가 아니다. 오히려 천하의 누구보다 미덥다는 생각이 드는 자신의 내심을 그는 이해할 수 없었다.

'조금만 빨리 만났으면 좋았을 것을…….'

서이환이 말했다.

"아가씨를 찾으려면 만독문에 가야만 할 것이다."

"이미 중간에서 따라잡긴 글렀다는 뜻이오?"

"그렇다. 나는 이번 일을 너무 쉽게 생각했어……."

'눈에서 정기가 사라져 간다!'

서이환의 회광반조(廻光返照)가 끝나간다는 걸 직감한 진자운이 빠르게 말했다.

"다시 묻겠소! 당신을 이렇게 만든 녀석이 누구요!"

"……."

"당신의 복수를 하기 위함이 아니오! 다음에 혹시 그자를 만날 기회가 있으면 조심하려는 거요!"

서이환이 비로소 입을 열었다.

"내 몸을 살펴봐… 라!"

"몸을?"

"그래, 그리고 내 검을 부… 탁한다."

"부탁하긴 뭘 부탁해!"

진자운의 성난 외침에 서이환이 흐릿한 미소로 대답을 대신했다. 평소 보인 적이 없는 더할 나위 없이 근사한 표정과 더불어.

"서 단주……."

진자운은 다급히 내력을 불어넣으려다 고개를 슬쩍 숙였다. 이미 그의 숨이 끊어졌다는 걸 깨달았기 때문이다.

"제기랄!"

서이환에게서 손을 떼어낸 진자운이 한동안 고개를 숙이고 있었다. 뜨끈하게 눈가에 차 오른 물기를 그냥 내버려 둔 채.


진자운은 서이환의 무덤에 비목을 세우지 않았다. 정파의 영향력이 큰 절강성에 마교 고수의 무덤은 어울리지 않는다는 생각이 들어서였다.

'씨발, 서 단주 당신! 정말 멋있었어! 재수없을 정도로 멋있었다구!'

잠시 서이환의 무덤을 바라보던 진자운이 신형을 돌렸다. 서이환이 생명처럼 여기던 세 자루의 검을 매단 채로.

'그럼, 꼬맹이를 찾아 중원 일주인가?'

한차례 어깨를 으쓱해 보인 진자운이 히죽 웃었다. 중원을 가로질러 운남(雲南)까지 여행하는 것도 그리 나쁘진 않겠다는 생각을 한 것이다.

"뭐, 어떻게든 되겠지."

서이환의 무덤을 향해 슬쩍 손을 흔들어 보인 진자운이 대지를 박차고 뛰어올랐다. 일단은 미친 듯 달려보고 싶었다, 울적한 기분이 풀릴 때까지.

＊　　　＊　　　＊

육 개월간의 도주 끝에 천마신교에 복귀한 장진구는 감개무량한 표정으로 외성의 성문을 바라봤다.

일 년 전 이곳을 떠날 때만 해도 장진구는 살기만장한 천살혈영대의 부대주였다.

비록 성질 더러운 대주인 사마진궁의 눈치를 심하게 많이 보는 신세이긴 했으나 수많은 마교의 무사들 중 일류라는 자부심이 있었다.

그런데 지금 그는 무공이 금제된 처량한 신세일뿐더러, 패잔병이나 다름없는 신분이었다. 그야말로 일 년 동안 벌어진 일 치고는 급전직하(急轉直下)라 할 만했다.

'하지만 나에겐 광마 천좌가 있다!'

장진구는 만감이 교차하던 표정을 지우고 불끈 양 주먹에 힘을 줬다. 고난에 찬 도주 중에도 목숨처럼 소중히 간직해 온 진자운의 편지를 생각하자 고달픈 수족에 힘이 절로 들어갔다.

"그럼 가볼까?"

장진구는 어깨를 활짝 펴고 성문 쪽으로 걸어갔다. 그러자 성문 앞을 거들먹거리며 지키고 있던 하급 무사들의 얼굴에 차가운 살기가 일어났다.

“누구냐?”

“웬 잡놈이냐!”

고수와 하수는 걸음걸이만 봐도 알 수 있다.

게다가 마교는 순수한 강자존의 세계.

내력이 전혀 느껴지지 않는 장진구의 움직임에 하급 무사들은 대뜸 깔보는 눈길을 던졌다.

외부 세계로부터 귀역이란 말을 들을 정도인 천하마도의 중심부로 이르는 첫 관문을 지키는 자들이었다. 일견 이해가 가는 모습이다.

그러나 일 년 전까지 눈앞의 하급 무사들 따윈 한눈으로 깔아보던 장진구였다. 아무리 현재 신세가 처량해졌다곤 하나 내심 기가 막히지 않을 수 없다.

그는 여태까지 천마신교로 향하며 당했던 분노와 원한이 기하 급수적으로 증폭되는 걸 느꼈다.

“웬 잡놈?”

장진구는 당장이라도 달려들어 눈앞의 하급 무사들을 박살 낼 듯 눈알을 부라렸다. 유령수 시절 흔히 보이던 모습.

그러자 하급 무사 중 하나가 움찔한 표정이 되었다. 나름대로 무림을 굴러다니며 는 눈치로 장진구가 뿜어내는 살기가 보통이 아니란 판단을 내린 것이다.

“어떻게 오셨는지… 요?”

“유 삼형, 뭘 저런 녀석한테까지 굽신거리는 거요!”

“그렇소! 그렇소!”

유 삼형이라 불린 자는 광살삼랑(狂殺三狼)이란 별호를 지닌 유호지

였다. 과거 하북에서 악명을 떨치던 중 함께하던 의형제 둘이 팽가의
고수에게 목숨을 잃자 마교에 투신해 문지기를 하고 있었다.

그는 무림의 칼밥을 제법 먹은 터라 하급 무사들 중에서는 제법 끗
발이 섰다. 짬밥이 떨어지는 두 하급 무사와는 격이 달랐다.

그런 그의 태도가 조심스러워지자 두 하급 무사는 투덜대면서도 장
진구의 얼굴을 조심스레 살폈다.

그러나 대충 이류 수준은 되는 그들이 보기에 눈앞의 장진구는 정말
형편없어 보였다. 마교의 여타 고수들과 같은 두려움이 느껴지지 않았
다.

그때 장진구가 두 하급 무사를 살벌하게 노려본 후 유호지에게 잔뜩
위엄을 갖춰 말했다.

"나는 천살혈영대의 부대주인 유령수 장진구이다! 그동안 중요한 임
무를 위해 신교를 떠나 있었더니 너희 같은 녀석들한테마저 업신여김
을 당하는구나!"

"천살혈영대?"

"유령수 장진구?"

앞서의 두 하급 무사가 고개를 갸웃거리는 사이 유호지의 눈꼬리가
살짝 치켜 올라갔다. 그는 입교한 지 석 달이 채 못 된 동료들과 달리
수개월 전 천마신교 내부를 발칵 뒤집어놓은 사건을 기억하고 있었다.

'천살혈영대라면 칠 개월 전쯤 광마 천좌와 함께 반란을 일으킨 후
현재 천마뇌옥(天魔牢獄)에 갇혀 있는 사마진궁이란 자가 대주를 맡고
있던 부대렷다?'

[대어가 물렸다!]

[대어?]

[반란자의 도당이 나타났다. 그러니 내가 이곳을 맡고 있는 동안, 안쪽에 신호나 보내라!]

슬그머니 동료들에게 전음으로 지시를 내린 유호지가 입가에 간살 맞은 미소를 지어 보이며 허리를 굽실거렸다.

"이거이거, 몰라뵈서 죄송합니다! 장 부대주께서 회교하신 거였군요?"

"크흠, 그래도 말이 통하는 자가 있군. 나는 지금 당장 광마 천좌님께 급한 보고를 올려야 하니 자네가 앞장서 안내해 주게."

"아, 광마 천좌님께요?"

"그렇다. 긴급을 요하는 일이네."

"그렇군요! 그래요!"

유호지는 연신 고개를 끄덕이다 느닷없이 장진구를 덮쳐 갔다. 천살혈영대의 부대주라는 신분을 생각해 전력을 다하되, 유사시 뒤로 몸을 빼낼 여지를 둔 공격이었다.

그러나 무공을 잃은 장진구였다. 슬쩍 던져 본 첫 번째 허초조차 피하지 못하고 뺨따구를 얻어맞은 장진구가 비명과 함께 바닥에 쓰러졌다.

"어이쿠!"

"엥?"

장진구의 대응이 너무 뜻밖이었기에 유호지는 오히려 뒤로 주춤 물러섰다. 뭔가 숨겨놓은 암수가 있다는 판단이었다.

그러자 얼굴을 땅바닥에 박았던 장진구가 나려타곤(懶驢陀滾)과 함께 몸을 뒹굴며 쌍수를 마구 흔들어 보였다. 누가 보더라도 한 점 내공이 느껴지지 않는 몸부림이었다.

“이게 뭐야?”

어이없다는 표정이 된 유호지가 발을 날려 장진구의 어깨뼈를 탈구시키고 멱살을 쥐어 일으켰다. 그의 첫 수에 얼굴에 찍힌 붉은 손도장이 선명하게 눈에 들어왔다.

“어구구!”

거의 반쯤 죽는 신음과 함께 장진구가 눈물 콧물을 다 흘려가며 소리쳤다.

“광마 천좌를 불러주게! 광마 천좌를 불러줘!”

“광마 천좌?”

“그래! 그분이 오시면 네 녀석들은······.”

퍽!

장진구의 안면에 주먹을 꽂아 입을 다물게 한 유호지가 퉁명스레 말했다.

“이 사기꾼 녀석아! 천마뇌옥에 갇혀 있는 그 미친 늙은이를 불러 뭐 하려고?”

“뭣?”

“어쨌든 나 유호지 앞에서 헛소리를 지껄인 죄과는 충분히 경험한 후 윗전한테 넘겨야겠다! 물론 네 녀석의 말이 맞다는 전제 하에.”

“······.”

장진구를 바닥에 패대기친 유호지가 전신의 관절을 풀고는 살기 어린 눈빛을 던졌다. 그가 장진구에게 달려드는 것과 동시, 지원군을 부르러 안쪽으로 달려간 동료들이 돌아오기 전까지 몸을 풀기엔 충분한 시간이 남아 있었다.

정오.

평소처럼 태양을 바라보고 있던 상유하의 뒤로 영마 반여삭이 모습을 드러냈다. 영마라는 별호에 걸맞게 귀신같이 나타난 그가 조용히 부복하자 상유하의 시선이 태양에서 떨어졌다.

"광마 천좌는 어떻게 지내고 계십니까?"

상유하의 물음에 반여삭이 바닥을 향하고 있던 고개를 살짝 들어올렸다.

"여전히 오만하게 떠들어대고 있습니다."

"살마(殺魔) 천좌와 귀마(鬼魔) 천좌의 합공에도 패하지 않은 분이십니다. 조금쯤 오만하다 해도 나쁠 건 없겠지요."

"기껏해야 백 초 정도였습니다. 그 이상이 지났다면 필시 큰 중상을 입었을 겁니다."

반여삭의 입가에는 흐릿한 냉소가 떠올라 있었다. 오마 중 으뜸이라 생각했던 그에게 있어 수개월 전 목도한 광마 종리신광의 무위는 다소 충격이었음이 분명했다.

그때 상유하가 천천히 신형을 돌렸다.

사내라기엔 지나친 감이 있는 절세의 미모를 목도한 반여삭의 입꼬리에 매달려 있던 냉소가 흔적도 없이 사라졌다. 천하에 두려울 게 없다는 그이나 주인으로 모신 상유하 앞에서만큼은 고양이 앞의 쥐가 될 뿐이다.

상유하가 반여삭에게 빙긋 웃어 보였다.

"영마 천좌가 광마 천좌와 직접 자웅을 겨루지 못해 서운하신 마음은 잘 알고 있습니다. 하지만 영마 천좌는 제게 매우 중요한 분이십니다. 함부로 위험에 노출시킬 순 없지요."

‘결국 나는 광마의 상대가 되지 못한다는 뜻인가?’

반여삭은 상유하의 말에 반박하지 않았다. 사실 못했다고 보는 게 옳다. 살마와 귀마의 합공에도 불구하고 제압되지 않던 광마 종리신광을 때려눕힌 위대한 존재의 말에 토를 달 수는 없는 것이다.

침묵으로 대답을 대신한 반여삭을 향해 미미하게 고개를 끄덕여 보인 상유하가 말을 이었다.

“유령수 장진구가 복귀했다고요?”

“재밌는 걸 가지고 왔습니다.”

반여삭이 품 안에서 장진구로부터 압수한 서신을 꺼내 들었다. 진자운이 광마 종리신광에게 보내는 편지였다.

팔랑!

마치 생명이라도 부여받은 듯 스스로 반여삭의 손을 떠난 편지를 받아 든 상유하의 눈에 이채가 떠올랐다. 이미 반여삭을 비롯한 몇 명의 손을 탄 편지 안에 적힌 내용이 꽤나 흥미로웠기 때문이다.

“이건 무당파에 광마 천좌의 후계자가 있다고 봐야 하는 겁니까?”

“가능성은 있습니다.”

“그리고 그 광마 천좌의 후계자가 정파의 군웅대회를 구경간 성녀와 관계가 있다라…….”

“확인해 볼 필요가 있는 것 같아 현재 장진구란 아이를 심문 중입니다.”

“그 건은 영마 천좌에게 맡기겠습니다. 그리고…….”

잠시 말끝을 흐린 상유하가 자연스레 화제를 바꿨다.

“만독문의 갈홍경이 천마신패의 주인과 손을 잡았다는 첩보가 있던데, 영마 천좌께서는 어찌 생각하십니까?”

“그런 일은 현실적으로 있을 수 없습니다.”

“그런가요?”

“그렇습니다. 교주의 혈통은 당세에 성녀 한 명뿐입니다. 하지만 담씨 일족 중에 사생아가 있다면 아예 뿌리 자체를 없애 버려야 할 줄로 압니다.”

“발본색원(拔本塞源)이군요.”

“제게 맡겨주시면…….”

“아닙니다.”

손을 들어 반여삭의 말을 자른 상유하가 다시 입가에 미소를 만들며 말했다.

“이번 일은 제가 직접 처리하겠습니다.”

“그건…….”

“진짜 천마신패가 얽혀 있다면, 만독문의 갈홍경은 생각보다 강적이 될 수도 있습니다. 싹은 자라기 전에 잘라야 한다는 말은 영마 천좌께서 하신 말입니다.”

반여삭이 천천히 고개를 조아렸다. 상유하가 나서기로 했다면 그저 따를밖에 도리가 없는 것이다.

운남 여강(麗江)의 목왕부(木王府).

중원에서 가장 많은 소수 민족이 집결한 운남에서도 대리의 백족(白族)과 더불어 첫째, 둘째의 성세를 자랑하는 것이 납서족(納西族)이다. 그들의 왕이 거처한 목왕부는 중원에서 보자면 벽지나 다름없는 운남이기에 명(明) 황실에서 딱히 간섭을 받지 않고 있었다.

그런 목왕부의 후원에 만들어진 아름다운 정자에 한 명의 절세 미소녀가 얌전히 앉아 있었다. 항주에서 자취를 감춘 담화연이었다.

그녀의 몸매는 여전히 덜 성숙했고, 몸집 역시 아담하나 따사로운 조양 아래 드러난 미모는 보는 이의 숨을 턱 하고 막히게 한다. 요사스럽다는 표현이 어울릴 듯한 미모이다.

하지만 애석하게도 운남의 여강을 지배하는 절대자의 거처인 목왕부의 은밀한 후원에 사람의 그림자가 쉬이 보일 리 없다. 사내들로 하여금 목숨을 걸고 싶게 만드는 담화연이 앉아 있는 정자 주변에는 한 명의 목석 같은 사내가 등을 보인 채 서 있을 뿐이다.

"아아, 심심해……."

담화연은 다과가 날라져 온 소반에 팔꿈치를 받친 채 턱을 괴고 천자만홍(千紫萬紅)이란 말이 어울리는 정원을 바라봤다. 왕부의 정원답게 온갖 기화이초들이 아름다움을 뽐내는 모습은 소녀의 방심을 뛰게 만든다. 만약 평범한 소녀라면 입가에 배시시 미소가 배어 나올 만큼 아름다운 광경이다.

담화연은 고개를 갸웃하며 각기 화려한 자태를 자랑하는 꽃들을 넘나드는 호랑나비 한 마리를 바라봤다.

호랑나비는 한 송이 꽃만으로는 성이 안 차는지 온갖 꽃들을 다 건드리며 기웃거리고 있었다. 참 지조없고 행동―날개―이 가벼운 놈이었다.

호랑나비를 한참 바라보고 있던 담화연의 아미가 갑자기 살짝 찌푸려졌다. 속에서 부글거리며 화가 치밀어 올랐기 때문이다.

'저 망할 난봉꾼 나비처럼 지금쯤 한참 이 여자, 저 여자 기웃거리고 있는 거 아냐!'

담화연이 호랑나비를 보고 떠올린 사람은 진자운이었다. 눈앞에 보이는 곳에 놔둬도 항상 불안한 진자운이었다. 사실 전혀 믿음이 가지 않는다는 게 옳았다.

그래서 성녀의 자존심도 다 팽개치고 따라다녔는데, 갑자기 일이 꼬여 멀고 먼 운남까지 붙잡혀 왔다. 진자운이 다른 꽃에게 바람처럼 날아갈 것을 담화연이 걱정하는 건 어쩌면 당연한 일이었다.

담화연의 시선이 자연스레 원망을 담아 등을 내보이고 있는 사내에게 향했다. 목왕부 내에선 귀한 손님의 안전을 책임지는 호위 무사로 알려졌지만, 사내의 정체는 운남 사강파 중 제일세라 할 수 있는 만독문의 절정고수였다.

칠독마수(七毒魔手) 구양수.

만독문의 십대고수 중 한 명이며, 일곱 개의 독을 이용한 독수공으로 유명한 사람이다.

그러나 그가 담화연의 호위 및 감시자로 목왕부에 파견된 건 어디까지나 과묵하고 냉정한 성격과 여자를 가까이 할 수 없는 고자라는 점 때문이다. 만독문의 문주인 갈홍경은 담화연의 본색을 보자마자 침을 질질 흘리기 시작한 진육담과 휘하의 묘족들을 보고 특단의 조치를 취한 것이다.

'고자라 꼬실 수도 없고, 무공이 고강해서 때려눕힐 수도 없고, 성격이 냉정하고 고지식해서 회유도 안 되다니! 세상에 뭐 저딴 자식이 있는 거야!'

담화연은 구양수를 한참 노려보다 낼름 혀를 내밀어 보였다. 마교의 성녀로 태어나 어렸을 때부터 권모술수에 능숙해져 있던 그녀였다. 어떤 상황에 처하더라도 헤쳐 나갈 자신이 있었다. 그런데 눈앞의 구양수만 보면 가슴이 답답해져 왔다. 아무리 머리를 굴려도 당최 특별한 방도가 생각나지 않는다.

그때 미동조차 없이 전면을 바라보고 있던 구양수가 갑자기 움직임을 보였다. 목왕부의 후원으로 한 명의 화복 미청년이 모습을 드러낸 것과 동시였다.

"천마공자(天魔公子)께서 이곳에 어인 일이십니까?"

천마공자라 불린 미청년이 구양수를 일별하고 입꼬리를 살짝 치켜

올렸다.

“동생을 오라비가 보러 오는 게 뭐 잘못된 일인가?”

“그건…….”

“아아, 염려 말라구. 내 이미 갈정립 형한테 허락을 받았으니까.”

미청년이 품에서 해골이 새겨진 금패를 꺼내 들었다. 만독문의 소문주인 갈정립의 신분을 나타내는 해골 금패였다.

면밀히 해골 금패의 진위를 살핀 구양수가 정중히 허리를 접어 보이곤 옆으로 한 걸음 물러섰다. 비로소 미청년에게 길을 내준 것이다.

‘건방진!’

미청년은 구양수를 향해 눈살을 가볍게 찌푸려 보이곤 정자 쪽으로 걸어갔다. 그러자 익히 그의 정체를 알고 있던 담화연의 입가에 한숨이 떠올랐다.

‘느끼한 자식이 왔다!’

담화연이 슬그머니 고개를 옆으로 돌리자 미청년이 눈을 가느스름하게 뜨고 이를 드러내며 웃었다.

“하하. 담 소매, 이 오라비가 왔는데 어찌 반가이 맞을 생각은 하지 않고 고개를 돌리는 것이냐?”

“오라비라…….”

나직이 중얼거린 담화연의 시선이 그제야 미청년을 향했다. 그녀의 얼굴에는 다소 짜증이 서려 있었다.

“담인진, 정녕 네가 미쳤구나!”

“뭐?”

“어찌 감히 허여멀건한 낯짝을 들이밀며 감히 내 오라비를 자처하는 것이냐! 위대한 신교의 적통인 담가에 너 같은 핏줄이 있다는 말은 들어본 적도 없다!"

"그건 내가 지난번에 설명을 했지 않더냐! 내가 천마신교에서 자라지 못한 건 다 이유가 있다고."

"그 입 다물라!"

담화연은 어느새 자리에서 일어서 있었다. 바람이라도 강하게 불면 당장 날아갈 듯 가냘픈 그녀의 전신에서 일순 뭇 소인배들을 제압하는 위엄이 흘러나왔다.

'웃!'

담인진은 자신도 모르게 뒤로 한 걸음 물러섰다. 나이 어리고 예쁘기만 한 인형인 줄 알았는데, 가슴속에 펄펄 끓는 용암을 담고 있다. 기세만이라면 상대가 안 될 정도였다.

그러나 담인진은 곧 자신의 신색을 깨닫고 안색을 가볍게 붉혔다. 명색이 만독문주의 귀빈이요, 장차 천마신교의 교주가 될 신분이었다. 한낱 어린 계집애의 기세에 밀린다는 건 있을 수 없고, 있어서도 안 되는 일이었다.

'귀엽다 귀엽다 했더니, 이년이!'

담인진의 눈 깊숙한 곳에서 흉험한 기운이 번뜩였다. 물론 그 점을 담화연이 눈치채지 못할 리 없다.

그녀는 갑자기 용맹무쌍하던 기세를 늦췄다. 아니, 그냥 늦춘 게 아니라 흔적도 없이 사그라뜨렸다. 그리고 얼굴에 떠올린 지극히 소녀다운 표정.

"흐흥, 천하제일세인 신교를 집어삼키겠다는 자가 그깟 일로 발끈하다니! 진짜 아버님이 낳은 사생아가 맞긴 한 건지……."

담화연의 뒷말은 혼잣말이라기엔 조금 컸다. 담인진의 귀에 들리지 않을 까닭이 없다.

"큭!"

담인진은 주먹을 피가 날 정도로 쥐며 어금니를 질끈 깨물었다. 어느새 재미없다는 표정을 한 채 자리에 털썩 주저앉은 담화연에게 화를 낼 순 없었기 때문이다.

그런 담인진을 내심 고소하다는 듯 바라본 담화연이 도톰한 입술을 삐죽거리며 말했다.

"뭐, 아버님의 천마신패를 가지고 있으니 사생아란 건 인정해 드리지요. 천마신패란 건 그리 쉽사리 얻을 수 있는 게 아닐 테니까."

"그, 그렇다. 나는 분명 담가의……."

"그렇지만, 방금 전처럼 감히 내 오라비 흉내를 낼 생각은 않는 게 좋아요. 당신이 담씨 성을 쓰는 것을 인정해 주는 것만도 내 인내심은 바닥을 드러내고 있으니까요."

담인진의 안색이 다시 가볍게 일그러졌다. 굴욕을 느꼈기 때문이다.

"정녕 날 오라비로 받아들이지 않겠다는 거냐?"

"당연하죠."

한마디로 자신의 의사를 표명한 담화연이 예쁜 얼굴에 새침한 표정을 띤 채 말했다.

"세상에 어떤 오라비가 자기 여동생을 납치하겠어요? 날 납치했을 때부터 당신은 내 오라비가 되기를 포기한 거예요."

"거기엔 그만한 사정이 있었다고 내가……."

"아아, 벌써 시간이 이렇게 됐네."

"……."

담화연이 담인진에게 손을 휘저어 보이곤 자리에서 다시 일어섰다.

그녀가 정자에서 살짝 내려서자 멀찍이 떨어져 있던 구양수가 그림자처럼 다가와 허리를 굽혀 보였다.

그를 향해 교양있는 태도로 살짝 고개를 끄덕여 보인 담화연이 진짜 호위를 부리듯 말했다.

"슬슬 목왕부의 군주들을 보러 가야 할 시간이네요. 구양 호위는 앞장서 주세요. 손님은 이만 물러가라고 전해주시고요."

"예."

담화연에게 다시 허리를 숙여 보인 구양수가 담인진에게 차가운 눈빛을 던졌다.

"이만 물러가 주시지요."

"나는 아직 담 소매와 할 얘기가……."

"이곳은 목왕부입니다. 말썽이 생기면 만독문과 천마공자께도 그리 좋지 못합니다."

".……."

잠시 구양수를 빤히 쳐다본 담인진이 결국 온몸을 가볍게 떨며 옆으로 물러섰다. 한마디 궁시렁거리기를 잊지 않고서.

"오늘의 일, 후회하게 될 것이다!"

담인진의 못난 모습을 냉연하게 바라본 담화연이 구양수에게 조용히 말했다.

"그만 가죠."

"예."

담인진을 뒤에 남겨둔 채 구양수와 담화연이 정원을 가로질렀다. 담화연이 목왕부에서 감금 아닌 감금 생활을 하게 된 이래 자매처럼 친해진 두 명의 군주를 기다리게 해서는 곤란하다는 이유를 대고서.

　　　　　*　　　　　*　　　　　*

　사천(四川).

　장강, 민강(岷江), 타강, 가릉강(嘉陵江) 등 네 개의 큰 강이 흘러 곡
창을 이루어서 얻게 된 이름이다.

　시선(詩仙) 이백(李白)이 읊기를 사천은 이르기가 하늘을 오르기보다
어렵다[蜀道難於上靑天]고 했다. 그만큼 험한 촉로(蜀路)를 통과해야지
만 도달할 수 있다는 뜻이다.

　하늘이 만들어놓은 천연의 요새.

　사천에는 여타의 중원과 달리 한족 외에 이족(彝族), 장족(藏族), 묘
족(苗族), 회족(回族) 등이 공존했다. 땅이 넓고 물산이 풍부한 이상으
로 치열한 생존 경쟁이 벌어지는 대지인 것이다.


　진자운은 절강성을 떠난 지 육 개월 만에 사천의 성도(省都)인 성
도(成都)에 도착했다.

　그는 서이환의 죽음을 본 후 무작정 만독문 독인들의 뒤를 쫓는 대
신 그들의 본거지가 있는 운남을 목표로 쭉 이동했다. 어떻게든 운남
에만 도착하면 담화연의 소식을 알 수 있으리란 판단이었다.

　그러나 만독문이 어떤 곳이던가!

　운남의 절대 강자이자 삼패 중 한 명인 독효 갈홍립이 버티고 있는
마도의 절대 강세였다.

　그 성세는 당금의 구파일방 중 으뜸이라 불리는 소림, 무당에 결코
뒤지지 않고, 사악함과 파괴력은 마교에 버금간다고 알려져 있었다.

아무리 하늘이 얼마만큼 높은지 모르고, 땅이 얼마나 넓은지 상관치 않는 진자운이라 해도 아무런 대비 없이 덤벼들 순 없었다.

계획이 필요했다. 물론 그 계획은 평소처럼 짧은 고민 끝에 아무렇게나 내려진 것이어선 곤란했다.

진자운은 대륙을 가로지르는 동안 심각하게 고민한 후 자신의 계획을 관철시키기 위해 운남과 맞닿아 있을뿐더러 정파 세력이 방벽처럼 집결해 있는 사천에 도착했다. 먼저 사천을 돌며 만독문에 대한 사전 지식을 쌓고 담화연을 구출할 방도를 강구할 작정이었다.

진자운은 성도의 성문을 통과한 후 이리저리 거리를 배회하다 갑자기 아랫배를 부여안고 바닥에 주저앉았다. 생각해 보니, 성도까지 치달리는 동안 하루를 꼬박 굶었다. 굶주림에 현기증이 나는 것도 무리는 아니다.

'빌어먹을 만독문 새끼들! 감히 나 진자운님을 이렇게 고생시키다니!'

진자운은 뱃속에서 연신 울어대는 식충들의 울부짖음을 진정시키기 위해 좀시 움직이지 않았다. 일단 잔뜩 골이 난 배를 살살 달래놓고 요기할 수 있을 곳을 찾을 생각이었다.

사실 그 정도쯤 되는 무공고수라면 이 정도 배고픔 정도는 근성으로 이겨낼 수 있었다. 이렇게 극성을 부릴 정도는 아니다.

한데, 그때였다.

쩔그렁!

진자운은 자신의 눈앞을 나뒹구는 허연 은자 조각을 보고 고개를 살짝 들어올렸다. 그러자 자색 경장을 걸친 한 명의 소녀가 입가에 피식 미소를 담고 말했다.

“쳇, 거지치곤 몸이 꽤나 좋아 보이길래 그냥 지나치려고 했지만, 뱃속에서 난 꼬르륵 소리가 내 발길을 잡아끄네.”

“……”

“그 정도 은자면 밥도 사 먹을 수 있고 옷도 새로 사 입을 수 있을 거야. 그러니까 동냥질 따윈 병약한 늙은이나 고아들한테 맡기고 열심히 일하는 거야.”

사뭇 설교조의 말을 내뱉은 자의소녀의 나이는 대략 십칠, 팔 세가 넘지 않아 보였다.

어떻게 보든 남의 인생에 관해 이런 어른스런 말을 내뱉을 나이가 아니다. 적어도 졸지에 사지육신 멀쩡한 채로 동냥질을 하는 거지 취급을 받은 진자운은 그리 생각했다.

하지만 진자운은 말없이 손을 뻗어 바닥에 떨어진 은자를 주워 들었다. 거지 취급을 받은 건 받은 것이고 일단 돈이라도 챙기고 보자는 심산이었다.

그 모습을 보며 나직이 코웃음 친 자의소녀가 신형을 돌렸다. 더 이상 진자운에게 관심을 보일 필요를 느끼지 못한 게 분명했다.

‘하지만 나는 네게 관심이 생겼다.’

진자운은 총총히 멀어져 가는 자의소녀의 뒷모습을 눈으로 좇고는 슬그머니 자리에서 일어섰다. 그녀의 움직임으로 무림인이란 걸 알았기 때문이다.

그때 기다렸다는 듯 그의 뱃속에서 식충들의 울부짖음이 다시 터져 나왔다.

꼬르륵!

“알았다, 알았어! 밥 주마, 밥 줘!”

아랫배를 더듬으며 소리친 진자운이 다시 자의소녀가 사라진 쪽을 바라보곤 빠르게 움직이기 시작했다.

한참 후 진자운의 발이 멈춘 곳은 촉한루(蜀漢樓)라 쓰여진 현판이 그럴듯한 주루 앞이었다. 그가 심심풀이 삼아 뒤쫓은 자의소녀가 방금 전 모습을 감춘 곳이었다.

"촉한루라……."

진자운은 시장 바닥을 통과하는 동안 자의소녀에게 받은 은자 조각과 바꾼 큼지막한 만두를 우물거리며 눈을 빛냈다. 촉한이 과거 사천에 세워진 왕조의 이름임을 그가 알 턱이 없다. 그냥 이름이 여타의 주루와 다르기에 관심이 갔다.

물론 그런 관심 따윈 곧 흔적도 없이 사라졌다. 주루 안에서 한 명의 교염한 자태를 뽐내는 삼십대 여인이 모습을 드러냈기 때문이다.

"어디서 왕림하신 공자님이신지요?"

진자운이 머리를 옆으로 살짝 기울여 보이며 입가에 미소를 담았다.

"재신(財神)이 변덕을 부린 게지."

"재신이 변덕을 부렸다고요?"

"그래, 자네같이 어여쁜 미녀를 보면 재신인들 변덕을 부리지 않겠나 말야."

진자운이 히죽 웃어 보이자 여인이 입가에 매달려 있던 교염한 미소를 감췄다. 그녀는 정중하게 허리를 숙여 보이며 진자운에게 앞길을 터줬다.

"공자께서는 얼른 안으로 드시지요."

"고맙네."

진자운은 품에서 은자 한 덩이를 꺼내 여인의 손에 건넸다. 얼마 전 촉한루에 들어선 자의소녀가 했던 행동을 그대로 흉내 낸 것이었다.

여인의 입가에 다시 교염한 미소가 떠올랐다. 얼굴을 절반이나 가린 앞머리로 인해 진자운의 진면목은 가려져 있었다. 하지만 화류계에 몸 담은 지 오래인 여인에겐 그의 숨겨진 남성미가 그대로 전달되었다.

'멋진 사내다!'

여인의 뜨거운 전송을 받으며 진자운은 촉한루에 올랐다. 특별한 암호까지 정해놓은 걸 보면 오늘 촉한루에는 말로만 듣던 강호의 회합이 있는 게 분명했다.

진자운이 보통의 무림인이라면 이런 회합은 알고도 모른 척하는 게 옳았다. 자칫 살신지화(殺身之禍)를 부를 수 있기 때문이다.

하지만 촉한루에 오른 진자운에겐 그런 걱정이 전혀 없었다. 이미 자의소녀의 무공 실력을 대충 가늠한 터였다. 자신보다 한참이나 하수인 여인이 참가하는 회합 정도를 안중에 둘 까닭은 없었다.

촉한루 안에는 자의소녀 외에도 꽤나 많은 사람들이 모여 있었다. 세 명의 청년과 두 명의 중년인, 세 명의 소녀가 몇 개의 탁자를 이어 만든 자리에 좌정한 채였다.

'젊은 녀석들은 볼 것 없고, 두 명의 중년인들은 제법 눈 안에 안광이 갈무리된 것이 유념해야겠군.'

진자운은 회합에 모인 사람들을 한차례 둘러보곤 상석에 자리잡은 중년인들을 살폈다. 그들은 보통의 중키에 차가운 안색을 한 검객과 청색 도복을 걸친 중년 도사였다.

그때 역시 느닷없이 촉한루에 모습을 드러낸 진자운을 살피고 있던 사람들 중 예의 자의소녀가 놀란 표정으로 소리쳤다.

“아! 당신은…….”

“하늘에서 떨어져 내린 은자 한 조각으로 목숨을 구원받은 사지 멀쩡한 거지요.”

“풋!”

웃음을 터뜨린 건 자의소녀가 아니었다. 그녀 옆에 바짝 붙어 앉아 있던 연한 녹색 경장을 걸친 커다란 눈의 소녀였다. 그녀는 자의소녀나 그 옆의 다른 백의소녀와 그리 나이 차이가 나 보이진 않으나 다소 백치미가 느껴지는 얼굴을 하고 있었다.

자의소녀를 비롯한 모두의 시선이 집중되자 녹의소녀의 얼굴에 가벼운 홍조가 떠올랐다. 무안함보다는 부끄러움이 앞선 듯하다.

“죄, 죄송해요.”

녹의소녀가 작게 고개를 숙여 보였다. 그러자 그녀에게서 시선을 뗀 자의소녀가 빙글거리고 있는 진자운에게 눈살을 찌푸려 보였다.

“설마 내 뒤를 밟은 것인가요?”

“설마…….”

“그럼?”

“이럴 경우 그냥 우연이라 함이 옳지 않겠소?”

자의소녀에게 히죽 웃어 보인 진자운이 한 켠에 위치한 탁자 앞에 대충 자리잡고 앉았다. 말한 바 그대로 오늘 촉한루에서 벌어진 회합에 대해선 그다지 관심이 없다는 듯한 모습이다.

그러자 진자운이 짐작했던 바대로 이번 회합 중 우두머리임에 분명한 두 중년인 중 냉막한 표정의 중년 검객이 나섰다.

슥!

자리에서 일어서자마자 진자운이 자리잡은 탁자 앞에 이른 중년 검객의 옆구리에서 검광이 일었다. 바로 발검에 들어간 것이다.

번뜩!

진자운은 그저 흐릿한 검광이 사선을 그리며 파고드는 것만을 느꼈을 뿐이다. 그런데 이미 검봉은 진자운의 목젖을 노리고 있었다. 평생 본 적이 드물 정도의 쾌검.

그러나 진자운 역시 보통의 고수가 아니다. 그는 그저 목젖을 가볍게 옆으로 이동시키는 것만으로 중년 검객의 일검을 피해냈다.

그뿐 아니다. 그의 다리는 어느새 중년 검객의 하단전을 노리며 내차지고 있었다.

파곽!

중년 검객은 재빨리 뒤로 물러섰다. 그는 짧은 순간 진자운의 다리를 검으로 두 동강 내기보다는 뒤로 물러서는 게 이득이라 판단 내린 게 분명했다.

"좋은 판단!"

진자운은 중년 검객의 정확한 판단에 찬사를 보냈다. 그러자 중년 검객이 검을 들어 진자운의 미간을 똑바로 겨눴다. 역시 여타 중원의 검법과는 상반된 모습이다.

'찌르기인가?'

진자운의 눈매가 가늘어질 때다. 중년 검객과 진자운의 쾌속한 공수를 지켜보고 있던 중년 도사가 갑자기 두 사람 사이에 끼어들었다. 푸른 그림자와 함께.

"두 분은 잠시 손속을 멈추시는 게 어떻겠소이까?"

먼저 움직이고 말은 그 뒤였다. 아니, 먼저 말을 꺼냈는데, 움직임이 앞선 것으로 보이기도 했다. 그만큼 중년 도사의 신법은 빨랐다.

그어 중년 검객이 미간 사이까지 치켜올렸던 검을 거두고 한 걸음 뒤로 물러섰다. 중년 도사의 말에 존중을 표시한 것이다.

그 사이를 틈타 자리에서 일어선 진자운에게 중년 도사가 담담한 안광이 번뜩이는 시선을 던졌다.

"빈도가 보기에 방금 전 소협이 보인 한 수는 무당파의 자오원앙각과 흡사한 것 같은데?"

'구파에 속한 자?'

진자운은 중년 도사를 한차례 살피곤 살짝 포권해 보였다.

"무당파의 속가제자올시다. 도장께서는 청성파(靑城派)에 속하신 분이 아니신지요?"

"역시 그렇구려. 빈도는 청성파의 송진(松眞)이라 하오."

구파일방 중 하나인 청성파는 사천무림의 삼강 중 하나이며, 도문으로 그 성세가 제법 대단했다. 그중에서도 송 자 항렬이라면 일대제자에 속했다. 무림의 어디를 가든 행세할 수 있는 신분이란 뜻이다.

'사일검패 유청경과 동배란 말이군.'

내심 고개를 끄덕인 진자운이 송진에게 히죽 웃어 보였다.

"이런 곳에서 구파의 동도를 만나게 되니 매우 기쁩니다. 본래 같이 자리를 함께하고 가르침을 받아야 할 테지만 오늘은 다른 손님들이 많으니 다음으로 기회를 미뤄야겠군요."

"그건……."

송진의 얼굴에 난처한 표정이 떠올랐다. 진자운이 무당파의 속가제자라 달했으나 그 무공이 범상치 않고 오늘 회합을 찾은 뜻이 모호했다. 그래서 자신의 신분을 밝힌 것인데, 상대가 바로 떠날 뜻을 내비쳤다. 막자니 무당파의 이름이 걸리고, 그냥 두자니 타 파 사람들의 이목이 두려웠다.

그때 진자운과 처음으로 손속을 겨룬 중년 검객이 얼굴만큼 서늘한 목소리로 말했다.

"이번 회합은 우리 대리 점창파(點蒼派)와 사천 삼강만이 참가하는 걸로 알았는데, 무당파에서도 왔군."

"단 대협, 거기엔 사정이……."

"됐소이다. 본인은 좋은 뜻으로 사천의 친구들에게 경고해 주러 왔을 뿐인데, 사천 쪽에선 다른 친구를 이미 사귀어 뒀었구려."

단 대협이라 불린 점창 검객이 불쾌한 표정을 짓고 살짝 옆으로 물러서더니 바로 신형을 촉한루 밖으로 날리려 했다. 더 이상 이곳에 머물 까닭이 없다는 판단을 내린 것이다.

그러자 그 앞을 송진이 얼른 가로막아 섰다. 오늘 회합의 최연장자는 어디까지나 그였다. 중대한 정보를 가지고 온 눈앞의 귀빈을 화난 채 떠나게 할 수는 없었다.

"단 대협, 잠시만 고정하시고……."

"일없소!"

점창 검객은 바로 검을 치켜들더니 송진의 미간을 노리며 검을 찔러갔다. 진자운에게 펼치려다 만 바로 그 쾌속의 찌르기였다.

스팟!

송진은 가까스로 점창 검객의 일검을 피해냈다. 그것도 점창 검객이 손속에 일말의 사정을 뒀기에 가능한 일이었다. 그만큼 그의 검은 쾌속하고 매서웠다.

"흥!"

낭패한 표정으로 옆으로 물러선 송진에게 점창 검객이 차가운 코웃음을 보였다. 송진의 안색이 처참하게 구겨졌다. 그때 막 밖으로 나서려던 점창 검객의 앞을 가로막는 그림자가 있었다. 모든 분쟁의 시발점이 된 진자운이었다.

"꽤나 대단한 검법이구려. 본인도 한 번 견식하고 싶은데, 가르침을 주시겠소?"

"소협, 단 대협은 점창파의……."

대경해 얼른 진자운을 말리려는 송진의 말을 점창 검객이 끊었다.

"무당파의 검법이 중원 최강이라고 소문났다던가?"

진자운이 송진의 얼굴을 힐끔 바라보곤 히죽 웃어 보였다.

"세상 사람들이 대충 그리 말은 하는 것 같더이다."

"그럼 뭘 망설이는 것이지?"

점창 검객의 매와 같은 시선이 진자운의 누더기가 다 된 피풍의 쪽을 향했다. 그는 빼어난 검객답게 피풍의 안쪽에 숨겨진 세 개의 검을 눈치챈 것이다.

'중원의 말 많은 녀석들보다 맘에 드는군.'

진자운은 슬쩍 일권파의 자세를 취하곤 말했다.

"먼저 무당파의 권법을 견식하는 건 어떻겠소?"

"그것도 좋겠지."

점창 검객의 검이 다시 위로 높게 치켜 올려졌다. 이번에는 눈과 수평을 이루는 대신 검봉이 조금 아래쪽으로 향했다. 이미 사용한 바 있는 초식은 사용하지 않겠다는 의지였다.

그 순간 한 발을 살짝 앞으로 내밀었다 옆으로 반보 이동시킨 진자운이 앞으로 반쯤 내민 주먹 중 검지를 들어 보였다.

까닥!

치커 올려진 검지가 점창 검객을 불렀다.

그리고 그에 화답하듯 일어난 검광.

파팟!

진자운은 똑바로 자신의 미간 사이를 노리며 파고드는 검기의 흐름을 육감으로 느꼈다. 그의 육감은 순간적으로 머리가 반쪽 났음을 잔뜩 떠들어댔다.

그만큼의 쾌검!

물론 진자운은 무당의 이정제동의 정수를 이미 터득한 상태였다. 그의 미간이 두 쪽으로 꿰뚫렸다고 중인들이 느낀 사이, 벼락같은 일권파가 점창 검객의 손등을 때려가고 있었다. 반보의 이동과 더불어.

파앙!

점창 검객은 처음 진자운이 본 바와 같이 보통이 아니었다. 자신의 일검이 실패로 돌아갔음을 느낀 순간, 그는 검을 크게 반원으로 돌렸다. 어느새 품 안 깊숙이까지 파고든 진자운의 배후를 노리는 변화였다.

결국 진자운은 점창 검객의 손등을 바숴놓는 대신 팔꿈치를 휘둘러야만 했다. 반원을 그리며 파고든 검봉의 배후를 튕겨내야만 했기 때문이다.

그러나 진자운 역시 이대로 물러설 수는 없는 터.

그의 신형이 아래에서 위로 가볍게 뛰어올랐다. 그냥 뛰어오른 것이 아니다. 바닥을 박찬 첫 번째 발등이 앞으로 내차졌고, 두 번째 발뒤축은 점창 검객의 턱을 노렸다. 수비와 더불어 공격에 나선 것이다.

파파팍!

점창 검객이 휘청거리며 뒤로 물러섰다. 두 번에 걸친 자오원앙각은 비어 있던 좌장을 휘둘러 가까스로 막아냈으나 그 속에 담긴 내가경력까지 해소시키는 데는 실패했다.

타탁!

작은 원을 그리며 바닥에 내려선 진자운이 앞으로 쭉 나섰다. 그의 주먹이 일권파의 변화와 함께 점창 검객의 가슴을 노렸다. 아예 끝장을 보겠다는 기세.

두 사람의 대결을 입을 벌린 채 지켜보던 송진이 놀라 소리쳤다.

"소협, 그래선 안 되오!"

파꽉!

진자운은 일권파를 거둬들이지 않았고, 점창 검객 역시 뒤로 물러서지 않고 다시 좌장을 뻗어냈다. 아예 송진 따윈 두 사람의 뇌리 속엔 존재하지 않는 것같이.

일권파의 맹렬한 기세에 점창 검객이 뒤로 주춤거리며 물러섰다. 어느새 체내로 파고든 일권파의 회오리 같은 기운에 대항하느라 그의 안색이 대번에 창백해졌다.

한데, 그 순간 진자운은 이격을 먹이는 걸 포기하고 뒤로 물러서야만 했다. 일권파를 받는 순간에도 점창 검객의 검은 진자운의 배후를 노리기를 포기하지 않았기 때문이다.

"멋진 검법!"

진자운이 소리친 순간, 점창 검객의 입에서 한줄기 핏물이 터져 나왔다. 뒤로 물러서기만 했으면 내상을 입지 않았을 터인데, 우직하게 버티며 진자운에게 일검을 가하느라 내장이 진동한 것이다.

그때 송진이 얼른 점창 검객에게 다가와 품속에서 꺼낸 요상약을 건넸다.

“본 파의 청심보단(淸心補丹)이오! 내상에는 탁월한 효능을 자랑하니……."

슥!

고맙다는 말도 하지 않고 송진의 청심보단을 빼앗아 복용한 점창 검객이 바로 자리에 주저앉아 가부좌했다. 내상을 가라앉히기 위해 운기조식에 들어간 것이다.

송진이 그 모습에 놀라 얼른 진자운 앞을 가로막아 섰다. 점창 검객이 자신을 믿고 진자운을 앞에 두고 운기조식에 들어갔다는 판단을 내렸음이 분명하다.

진자운이 눈앞의 우직한 도사와 검객을 바라보고 히죽 웃었다. 갑자기 절정고수들을 만나 몸을 풀고 나니 기분이 상쾌했다. 우연찮게 발견한 자의소녀를 따라온 보람을 느꼈다.

'본래는 그냥 떠나려고 했는데, 이만한 자들이 얽힌 일이라면 한몫 끼어들어도 되겠는걸?'

진자운이 어깨를 으쓱해 보일 때다. 그가 모습을 드러낸 이래 눈을 빛내며 지켜보고 있던 세 소녀 중 예의 자의소녀가 냉큼 자리에서 일어섰다.

“혜 언니!"

그녀 옆에 앉아 있던 녹의소녀가 놀라 소리쳤으나, 자의소녀는 들은 척도 하지 않고 진자운에게 다가왔다.

“거지씨!"

진자운이 자의소녀를 향해 미미하게 고개를 끄덕여 보였다.

“내가 여전히 거지로 보이는가?"

“겉모양으로만 볼 때에는."

“그럼 속 모양은?”

“완전히 달라져 보이는군요.”

“어떻게?”

“글쎄요…….”

자의소녀는 묘한 표정과 함께 말끝을 흐리곤 대뜸 손을 내밀어 보였다.

“줘요!”

진자운이 짐짓 모른 척 말했다.

“뭘 달라는 거요?”

“내가 준 은자 도로 돌려달라구요.”

“한번 준 걸 왜 도로 뺏으려는 거요?”

“내가 그때 당신한테 은자를 준 건 거지인 줄 알았기 때문이에요. 그런데 당신은…….”

“거지가 아니다?”

“그래요.”

“흐음, 그렇지만 나는 지금 그 은자가 없는데…….”

“벌써 써버렸나요?”

진자운이 대답 대신 고개만 끄덕였다. 그러자 자의소녀가 콧등에 한 차례 주름을 잡아 보이곤 말했다.

“나는 당가의 당문혜예요.”

“나는 진자운이라 하오.”

진자운이 선선히 자신의 정체를 밝히자 당문혜의 눈에 이채가 떠올랐다. 송진에게도 말하지 않던 이름을 자신에겐 털어놓은 걸 특별하게 여긴 것이다.

그때 운기조식에 들어가 있던 점창 검객이 자리를 털고 일어섰다. 그사이 흐트러졌던 진기를 안정시키고 내상을 털어버린 게 분명하다.

진자운이 당문혜를 놔두고 그에게 포권하며 말했다.

"멋진 검법과 대응이었소. 나는 무당파의 진자운이라 하오."

점창 검객이 눈살을 한차례 찌푸려 보이곤 대답했다.

"나는 대리 점창파의 단연경이오. 무당파가 중원제일이라더니, 과연 명불허전이더이다."

"점창파의 검법 역시 대단했소이다. 자칫 내 귀중한 목이 달아날 뻔했으니……."

진자운이 익살스런 표정을 지어 보이며 자신의 목젖을 손바닥으로 쓰다듬자 당문혜가 참지 못하고 웃었다. 그러나 그녀는 얼른 자신의 입을 손으로 막았다. 단연경의 매와 같은 눈빛을 마주한 탓이다.

그도 그럴 것이 단연경이라면 사천과 맞붙어 있는 운남무림의 사강 중 하나인 점창파에서도 세 손가락 안에 드는 고수였다. 그 성정이 지극히 차갑고 손속에 사정을 두지 않는 터라 사천 내에서도 두려움의 대상 중 한 명이었다. 아무리 당문혜가 당가의 여식이라곤 하나 격이 다른 존재라 할 수 있었다.

그러자 진자운이 몰래 당문혜를 손가락으로 가리키며 비웃는 표정을 던졌다. 그녀의 용기없음을 놀리는 것이다.

'저 인간이!'

당문혜는 약이 올라 두 볼을 부어올렸다. 사천무림 중에 당가의 여식인 그녀에게 이런 노골적인 모욕을 주는 사람은 본 바가 없었다. 화가 나지 않을 리 만무하다.

그러나 어느새 진자운은 당문혜를 외면하고 단연경과 이런 저런 말을 나누며 주루 한 켠으로 걸어가고 있었다. 방금 전 나눈 초식에 대한 복기어 들어간 것이다.

결국 뒤에 멀뚱하게 남아버린 송진에게 다가간 당문혜가 식식거리며 말했다.

"송진 도장님, 저 못된 사내가 정말 무당파의 제자인가요?"

"그가 전개한 자오원앙각은 분명 무당의 무공이 맞긴 하네. 하지만……."

"하지만 뭐죠?"

"하지만 그의 권법의 맹렬함은 무당파의 부드러움으로 강함을 제압한다는 권법 이론과는 완전히 배치되는 듯하더군. 아예 처음 보는 거야. 하긴 무당파쯤 되는 곳에서 오랫동안 새로운 무공이 나오지 않고 기재가 나지 않는 게 오히려 이상한 일이겠지만, 이건 아무래도……."

송진이 고개를 가로젓고 단연경 등을 좇아 걸어가자 당문혜의 눈에서 이채가 반짝였다.

송진 정도 되는 사람을 혼란에 빠뜨린 진자운의 정체나 기량에 대한 호기심이 방금 전의 불쾌한 기분을 상쇄시켰다. 사실 사내가 그만한 자존심은 가져야 한다는 생각이 들기도 했다.

'그럼 내가 한번 꼬셔볼까?

당문혜가 한참 진자운을 살피며 염두를 굴리고 있을 때다. 그녀의 곁으로 녹의소녀와 백의소녀가 다가들었다. 그녀들은 각기 아미파와 청성파의 제자로 이름은 이가명과 연소영이었다. 모두 당문혜와는 어려서부터 친한 사이였다.

"혜 언니, 전 정말 놀랐어요!"

백치미가 느껴지는 이가명이 먼저 목소리를 높이자 연소영이 얼른 맞장구를 쳤다.

“그래요, 혜 언니. 어쩌면 그리 대담하신 거예요. 저 소협은 본 파의 송진 사숙님과 점창파의 단 대협에 맞선 사람인데, 감히 말을 걸며 나서다니요.”

이가명과 달리 연소영의 목소리엔 다소 질책이 담겨 있었다. 순진하기만 한 이가명과 달리 연소영은 어려서부터 당문혜에게 묘한 경쟁심을 지니고 있는 것이다.

물론 연소영의 그런 내심을 모를 당문혜가 아니다. 그녀는 연소영에게 피식 웃어 보이곤 이가명에게 말했다.

“가명아, 여자한테 가장 중요한 게 뭔지 아니?”

“그, 글쎄요.”

이가명이 고개를 가로저으며 눈을 깜빡이자 당문혜가 더욱 입가의 미소를 짙게 했다.

“여자한테 가장 중요한 건 자신과 일평생을 함께할 남자를 찾는 거야. 천하에 수없이 많은 남자와 여자가 있지만, 그중에 진짜 자신의 짝을 찾는 건 매우 어려운 일이거든.”

“그럼, 그럼…….”

“그래. 나는 저 진자운이란 소협이 과연 나 당문혜의 짝이 될 만한 자격이 있는지를 알아보기 위해 나선 거야. 그러니 설혹 조금쯤 위험하다 해도 거리낄 건 없는 거지.”

당문혜가 이가명의 멍청한 표정을 살피곤 다시 연소영을 바라봤다. 더 할 말이 있냐는 도도한 표정이었다.

물론 연소영은 뭐라 핀잔을 주고 싶었다. 그래서 한껏 기분이 좋아진 당문혜의 이맛살을 찌푸리게 하고 싶었다. 하지만 어려서부터 엄격한 규율의 청성파에 입문한 그녀로선 아무리 생각해 봐도 남녀 관계에 대해 뭐라 할 말이 없었다.

그때 진자운은 자신이 여인들의 입방아에 올랐다는 사실을 전혀 모른 채 단연경과 초식 복기에 열을 올리고 있었다. 단연경이 일권파와 자오원앙각의 독특한 움직임에 놀랐듯 그 역시 중원 검법과는 상궤를 달리하는 점창 검법의 쾌속함에 홍미를 느끼고 있었다.

그렇게 그들이 한참 초식 복기를 끝냈을 무렵이다. 두 사람을 바라보며 쭈뼛거리고 있던 송진이 기회를 잡았다는 듯 끼어들며 말했다.

"단 대협, 절차탁마는 다 끝나셨소이까?"

"뭐, 대충."

단연경이 고개를 끄덕여 보이자 송진이 진자운에게 정중하나 위엄 있는 목소리로 말했다.

"진 소협, 단 대협은 오늘 우리 사천무림의 일원들에게 귀중한 전언을 전하기 위해 오셨소이다. 그러니 일단 진 소협은 자리에서 물러나 주면 감사하겠소이다."

"그렇군요. 실례가 많았습니다."

진자운이 물러설 뜻을 비치자 단연경이 갑자기 목소리를 높였다.

"송진 도장, 진 소협이 물러난다면 본인 역시 이곳에 남을 까닭이 없소이다."

송진의 안색이 가볍게 변했다.

"단 대협, 그게 무슨 뜻이온지?"

"진 소협과 본인은 이미 서로 무공을 겨뤄 친구가 된 사이요. 친구가 떠난다는데 어찌 나 단연경이 이곳에 남을 수 있겠소."

"그렇지만 이번 일은……."

“괜찮소. 나는 진 소협을 믿고 싶으니까.”

단연경이 이처럼 단호하게 나오자 송진으로서도 더 이상 진자운에게 떠나는 걸 종용할 수 없었다. 같은 구대문파에 속한 처지에 타 문파의 인물보다 박대할 순 없는 것이다.

결국 송진이 미약하게 고개를 끄덕여 보였다.

“후우, 당금 무림에서 무당파가 차지하고 있는 위치는 태산북두와 같소이다. 무당파의 진 소협이 이번 회합에 참가한다면 매우 좋은 일이 될 것이오.”

“정말 제가 참여해도 되겠습니까?”

“이미 단 대협이 허락했으니 빈도는 명을 받자올 뿐이오.”

“그럼, 미력하나마 제 작은 힘을 보태도록 하겠습니다.”

얼른 마음에도 없는 겸양을 떨어 보인 진자운이 주변을 한차례 둘러보곤 말했다.

“그럼, 일단 이곳에서 떠나는 게 어떻겠습니까?”

“그건 무슨?”

“이미 제게도 파악이 된 회합 장소입니다. 방금 전 큰 소란이 있었으니 다른 곳을 찾아 얘기를 나누는 편이 옳을 것이라 사료됩니다.”

단연경의 눈 깊숙한 곳에가 작은 안광이 일었다.

“그도 그렇겠군. 진 소협은 상관없으나 다른 날파리들이 찾아든다면 오늘 내 검이 혈우(血雨)를 뿌려야 할 테니까.”

“단 대협의 검이 혈우를 뿌려야 한다면 저 역시 한 팔의 힘을 거들어야겠지요.”

단연경의 살벌한 말을 웃음 띤 얼굴로 맞받은 진자운이 종용하는 눈

빛을 송진에게 던졌다. 그가 이곳에서는 제법 말발이 선다는 걸 직감
적으로 깨닫고 크게 이용해 먹기로 마음먹은 것이다. 무당파의 사질들
을 다룰 때와 마찬가지로.

第二十五章 ◆ 여승(女僧)들의 호법이 되다

진자운의 제안에 따라 촉한루를 떠난 군웅들은 모두 성도에서 얼마 떨어지지 않은 두보초당(杜甫草堂)으로 향했다.

두보초당은 시성(詩聖)으로 불리는 두보가 말년을 보내다 자살한 곳으로 명나라에 이르러 꽤 그럴듯한 증축이 이뤄져 있었다. 한마디로 사천의 명승지란 뜻이다.

그럼에도 진자운과 군웅들이 두보초당을 찾은 건 다름 아닌 당가의 대표로 온 당문혜의 오빠 당문걸이 우겼기 때문이다. 두보초당을 맡은 관리 중 한 명이 당문걸과 꽤나 오래된 친구이니 자리를 마련하기 쉽다는 이유였다.

당문걸은 자신의 주장대로 친구인 관리를 만나 쉽사리 두보초당 한 켠에 우치한 정자 하나를 빌릴 수 있었다. 본래 엄격하게 사람들의 통

행이 금지된 곳이니만치 비밀 회합을 열기엔 더할 나위 없이 좋은 곳
이었다.

정자에 군웅 모두가 오르자 득의만면한 표정을 하고 있는 당문걸을
향해 진자운이 빙글거리며 말했다.

“당가의 위세가 사천을 진동시킨다더니, 관부에까지 힘을 발휘할 줄
은 몰랐소이다?”

당문걸의 얼굴에서 득의만면한 표정이 사라졌다. 그냥 흘려듣자면
당가와 자신을 칭찬하는 말일 수 있으나 상황이 여의치 않았다. 지금
이 자리엔 아미파와 청성파의 인물들뿐 아니라 운남의 점창파의 고수
까지 있는 것이다.

“이곳을 맡은 관리는 저와 어려서부터 친했던 사이로 결코 본 가의
얼굴을 봐서 자리를 마련해 준 건 아닙니다.”

“그렇소이까? 하지만 그 친구 분이 모습을 드러내기 전부터 이곳을
지키던 관인들은 당 소협의 모습을 알아보고 꽤나 태도가 조심스럽던
데요?”

“그건…….”

“하하, 됐소이다. 당 소협이 아니라고 하시니 그런 줄 알아야지요.”

진자운이 짐짓 호탕하게 웃어 보이자 당문걸의 안색이 가볍게 찌푸
려졌다. 사천의 패자나 다름없는 당가의 적장자인 그에게 이처럼 대놓
고 얘기하는 사람은 그리 많지 않았다. 연배나 신분이 높은 선배라 할
지라도 모든 일에 있어 조금쯤 양보를 하기 마련이었다. 그러니 이와
같은 경험은 그에게 있어 처음이라 할 만했다.

‘내가 뭘 잘못한 거지?’

내심 고민하는 표정이 된 당문걸 대신 당문혜가 나섰다.

“진 소협은 어째서 우리 오라버니에게 못되게 구는 거죠? 오라버니
는 은밀한 회합 장소를 찾기 위해 노력한 것뿐인데.”

“내가 당 소협에게 뭘 잘못했다는 거요?”

진자운이 모른 척 시치미를 떼자 당문혜가 나직이 코웃음 쳤다.

“흥, 방금 전에 오라버니를 난처하게 만들었잖아요!”

“하하, 그건…….”

“그런 웃음으로 얼버무릴 생각하지 말아요!”

당장 진자운에게 달려들기라도 할 것 같은 당문혜를 당문걸이 얼른
손을 뻗어 제지했다. 그는 몸부림치는 당문혜에게 천천히 고개를 저어
보였다.

그러자 당문혜 역시 자신 쪽을 향한 사람들의 눈빛을 의식하곤 슬그
머니 뒤로 물러났다. 당가 내에서도 천방지축에 말괄량이로 소문난 그
녀라곤 하나 당문걸의 제지와 주변의 이목을 완전히 무시할 순 없었다.

‘흥, 두고 보라지!’

당문혜는 샐쭉하게 진자운을 바라봤다. 그러나 그때 진자운은 그녀
와 당문걸에게서 떨어져 단연경과 몇 마디를 나눈 후 호구로 잡기로
결정한 송진에게 단도직입적인 질문을 던졌다.

“당가, 아미파, 청성파라면 사천의 삼강으로 알고 있습니다. 그런데
갑자기 주변의 이목을 피한 채 비밀 회합을 갖게 된 건 뭔가 특별한 사
정이 있는 것이겠지요?”

“…….”

“저는 사실 무림맹주인 각원 대사님의 밀명을 받고 사천과 운남의
사정을 파악하기 위해 온 밀사입니다. 그러니 이번 회합이 만독문에
관한 사항이라면 숨김없이 말씀해 주십시오.”

“오오, 각원 대사님께서!”

촉한루를 떠난 후 내내 안색을 찌푸리고 있던 송진의 얼굴에 화색이 돌았다. 무당파의 제자인 진자운이 무림맹주의 이름마저 언급하자 갑작스런 그의 난입과 간섭이 이해가 갔기 때문이다.

그러나 송진 역시 그리 녹록한 인물은 아니었다.

그는 미미하게 고개를 끄덕이면서도 진자운의 질문에 쉬이 대답하려 하지 않았다. 뭔가 확실한 믿음을 줄 수 있는 증표를 제시해 주기를 기다리는 것이다.

진자운이 내심 피식 웃고 품 안에서 무림맹 오단의 총단주가 되며 받은 옥패를 꺼냈다.

앞면에는 두 마리 용이 여의주를 다투며 하늘로 날아오르는 모양이 새겨졌고, 뒷면에는 무림맹주의 직인이 찍혀 있는 옥패의 이름은 승룡패였다. 일평생 사천을 떠나본 적이 없는 송진이긴 하나 범상치 않은 분위기조차 느끼지 못할 리 없다.

‘여기서 빈도가 이걸 몰라본다면, 내 개인의 명성뿐 아니라 사문에게도 누를 끼치는 일이 될 테지?’

송진은 잠시 고민한 끝에 미미하게 고개를 끄덕여 보였다.

“진 소협이 각원 대사님의 밀명을 받고 이곳에 왔다면 빈도 역시 그만한 대우를 해드려야겠지요.”

“그럼 역시 이번 회합의 목적은 만독문과 관계된 것이겠군요?”

진자운의 넘겨짚는 말에 송진이 다시 고개를 끄덕였다.

“그렇소이다. 본래 사천무림은 항주 무림맹에 각파의 정예를 보낸 후 줄곧 만독문의 갑작스런 습격에 대비하고 있었습니다. 아무래도 만독문이 중원을 침공할 경우 가장 먼저 위험에 처하는 건 사천무림이 될 것이기 때문입니다.”

여태껏 잠자코 있던 단연경이 갑자기 끼어들었다.

“사천무림이 만독문의 침입을 당하는 건 운남의 사강 중 유일하게 정파에 속해 있는 대리 점창파가 멸망당한 후가 되겠지요.”

“운남 사강?”

진자운이 고개를 갸웃거리자 송진이 얼른 설명했다.

“진 소협, 우리 사천에 당가와 청성파, 아미파의 삼강이 있는 것처럼 운남무림에도 사강이라 불리는 문파들이 있소이다.”

“그렇군요. 설명해 주시겠습니까?”

“그건… 빈도보다는 단 대협이 설명해 주시는 편이 나을 것 같구려.”

송진이 슬쩍 자신을 쳐다보며 권하자 단연경이 미미하게 고개를 끄덕이곤 말했다.

“흠, 본래 운남은 중원의 다른 지역보다 훨씬 많은 소수 민족이 집결해 있스이다. 그래서 문파의 구성 역시 민족들의 집합체의 성격이 강한데, 도가 계열인 곤명 서산파(西山派)를 제외하면 최강이라 할 수 있는 만득문은 묘족이 중심이 되고, 우리 대리 점창파는 대리 백족이 중심이 되며, 여강 목왕부의 경우 납서족이 중심이 된 왕국이라 할 수 있소.”

“그렇다면 곤명 서산파를 제외하면 나머지 삼강은 각기 하나의 왕국이라 해도 과언이 아니겠군요?”

“그렇소이다. 그렇기 때문에 우리 운남 사강은 여태까지 서로의 영역을 지키며 살아왔는데, 이번에 묘족의 왕인 갈홍립이 선을 넘은 것이오.”

단연경은 분한 표정을 얼굴에 그대로 드러내며 주먹으로 정자 바닥을 내려쳤다. 만독문의 습격에 점창파가 큰 피해를 입었음에 분명했다.

대충 내막을 파악한 진자운이 내심 상황 정리를 끝내고 말했다.

“그렇다면 만독문과 연합한 다른 운남 사강은 어디 어디입니까?”

“그걸 어떻게?”

단연경은 매와 같은 눈으로 진자운을 바라보며 눈매를 가늘게 만들었다. 진자운이 바로 요점을 물어오자 다소 당황한 것이다.

진자운이 히죽 웃고 말했다.

“말을 듣자 하니, 운남 사강은 오랫동안 서로 자신의 영역을 유지하고 있었습니다. 그건 세력 균형이 이뤄졌다는 뜻인데, 어찌 만독문이 단독으로 운남무림을 몽땅 정벌하려 하겠습니까? 필시 후방을 지원해 줄 세력이 있는 것일 테지요.”

“진 소협이 옳게 봤소이다.”

송진이 찬동의 말을 내뱉자 단연경이 이를 으드득 갈았다. 진자운의 말이 그의 아픈 곳을 찔렀음이 분명하다.

“만독문의 묘족과 연합한 건 납서족의 목왕부요. 곤명 서산파가 이대 전 나타난 한 명의 광도(狂道) 때문에 거의 봉문에 들어간 사이, 바짝 밀착한 두 못된 것들은 달포 전 느닷없이 대리로 쳐들어와 무자비한 도륙을 감행했소이다.”

“피해는?”

“점창파의 문도 중 삼 할이 죽고, 수없이 많은 대리 백족의 부녀자들과 노약자들이 노략질과 강간을 당해야 했소이다.”

“으음.”

송진은 단연경의 지나칠 정도로 직설적인 표현에 잠시 눈을 감았다. 그 처참함이 눈앞에 선연하여 마음이 아프고 정신이 아득해져 왔다.

그러나 진자운은 그 정도로 눈을 돌릴 사람이 아니다. 그는 눈빛을 차갑게 가라앉히고 다시 질문했다.

"그럼 이미 운남은 만독문의 손에 넘어갔다고 봐야겠군요?"

"대리 점창파의 명줄이 완전히 끊기지 않았지만, 더 이상 그들에게 저항할 힘은 남아 있지 않다고 봐야 할 것이오."

"설명 감사합니다."

진자운이 살짝 고개를 숙여 보이자 단연경이 정중히 인사를 받았다. 그는 대리 백족의 전사답게 유약한 송진보다 진자운 쪽을 더 높이 본 것이다.

'그렇다면 이젠 사천무림 쪽이 문제인가?'

진자운은 잠시 염두를 굴린 후 송진에게 슬그머니 전음을 날렸다.

[청성파에서 무림맹 쪽에 보낸 전력이 어느 정도 됩니까?]

송진의 얼굴에 흠칫한 기운이 떠올랐다. 그러나 그가 아무리 순진하다지만, 명색이 청성파의 일대제자였다. 진자운의 물음이 무언지 모를 리 만무하다.

잠시 고민하는 표정을 지어 보이던 송진이 전음으로 답했다.

[본 파에서 무림맹에 보낸 전력은 대략 삼 할이 좀 넘소이다.]

[사 할 이상이 갔다는 뜻이군요.]

다시 송진의 얼굴에 작은 경련이 스쳐 지나갔다. 진자운의 말이 정곡을 찔렀음에 분명하다.

진자운은 더 이상 캐묻지 않고 전음으로 말했다.

[그럼 당가나 아미파 역시 그러하다는 뜻인데, 그 전력 가지고 만독

문과 목왕부의 연합 세력을 막아낼 수 있겠습니까?]

[그건…….]

[뭐, 굳이 대답하려 하지 않아도 됩니다. 막아낼 자신이 없으니까 이렇게 오늘 비밀스레 회합을 가지고, 무림맹에 많은 인원을 보내 군웅대회를 독려했겠지요.]

진자운의 전음이 이어질수록 송진의 안색이 더욱 나빠졌다. 아무리 상대가 같은 구대문파에 속한 무당파의 제자이고 무림맹주의 밀명을 받고 온 밀사라지만, 계속 아픈 곳을 찔러대니 은근히 속이 상했다. 세속에선 이럴 때 배알이 뒤틀린다는 표현을 쓰지만, 송진은 이런 자신의 마음이 어떤 것인지 몰라 전전긍긍할 뿐이었다.

그런 송진의 낯빛을 살피며 내심 즐거운 마음이 된 진자운이 지들끼리 모여 노닥이고 있는 젊은이들을 바라봤다.

오늘의 회합은 꽤나 중요했다. 그런데 저런 젖비린내 나는 어린애들만 내보낸 것만 봐도 사천 삼강의 현재 상황이 어떤지는 충분히 짐작이 갔다.

'하나같이 단단히 문을 닫아걸고 전전긍긍하고 있을 테지. 그럼 만독문의 호색한 독인들이 가장 먼저 노릴 곳은 당가일까, 아미파일까?'

진자운은 자신이라면 먼저 당가를 칠 거라고 생각했다. 독공이 주무기인 만독문의 입장에서 암기와 독으로 유명한 당가만큼 껄끄러운 상대는 드물었다. 특히 전 무림을 상대로 독아를 드러낸 현 상황을 감안한다면.

그러나 진자운은 곧 자신의 예상이 틀렸다는 걸 시인해야만 했다. 갑자기 행인을 통제당해 조용한 바람만이 감돌고 있던 두보초당의 외벽 쪽에서 시끄러운 소란이 일었다. 두보초당 내에 침입자가 나타난 것이다.

슥!

가장 먼저 움직인 건 단연경이었다.

어느새 검을 빼 들고 정자에서 뛰어나간 그는 매의 눈빛으로 전면을 응시했다. 어떤 움직임이든 감지만 되면 그대로 찢어발길 듯한 모습이었다.

그때 그보다 한 걸음 늦게 정자를 빠져나온 진자운이 얼른 손을 들어 제지했다.

"살기가 느껴지지 않습니다."

"…그렇군."

단연경이 얼른 인정했다. 마음속 깊은 곳에 꼭꼭 챙겨둔 만독문에 대한 적개심을 누그러뜨리자 작은 소란 끝에 공기 중을 타고 전달되어져 온 움직임이 느껴졌다. 그 속에는 다급함과 초조함은 들어 있을지언정 살기는 담겨 있지 않았다.

진자운이 얼른 입술을 모아 휘파람을 불었다.

삐익!

그 소리를 듣고 방황하던 움직임이 정자 쪽으로 방향을 정하더니 곧 모습을 드러냈다.

회색 빛 승포.

햇빛에 반들거리는 작고 동그란 대머리.

월형의 다리를 단숨에 뛰어넘어 온 침입자는 꽤나 앳되어 보이는 얼굴에 작은 몸집을 한 여승이었다.

그녀는 잠시 진자운을 비롯한 군웅들을 훑어보다가 멍청한 표정을 한 이가명을 보고 크게 한숨을 토해냈다.

“아아, 관세음보살(觀世音菩薩)!”

이가명이 흐릿한 눈을 몇 차례 깜빡거리다가 점차 놀란 표정이 되더니, 얼른 여승에게 달려들었다.

“자은(慈恩) 사저!”

“가명아!”

헤어졌던 자매가 만나듯 두 여인은 서로를 부여잡고 나직이 흐느꼈다. 자은이 울자 이가명 역시 마냥 울어댔다. 어찌 보면 이가명의 울음이 너무 구슬퍼 누가 먼저 눈물을 뿌리기 시작했는지 알 수 없을 정도였다.

진자운이 두 사자매 사이로 다가섰다.

“그만 울고, 자초지종을…….”

“어흑흑…….”

“흐흑…….”

두 사자매의 울음소리가 더욱 커지자 진자운의 눈매가 살짝 치켜 올라갔다. 그는 갑자기 자은의 어깨를 잡아채더니 뺨을 힘껏 갈겼다.

짝!

“까악!”

정작 뺨을 얻어맞은 자은은 울음을 그쳤는데, 이가명이 안색이 새파래져 소리를 질러댔다. 태어나 지금까지 누군가에게 뺨을 얻어맞은 일은커녕 그럴 수 있다는 가능성조차 생각해 본 바가 없다는 듯한 표정이었다.

진자운의 입가에 협박할 때 주로 보이곤 하는 미소가 떠올랐다.

“너도 맞을래?”

“우우…….”

이가명이 얼굴에 경련을 일으키면서도 입을 얼른 닫았다. 그만큼 겁이 질린 것이다.

'아미파에서 이 아이를 회합에 보낸 건 피신시키기 위해서였군.'

진자운은 더 이상 이가명을 겁주기를 포기하고 자은에게 시선을 던졌다. 그녀 쪽은 따귀를 맞은 게 오히려 약이 되어 마음이 꽤나 진정되어 보였기 때문이다.

"아미파 전체가 당한 거요?"

단도직입적인 진자운의 물음에 자은이 얼른 합장을 해 보이곤 대답했다.

"저희 아미파가 습격을 당한 건 성도에서 삼백 리 정도 떨어진 쌍류(雙流)입니다."

"피해는?"

"인솔을 맡고 있던 옥등(玉燈) 사백께서 적의 독장에 큰 부상을 당하셨고, 저희 사부님과 옥심(玉心) 사숙께서 고군분투하셨지만……."

"됐소. 그만 해도 대충 알 만합니다."

진자운은 자은의 말을 끊고는 갑자기 이가명에게 손가락을 뻗어 마혈을 점혈했다.

"아!"

입을 반쯤 벌린 채 바닥에 주저앉은 이가명 쪽으로 당문혜가 얼른 달려들었다. 이가명을 내내 친동생처럼 여기고 있던 터라 눈길을 떼지 않고 있었던 것이다.

"이 자식, 뭐 하는 짓이야! 여자를 때리다니!"

"……."

이가명을 안은 채 잔뜩 성난 표정으로 소리치는 당문혜를 진자운은 싹 무시했다. 대신 그는 그 순간에도 주변 경계를 게을리 하지 않고 있던 단연경에게 소리쳤다.

"이곳을 맡기겠습니다!"

"떠나려는가?"

"여자들이 한 무더기나 위험에 빠졌는데, 그대로 지켜보고 있을 순 없죠. 지금부터 달려가 봤자 일은 모두 끝났을 테지만, 만독문 녀석들하곤 따로 해결봐야 할 일도 좀 있고."

진자운이 이를 드러내며 웃자 단연경 역시 이를 드러냈다. 별다른 말을 나누지 않고도 마음이 통한 두 사람이었다.

타탁!

진자운은 느닷없이 자은을 낚아채 안아 들었다. 그러자 경악이 지나쳐 입을 크게 벌린 당문혜가 더듬거리며 소리쳤다.

"여, 여승을 안아 들다니! 뭐 하는 짓이야!"

"하하, 위험에 빠진 여승들을 구하러 가는데, 여승 한 명쯤 안아 들지 않으면 격이 맞지 않을 것 같아서 말야."

"관세음… 보살!"

자은은 진자운의 품에서 버둥거리려다 눈을 절반쯤 내리깔았다. 그의 말속에 담긴 의미를 깨달았기 때문이다.

그러나 당문혜는 전혀 이해하지 못한 듯했다. 그녀는 품 안의 이가명을 내동댕이치고 얼른 진자운 앞을 가로막아 섰다. 양팔을 활짝 벌린 기세가 무섭다.

"못 가! 어딜 혼자 가겠다는 거야!"

진자운이 히죽 웃었다.

"당가로 돌아가서 꽃단장하고 있으면 담에 봐서 놀아주마."

"뭐라구!"

"싫으면 말구."

진자운이 자은을 품에 안은 채 신형을 띄웠다. 그저 살짝 바닥을 박 찼을 뿐인데, 그의 신형이 순간적으로 당문혜를 뛰어넘었다.

"제운종!"

뒤로 처져 있던 송진이 자신도 모르게 놀라 소리쳤다. 무당파의 제 운종은 너무 유명해서 평생 사천을 벗어나 본 적이 없는 그 역시 한눈 에 알아볼 수 있었다.

휘익.

공중에서 멋지게 세 바퀴나 신형을 회전시킨 진자운이 바람같이 두 보초당을 벗어났다. 나타날 때와 마찬가지로 한줄기 바람 같은 퇴장이 었다.


사천의 날씨는 지랄 맞다는 한마디로 요약이 된다. 일 년 내내 날씨 는 후텁지근하고 습기가 성한 데다 안개마저 때와 장소를 가리지 않는 다.

그래서 자고로 사천 사람들은 매운 음식으로 몸에 침투한 습기를 말 리고, 관절염을 병으로 여기지 않으며 남자는 성질이 급하고, 여자는 피부가 곱다고 자랑을 해댔다. 모두 지랄 맞은 날씨 때문이다.

쏴아아!

진자운이 자은을 안고 성도를 벗어난 지 채 반나절이 지나지 않았을 때다.

갑자기 마른하늘에서 뇌성이 치더니 소나기가 쏟아지기 시작했다. 후끈한 열기에 젖어 있던 공기가 잔뜩 무거워지더니 결국 사고를 치고

만 것이다.

진자운은 품 안의 자은을 한차례 내려다보고 입가에 쓴웃음을 지었다. 그는 성도를 벗어나는 동안 자은에게 대충 자초지종을 전해 들은 터였다. 이미 최초, 마음만 다급하던 때와는 아미파가 처한 상황이 사뭇 다르다는 걸 알고 있었다.

그래도 혼자의 몸 같으면 이깟 소나기 따위 살짝 무시해 주고 계속 길을 재촉했을 것이나 지금은 상황이 여의치 않았다. 길잡이로 정한 자은의 승포 자락이 쏟아지는 빗줄기에 점점 젖어들고 있었기 때문이다.

'역시 여자하고 함께 다니는 건 귀찮군.'

진자운은 주변을 한차례 훑어보다 초옥 하나를 발견했다. 근처에 수박과 참외밭이 잔뜩 펼쳐져 있는 걸 보니 원두막 비스무레한 곳 같았다.

"어차피 상황이 종료된 터에 지금부터 서두는 것도 별 소용은 없을 테고. 뭐, 빗속을 뚫고 간다고 사람을 일찍 구하는 것도 아닌데, 상관없겠지."

나직이 중얼거린 진자운이 살짝 몸으로 자은을 감싸곤 발끝에 힘을 줬다. 품 안의 자은의 승포가 조금이라도 비에 덜 젖게 하려는 배려였다.


"푸아!"

진자운은 초옥 안에 들어서자마자 자은을 내려놓고 머리를 한차례 털어 보였다.

얼굴뿐 아니라 어깨의 선 자체를 가리며 찰싹 달라붙어 있던 장발에서 일저히 튀어 오른 물방울들이 초옥 내 여기저기로 날아들었다.

그 도습을 멀찍이 떨어져 지켜보던 자은이 몇 차례 눈을 깜빡이더니, 품 안에서 손수건 하나를 꺼내 들었다. 자신을 비에 안 맞게 하려 한 탓에 물에 젖은 생쥐 꼴이 된 진자운에게 건네려 꺼내 든 것이다.

하지만 여승일뿐더러, 젊은 나이의 여인으로서 부끄러움이 없을 수 없다. 그녀는 수중의 손수건을 만지작거리기만 할 뿐 진자운에게 말조차 걸지 못하고 있었다.

'아아, 어쩌지……'

진자운이 머리의 물기를 대충 털고는 그 모습을 봤다. 그의 입가로 흐릿한 미소가 떠올랐다.

"그거 나 주려고 꺼내 든 거요?"

"……."

자은이 안색을 가볍게 상기한 채 고개만 끄덕이더니, 진자운에게 얼른 손수건을 내밀었다. 아미파에 입문한 후 사내와 거의 말을 나눠본 일이 없는 그녀로선 대단한 용기였다.

손을 내밀어 흔쾌히 손수건을 받아 든 진자운이 물기가 뚝뚝 떨어지는 얼굴을 아무렇게나 문댔다. 그러자 평소 앞머리에 가려져 있던 그의 다소 날카로운 눈매와 강인하고 남성미를 물씬 풍기는 턱 선이 드러났다.

'저렇게 젊은 사람이었다니……'

자은의 얼굴이 가볍게 흐려졌다.

목소리나 거침없는 행동으로 그리 나이가 많지 않다는 건 짐작하고 있었다. 그래도 경공이 워낙 빼어나 한 가닥 기대를 품고 있었는데, 이제 갓 스물이나 된 듯한 얼굴을 보니 암담한 기분이 들었다. 결코 위기에 처한 아미파 일행을 구원할 인물로는 보이지 않는 것이다.

사람의 표정을 읽는 데는 귀신같은 재능을 지닌 진자운이다. 대번에 자은의 내심을 읽은 그의 입 매무새가 밉살맞게 일그러졌다.

"왜, 나 정도로는 부족할 것 같소?"

자은의 입이 가볍게 벌어졌다. 대놓고 속마음을 들춰내니 무안하기 이를 데 없다.

"그, 그게 아니라……."

"에이, 맞구만 뭘!"

진자운은 더 이상 자은을 당황하게 만드는 걸 포기하고 히죽 웃어 보였다. 자신 대신 비를 맞았다고 손수건을 건네는 그녀의 마음 씀씀이가 마음에 들었기 때문이다.

"비 한번 시원스럽게도 내리네."

진자운은 젖지 않은 초옥 바닥을 골라 엉덩이를 걸치곤 손가락으로 자은의 손수건을 휘휘 돌려 보였다. 흥얼거리는 콧노래가 어느새 그의 입가에 걸려 있었다.

그러다 문득 콧노래를 멈춘 그가 무릎을 모아 앉은 자은 쪽을 힐끔 바라보곤 지나가는 투로 말했다.

"아까 뺨을 때린 건 미안하게 됐소."

"아, 아니에요. 시, 시주님께서는……."

"진자운이오."

"지, 진 시주님께서 그때 손을 쓰지 않았다면 소승은 계속 울고만 있었을 거예요."

"알긴 아는구만. 그런데 평소에도 아미파 제자들은 그리 울보가 많은 거요?"

“그렇진 않아요. 다만, 이번 일은 너무 뜻밖의 일이고 경황이 없어서……”

“법명이 자은이라고 했던가요?”

“예.”

“그럼 앞으론 자은 누이라 부를 테니 그쪽에서는 날 진 시주 대신 진 공자나 진 소협으로 불러주시오.”

“그, 그건……”

“아아, 결정된 사항이오. 그렇게 부르지 않으면 같이 가지 않을 테니까 그리 알고.”

진자운은 거의 먹을 걸 사달라고 땡강 부리는 아이 수준의 강짜를 놓고 바닥에 활개를 치고 누웠다. 생각보다 소나기가 꽤 길어질 것 같았기 때문이다.


“으음.”

진자운은 누군가 흔드는 기척에 눈을 떴다. 깜빡 잠이 들었던지 그의 눈앞에는 자은의 해맑은 얼굴이 걱정스런 기색을 띠고 위치해 있었다.

“자은 누이, 날이 갠 거요?”

“…예.”

자은의 목소리가 개미 소리처럼 기어들어 갔다. 진자운이 진짜 잠들기 전에 했던 소리를 실행에 옮기자 어찌할 바를 모르게 된 것이다.

물론 진자운이 그런 자은의 심경까지 챙겨줄 까닭은 없다. 그는 등에 힘을 주고 벌떡 자리에서 일어서더니, 언제 비가 내렸냐는 듯 햇빛이 가득 쏟아져 내리고 있는 초옥 밖으로 뛰어나갔다. 한 마리 우리에서 탈출한 야생마처럼.

한참 후 초옥으로 돌아온 진자운의 품 안에는 참외 몇 개와 수박 한 덩이가 들려져 있었다. 어느새 주변을 돌며 식사 거리를 마련해 온 거다.

"잘 익었으니, 자은 누이도 하나 맛보시오."

진자운이 던져 준 참외를 받아 든 자은의 얼굴에 안절부절못하는 표정이 떠올랐다.

막 비가 갠 터라 주변의 밭에는 농부 한 사람 보이지 않았다. 진자운이 값을 치르고 참외와 수박을 가져왔다는 생각은 들지 않았다.

"저, 이거……."

"주인이 안 보여서 몇 개 슬쩍했소."

'아아, 역시…….'

자은이 얼른 수중의 참외를 옆에 내려놓고 양손을 합장해 보였다. 필시 진자운의 죄과를 관세음보살이나 부처에게 대신 빌어주고 있음이 분명했다.

피식.

그 모습을 보고 입가에 미소를 띤 진자운이 참외 하나를 쪼개 씹어 먹고는 자은에게 소리쳤다.

"사실 내가 따온 참외하고 수박은 모두 값을 치른 것들이오. 내 자은 누이가 얼마나 착실한 불제자인지 알아보려 거짓말을 한 것이니 걱정 말고 드시오."

합장을 푼 자은의 눈이 동그래졌다.

"저, 정말인가요?"

"내가 어째서 자은 누이를 속이겠소!"

진자운은 다시 수중의 참외를 맛있게 베어 먹었다. 세상에서 이처럼 맛있는 건 더 이상 없다는 듯한 얼굴이다.

자신도 모르게 목구멍으로 침이 넘어가는 걸 느낀 자은이 결국 참외를 들어 한 입 베어 물었다. 그러자 달콤한 과즙이 입 안 가득 넘쳐흘렀다.

꼬르륵.

기다렸다는 듯 오랫동안 허기져 있던 뱃속이 아우성을 치자 자은은 안색을 붉히면서도 참외 하나를 금세 게눈 감추듯 했다.

그 모습을 보고 입가에 빙글거리는 미소를 베어 문 진자운이 다시 참외 한 개를 던져 주곤 수중의 수박마저 깨부쉈다. 한번 배를 두드리며 먹어보겠다는 심산이었다.

그렇게 진자운과 자은이 성찬을 끝냈을 때다. 지랄 맞은 날씨답게 햇빛이 금세 주변의 습기를 몽땅 날릴 정도로 뜨거워졌다. 그리고 인적 하나 보이지 않던 밭 저편에서 사람의 그림자가 하나둘 보이기 시작했다.

"이크, 밭주인들이 오는구나!"

진자운이 얼른 입술을 소매로 닦더니 자은의 승포 자락을 잡아끌었다. 누가 보더라도 뭔가 사고를 치고 달아나려는 모습이었다.

"설마?"

진자운이 자은에게 히죽 웃어 보였다.

"그 설마가 맞을 거요."

"아아……."

자은이 손등을 이마에 가져다 댔다. 현기증이 일었기 때문이다.

그때 진자운이 더욱 세게 자은의 승포 자락을 잡아끌기 시작했다.

밭을 가로질러 오는 농부들의 발걸음이 빨라진 것과 동시의 일이다.

"들켰다! 들켰어!"

"예?"

"뜁시다!"

진자운은 더 이상 말하는 대신 자은을 다시 품에 안고 관도로 달려가기 시작했다. 그러는 중에도 참외 두 개를 품 안에 집어넣는 주도면밀함을 잊지 않고서.


진자운이 자은을 안고 쌍류에 도착한 건 다시 이틀이 지났을 때였다. 그냥 치달리기만 했으면 하루 정도 시간을 줄일 수 있었을 테지만, 중간중간 주변에 대한 경계를 강화하느라 시간이 좀 더 걸렸다.

진자운은 일단 아미파 여승들이 최초로 만독문의 습격을 당한 쌍류에서부터 본격적인 수색에 들어갔다. 아무리 주도면밀히 일이 진행됐다 해도 무림인들 간의 격전지라면 뭔가 흔적이 남기 마련이란 판단이었다.

그러나 쌍류를 한 바퀴 돈 후 진자운은 자신의 생각이 너무 안이했다는 걸 자인해야만 했다.

아직 아미파의 본진이나 당가, 청성파의 이목을 끌지 않으려 했는지, 만독문의 행사는 은밀한 바가 있었다. 쌍류를 이 잡듯 뒤졌음에도 특별한 격전의 흔적은 발견할 수 없었다.

그러던 중 최초 격전지를 이리저리 배회하다 돌아온 자은은 입을 꾹 다문 채 고개를 푹 숙였다. 그녀 역시 별다른 흔적을 찾는 데 실패했기 때문이다.

"진 소협, 아미파의 표식이 어디에도 보이지 않아요."

금방이라도 울먹일 듯한 자은을 바라보며 진자운은 뒤통수를 몇 차례 긁적였다. 같은 구대문파에 속한 자로서 그녀가 한 말의 의미를 충분히 짐작할 수 있어서였다.

'자은 누이가 성도로 찾아올 수 있었던 건 사매인 이가명이 중간중간에 남긴 아미파의 표식 덕분이다. 역사가 오래된 문파라면 당연한 일이지. 그런데 거의 이, 삼십 명이 넘는 문파 제자가 증발했는데도 아무런 표식이 남아 있지 않다는 건……'

진자운은 내심 고개를 가로저었다. 처음 생각했던 것보다 성도로 향하던 아미파 일행이 처한 상황은 훨씬 심각한 게 분명하다. 그렇다고 그런 내심을 내색해 눈앞의 자은을 불안하게 할 필요는 없다.

진자운은 곧 특유의 자신만만한 웃음을 입가에 매달았다.

"뭐, 잘됐구만."

자은이 바닥을 향하고 있던 시선을 들어 진자운을 바라봤다. 그녀의 맑은 두 눈에 의혹이 잔뜩 떠올라 있었다.

진자운이 어깨를 으쓱해 보였다.

"만약 이곳에 혈흔이나 격전의 흔적이 잔뜩 남아 있었다면, 아미파 일행은 큰 변을 당했다고 할 수 있을 거야. 그런데 이곳은 아무런 일도 없었다는 듯 꽤나 깨끗하잖아?"

"예, 그래요."

자은이 얼른 고개를 끄덕여 보이자 진자운이 말을 이었다.

"그렇다는 건 결국 만독문의 독인들이 주변의 눈을 의식했다는 거지."

"그건……"

"즉, 아미파 일행들은 죽지 않고 그들의 포로가 되어 있을 가능성이 많다는 거야."

진자운은 마치 자신이 눈으로 보기라도 한 듯 확신을 담아 말했다. 거의 선언이라 해도 과언이 아니었다.

그 점이 자은을 안심하게 했다. 그녀는 진자운의 얼굴을 빤히 바라보다 나직이 한숨을 토했다. 완전히 그의 말을 믿는다는 표정이었다.

그러자 난처해진 건 진자운이다. 그는 잠시 동안 자은에게 호언장담한 걸 후회했다. 이렇게 사람을 완전히 신뢰하는 눈빛을 받게 되면 움치고 달아날 구석이 사라져 버리기 때문이다.

긁적.

다시 뒤통수를 손으로 긁은 진자운이 잠시 염두를 굴리다 고개를 옆으로 기울였다. 어차피 엎질러진 물, 현 상황을 그냥 즐기는 게 낫겠다는 생각이었다.


자은을 쌍류의 한 객점에 떨궈놓고 진자운은 다시 수색을 시작했다. 이번에는 격전의 흔적을 찾는 대신 다른 쪽으로 수색 방향을 잡았다. 범위를 넓히기로 한 것이다.

효과는 반나절 만에 나타났다. 며칠 사이 성도 쪽으로 향하지 않은 꽤 커다란 상단의 행렬이 포착됐다. 그들은 쌍류의 마방에서 말과 마차를 대량 구매한 후 아미산 쪽으로 향했다.

'흥, 성도에서 온 것도 아니고, 성도로 향하는 것도 아닌 거대한 상단이라?'

충분히 냄새가 났다. 그것도 꽤나 후각을 어지럽히는 고약한 악취였다.

정보 제공자를 들볶아 좀 더 많은 상단에 대한 정보를 갈취한 진자운은 얼른 객점으로 돌아가 자은을 빼내왔다. 이제부터는 홀로 추격해도 상관없지만, 자은을 홀로 남겨두는 것도 마땅찮다는 생각이 들어서였다.

그는 대로에 나오자마자 사람들의 이목도 생각하지 않고 여태까지와 같이 자은을 품에 안았다. 이번에야말로 경공을 최고로 끌어올려야 할 때였기 때문이다.

"지, 진 소협……."

자은이 거의 모깃소리가 된 목소리로 속삭이자 진자운이 이를 드러내며 소리쳤다.

"자은 누이, 꽉 잡는 게 좋아!"

"예?"

"달린다!"

진자운이 바람같이 신형을 날렸다. 성도를 빠져나올 때보다 족히 두 배는 빠른 속도로.

"아아아……."

자신도 모르게 진자운의 품에 얼굴을 푹 파묻은 자은의 입에서 가냘픈 신음이 연신 흘러나왔다. 그녀 평생에 이와 같이 빠른 신법은 본 바가 없었다. 신음쯤 흘리지 않는다면 도리어 이상할 터였다.


진자운은 무공을 익힌 후 최고조로 경공을 펼쳤다. 한시라도 빨리 거상의 무리를 따라잡고 자신의 예상이 옳았음을 확인하여야만 했다.

그렇게 아미산 방면의 관도를 따라 거의 하룻밤을 꼬박 달렸을 때다. 새벽이 가고 천지가 환하게 밝아올 무렵, 열 개가 넘는 마차를 몰고 가고 있는 거상의 무리를 발견할 수 있었다. 며칠간 진자운의 뇌리에 잔뜩 먹구름을 뿌려놓은 자들이었다.

'따라잡았다!'

안력을 돋워 거상의 무리를 세세히 살핀 진자운은 천천히 신형을 멈춰 세웠다. 지나칠 정도로 속도를 올린 탓에 가볍게 질린 상태인 자은에게 정신을 차릴 시간을 줘야만 했다.

"여, 여긴……."

간신히 정신을 차리고 뭐라 말하려는 자은의 입술에 진자운이 손가락 하나를 가져다 댔다. 입을 열지 말라는 의미다.

자은이 안색을 찌푸리면서도 입을 다물자, 그녀의 입술에 댔던 손가락으로 진자운이 앞을 가리켰다. 거상들이 길을 재촉하고 있는 쪽이다.

자은은 거상들의 무리를 보고 다시 이맛살을 찌푸렸다. 진자운이 어째서 평범한 거상의 무리를 보고 이리 주의를 기울이는지 알 수 없는 것이다.

진자운이 조그만 목소리로 속삭였다.

"저들은 지금 아미산 쪽으로 향하고 있다."

"아미산에……?"

"그래."

진자운은 자은을 품에서 내려놨다. 그리고 그녀를 관도 한 켠으로 물러서도록 종용했다. 아무래도 싸움을 하기 전에 거추장스런 물건은 죄다 치워놓는 게 좋았다.

자은이 얌전히 말을 듣자, 그녀에게 한 가닥 웃음을 던져 준 진자운이 거상의 무리를 향해 슬쩍 신형을 띄웠다. 지난 하룻밤과는 비교도 되지 않을 속도이나 그리 빠르게 이동하지 않는 거상의 무리를 따라잡기엔 충분했다.

휘으.

진자운은 거상의 꼬리를 따라잡자마자 가장 후미에 처져 있던 호위 무사의 어깨에 손을 얹었다. 내력이 담겼으되 저항이 미미할 경우 한 줄기 미풍이나 다름없는 일수였다. 물론 그 반대의 경우 격류로 변할 테지만.

파팟!

진자운의 기대대로 호위 무사는 자신의 어깨를 쉽사리 양보하지 않았다. 그가 빠르게 어깨를 뒤틀며 수장을 뻗어오자 진자운의 우수가 상권장(上拳掌)의 식으로 내뻗어졌다.

평범한 일권.

그러나 그 속에 담긴 기운은 일권파의 그것이었다. 어설프게 저항하던 호위 무사의 신형이 주춤거리며 뒤로 물러서기 시작했다. 체내에서 회오리처럼 일어난 일권파의 기운에 완전히 제압된 것이다.

"그리운 향기로군. 아주 구역질이 나!"

진자운은 호위 무사와 맞부딪쳤던 우장에서 느껴지는 저릿한 느낌에 히죽 웃었다. 항주에서 몇 번이나 상대해 본 일이 있는 독장의 향기를 맡은 것이다.

그 순간, 뒤로 주춤거리며 물러서던 호위 무사 주변에서 거센 폭발음이 일었다. 그와 함께 그에게 다가갔던 몇 명의 무사들이 동시에 하늘을 보고 나뒹굴었다.

"어떤 분이신가!"

"누구신지요!"

차라리 입을 다물고 말을 하지 않는 편이 좋았다. 상단을 흉내 내고 있던 만독문의 독인들의 독특하게 점잖은 외침에 진자운은 흔쾌한 기분이 됐다. 이로써 그의 판단은 완벽하게 옳다는 게 증명된 셈이다.

"나? 나야말로 불법의 수호자이자 착한 여승들의 호법인 무신(武神) 이랑진군(서유기에 나오는 하늘의 무신천장, 일흔세 번째 둔갑술로 제천대성 손오공을 굴복시킨 인물)이시다!"

"이, 이랑진군?"

"하하, 그렇다!"

하늘을 바라보며 크게 웃은 진자운이 앞으로 슥 나서 가장 후미로 처져 있던 마차를 지키고 있던 호위 무사 둘을 날렸다. 발로 걷어차고 주먹으로 얼굴을 날려 버린 것이다.

그런 후 일으킨 파산경!

콰쾅!

순간적인 진자운의 돌진에 마차가 박살났다. 미처 만독문의 독인들이 어떤 행동을 취하기도 전에 벌어진 일이다.

그런데 마차가 박살나며 일어난 분진에 몇 차례 눈을 깜빡이던 진자운의 어깨가 흠칫 떨렸다. 한 가닥 음유하고 무시무시한 기운이 가슴 쪽으로 밀려들었기 때문이다.

'암습!'

순간적으로 정지된 마차의 뒷바퀴를 밟으며 신형을 뒤로 뒤튼 진자운의 다른 발이 자오원앙각의 변화를 일으켰다. 암습자의 이격을 피하기 위한 동작.

파곽!

진자운은 발끝을 타고 일어난 저릿한 통증에 눈살을 가볍게 찌푸렸다. 암습자가 이격을 펼치려다 자오원앙각에 얻어맞았음이 분명한데,

느낌이 그다지 좋지 않았다.

'뒤로 안 물러났다?'

진자운의 신형이 공중에서 다시 반 바퀴 회전했다. 제운종이다. 그 뒤 공중에서 몸을 작게 웅크려 보인 진자운이 그대로 바닥으로 떨어졌다. 상대가 고수인 걸 알았으니 정식으로 맞붙어봐야겠다는 판단이었다.

슥!

떨어져 내린 서슬과 달리 진자운은 고양이처럼 바닥에 착지했다. 그는 바로 몇 걸음 뒤로 물러서려다 눈살을 찌푸렸다. 잠시 시간을 지체하는 동안, 주변이 온통 본색을 드러낸 독인들에게 에워싸여져 있었다.

"제길, 속전속결(速戰速決)은 물 건너간 건가?"

진자운이 눈앞의 절반쯤 박살난 마차 쪽으로 한 걸음 다가서자 암습자 역시 모습을 드러냈다. 마차에서 슬며시 뛰어내린 것이다, 진자운을 맞기 위해서.

第二十六章　◆
살기만장(殺氣萬丈), 검을 빼 들다！

선이 가는 중년의 얼굴.

육 척이 조금 안 되어 보이는 훤칠한 키.

단단해 보이는 가슴 근육.

반쯤 부서진 마차에서 뛰어내린 중년인은 한눈에 보기에도 범상한 치들과는 달랐다. 다소 푸른 기를 띠고 있는 눈빛에 담긴 묘한 살기를 제외하더라도 기도가 남달랐다.

하지간 진자운의 눈에 가장 먼저 띈 건 그가 뿜어내고 있는 기도가 아니라 꽤나 많이 흐트러져 있는 윗옷이었다.

그렇다. 가슴 근육이 드러나 보일 정도로 그의 옷차림은 불량했다. 뒤로 보이는, 역시 흐트러진 옷차림을 한 여승의 모습을 굳이 눈으로 살피지 않더라도 상황은 불문가지(不問可知).

꿈틀.

입가의 근육을 한차례 실룩거려 보인 진자운이 김샜다는 표정이 완연한 눈앞의 중년인을 향해 이를 갈아 보였다.

"씨발 놈!"

"……."

못 알아듣는 표정이다. 그러자 진자운의 손이 피풍의 뒤로 향했다. 서이환에게 받은 뒤 단 한 번도 써본 일이 없는 검을 빼 든 것이다. 눈앞의 중년인에게 살기를 풀풀 풍겨대며.

스릉.

진자운이 빼 든 건 협봉검이었다. 되는대로 뽑은 검이라 서이환이 사용할 때처럼 뭔가 의미를 부여할 만한 것은 없었다.

다만 그는 수중의 검을 바닥에 살짝 그어 보이며 중년인에게 다시 소리쳤다.

"네가 어떤 놈이든 오늘 내 손에 죽었다! 염라대왕에게 간 후 널 보낸 자가 누구냐고 물으면 진자운님이라고 복창하는 게 좋아!"

"……."

여전히 중년인은 진자운의 말을 알아듣지 못했다. 전형적인 묘족임에 분명하다.

하지만 바닥을 향하고 있던 진자운의 검끝에서 일순 강한 기세가 일어났다. 일반적인 살기를 뛰어넘는 검기가 그의 몸 주변을 에워싸더니 그대로 범위를 넓히기 시작했다. 마치 끊임없이 증폭하는 메아리처럼.

파아아.

진자운이 인정한 고수답게 중년인은 상황이 심상찮게 돌아간다는 걸 얼른 눈치챘다. 아무리 말이 안 통한다곤 하나 칼끝을 딛고 삶을 영위해 온 무림인이라면 본능적으로 알 수 있는 상황인 것이다.

"우트하!"

중년인이 알 수 없는 외침과 함께 신형을 날렸다. 묘한 울림과 함께 영역을 넓히고 있던 진자운의 검기 속으로.

파파팟!

연달아 회전하는 중년인의 장력 속에서 한 덩이의 묵운이 튀어나왔다. 이미 독장을 형태를 갖출 정도로 연마한 모양.

그 순간 바닥을 향하고 있던 진자운의 검봉이 조그만 원을 만들어냈다. 충만할 대로 충만해진 검기를 중년인의 독장을 향해 토해낸 것이다. 정면으로.

콰쾅!

진자운이 반보 앞으로 신형을 움직인 것과 동시 독장을 뿌려대던 중년인의 신형이 뒤로 날아갔다. 태극혜검의 요결 중 하나인 중검무봉(重劍無鋒)의 압력을 당해낼 수 없어서다.

그러나 이미 진자운은 오늘 크게 살기가 치솟은 터였다. 평소와 달리 제압이 목적이 아니었던 그의 신형이 순간적으로 바닥을 박찼다. 이미 중상을 입은 중년인을 쫓아 신검합일한 그는 번개가 되었다.

취리리!

협봉검이 중간에서 번개 모양으로 휘어졌다. 넘치는 검기를 주체할 수 없었기 때문이다.

덕분에 생사지간에 빠진 중년인은 한 가닥 숨을 돌릴 수 있었다. 검기가 휘어지는 사이 간신히 끌어 모은 독장을 쏟아낼 시간을 버는 데 성공한 것이다.

지이잉.

독장과 맞부딪친 협봉검이 크게 휘어졌다. 전적으로 진자운이 검을 잘못 빼 든 탓이다.

물론 생사격전 중에 무기 탓을 할 만큼 진자운이 속이 좁지는 않다. 그는 언제 반쯤 사색이 된 얼굴로 튕겨 날아갔냐는 듯 전열을 가다듬고 연달아 독장을 뿜어내는 중년인의 팔뚝을 노렸다.

일도양단(一刀兩斷)!

단순하면서도 효과적인 일격!

중년인의 독장 중 하나가 순간적으로 독혈을 뿜어내며 하늘로 날아올랐다. 잔뜩 살기가 끓어오른 진자운에게 반격을 가한 당연한 벌이랄까.

그런데 진자운이 막 사색이 된 중년인의 목을 날리려다 신형을 반대편으로 돌렸다. 갑작스런 변화. 어느새 주변을 에워싸고 있던 독인들이 각종 병장기를 빼 들고 배후를 공격해 들어오고 있었다.

파파팟!

협봉검의 독아가 가장 가깝게 접근한 독인 셋의 견정혈(肩井穴)을 찔렀다. 더 이상 병기를 휘두를 수 없게 만든 것이다.

그러자 진자운의 양 옆구리를 노리며 낭아봉(狼牙棒)들이 파고들었다. 낭아봉의 날카로운 가시는 시퍼런 게 스치기만 해도 중독될 극독이 발라진 게 분명하다.

진자운은 다시 협봉검을 휘두르려다 신형을 가볍게 공중으로 띄워 올렸다. 그리고 전광석화같이 내질러진 자오원앙각.

뻐벅!

낭아봉을 휘두르던 독인 둘이 바닥에 나뒹굴었다. 이미 얼굴이 반대편으로 돌아간 게 입 안에는 게거품이 가득하다.

진자운은 타격과 더불어 다시 한차례 신형을 공중으로 띄워 올렸다. 그의 하체를 노리며 무수히 많은 독병이 휘둘러졌다. 공중에 뜬 상태 이니만치 불리한 상황.

그러나 진자운에겐 제운종이 있었다. 그는 공중에서 몇 번이나 회전을 일으키며 왼손으로 피풍의 안쪽을 훑었다. 이번에 잡힌 건 비검용의 중검(中劍)이었다.

'괜찮겠지.'

진자운의 왼손을 떠난 중검이 검기를 뿌리며 독인들 사이를 휘저었다. 무당 유일의 암기 수법인 암향회선이 운용된 중검이 회전을 일으키자 순식간에 대여섯 명이나 되는 독인들이 바닥에 나뒹굴었다.

질풍노도(疾風怒濤)의 기세!

진자운은 바닥에 착지한 것과 동시에 네 방향에서 찔러 들어온 독검 네 개를 협봉검으로 튕겨내곤 다시 검을 휘둘렀다.

파파파팟!

처음의 사검(四劍)과 더불어 총 여덟 차례 휘둘러진 쾌검.

목숨을 빼앗지는 않았으나 충분한 위력이 담긴 팔검에 암습을 가한 독인들 모두가 주춤거리며 뒤로 물러섰다. 이미 가볍지 않은 상처를 입은 것이다.

진자운은 그들을 더 이상 뒤쫓지 않았다. 그에겐 죽이겠다고 공언한 상대가 있고 아직 주변을 에워싼 독인들의 숫자는 꽤나 많았다. 싸움이 장기전이 될 경우를 대비해 체력 안배를 생각하지 않을 수 없었다.

그때 진자운의 한차례 분탕질에 속수무책으로 당하고만 있던 독인들이 커다란 원진(圓陣)을 형성했다. 더 이상 아무렇게나 덤벼들지 않고 진세를 구축해 압박해 들어오겠다는 의미.

'흐흠, 더 이상 아무렇게나 달려들지 않겠다?'

주변을 한차례 둘러보고 입가에 살기 어린 미소를 띠운 진자운이 수중의 쌍검을 바라봤다. 사천으로 향하던 육 개월간 꾸준히 연습하긴 했으나 첫 번째 실전에서 이처럼 서이환의 검이 손에 착 감길 줄은 몰랐다.

예상 밖의 성과!

검을 든 자신도 꽤나 그럴듯하다는 생각이 진자운의 다소 흥분됐던 마음을 가라앉혔다. 아직 서이환과 같은 검객의 마음까진 모르겠으나 집중력은 어느 때보다 높았다. 싸우기엔 이상적인 정신 상태가 된 것이다.

"쳇, 그래도 천하를 상대로 한판 뜨겠다는 놈들이 계집애들처럼 옹기종기 모여서 뭐 하는 짓들이냐!"

원진의 밖에 서 있는 예의 중년인을 바라보며 살짝 이를 간 진자운이 먼저 움직였다. 진법에 대한 조예가 없는 그로선 일단 몸으로 부딪쳐 본 후 대응책을 강구하는 게 옳았다.


자은은 결국 몸을 숨기고 있던 관도 옆의 커다란 바위에서 빠져나왔다.

진자운의 의도는 충분히 이해하고 있었다. 자신 정도의 무공으로는 방해만 될 뿐, 어떤 도움도 줄 수 없다는 것 역시 알고 있었다.

하지만 눈앞에 동문수학한 사자매들이 있고, 은혜가 하늘같은 사부와 사백, 사숙이 붙잡혀 있었다.

만독문의 독인들에게 습격을 당하자 자신만을 몰래 뒤로 빼돌려 도망가게 했던 사부 옥성(玉性) 사태를 생각하자 벌써 눈가에 눈물이 홍건했다. 도저히 두 손 놓고 구경만 하고 있을 순 없었다.

이성보단 감성에 의한 움직임.

그녀는 살그머니 바위에서 빠져나와 일진 광풍이 불고 있는 싸움터를 살폈다. 진자운이란 괴물에게 습격당한 만독문의 독인들은 우왕좌왕하며 정신을 차리지 못하고 있었다. 그만큼 진자운의 무위는 출중했다.

그러나 그녀가 보기에 진자운의 현재 활약은 위태롭기 그지없었다. 이미 아미파를 습격한 독인들의 무자비한 실력을 경험한 바 있는 터라 언제 진자운이 피를 쏟으며 쓰러질지 불안하기 짝이 없었다.

쾌활하면서도 세심하게 자신을 챙겨주던 진자운이 피를 쏟는 장면을 떠올리자 소름이 끼쳤다. 무서워서 온몸이 벌벌 떨렸다. 그녀는 지금 혈육과 같은 사부나 사자매들과 진자운 중 누가 더 걱정되는지 분간을 못할 정도였다.

'자, 잘만 하면……'

내심 침을 꼴깍 삼킨 자은은 고양이 걸음으로 싸움터로 다가가기 시작했다. 어찌 됐든 무언가를 해야 한다는 강박관념이 그녀의 작은 몸을 꽉 채우고 있었다.

그렇게 싸움터 부근에 이르렀을 때다. 그녀는 숨조차 참고 바닥을 기기 시작했고, 곧 독인들의 감시가 뜸한 마차 앞에 도달할 수 있었다.

'수, 숨이 차.'

하도 오랫동안 숨을 참은 탓에 자은의 안색은 새파랗게 질려 있었다. 내공이 그리 고강하지 못한 그녀로선 극도의 불안과 긴장 속에 숨을 계속 참았던 게 큰 고통으로 다가왔다. 그러나 그녀는 지금이 가장 중요한 순간이란 걸 잊지 않고 있었다.

피가 나도록 아랫입술을 깨문 자은이 얼른 마차 바닥으로 기어들어 갔다. 문 앞에는 독인이 두 명이나 지키고 있었다. 그들을 제압할 자신이 없는 그녀로선 바닥을 노릴 수밖에 없었다. 되든 안 되든 간에.


진자운이 협봉검을 내뻗자 누에가 실을 뽑아내듯 가는 검기가 독인들을 쓸어갔다. 결코 과거 검의 주인이었던 서이환에 못지않은 기세.

그러나 검기가 막 독인들의 요혈로 파고들 때다. 별다른 변화를 보이지 않던 독인들이 제각기 움직이기 시작했다.

파파팟!

각기 병장기를 휘둘러대기 시작한 독인들의 방어에 진자운이 쏟아낸 검기가 이리저리 튕겨 날아갔다. 그들은 뭘 알고 방어를 한 게 아니었다. 아무렇게나 휘둘러댄 병장기에 진자운의 정밀한 검기가 걸려든 것이다.

'다시!'

진자운이 다시 검기를 쏟아냈다. 이번에는 더욱 세밀한 공격이었다. 그러나 돌아온 결과는 마찬가지.

진자운은 급격히 돌격하던 서슬을 되돌려 다시 물러서야만 했다. 필시 아무런 생각 없이 휘둘러대는 모양새인데, 독인들의 방어를 일시 뚫을 수가 없었다.

금성철벽 같은 느낌.

눈살을 가볍게 찌푸려 보인 진자운은 확연히 깨닫는 바가 있었다. 자신이 특별한 종류의 진세에 갇혔음을 눈치챈 것이다.

‘가지가지 하는군.’

진자운의 한쪽 눈썹이 슬그머니 치켜 올라갔다. 문득 팔까지 잘린 주제에 히죽거리고 있는 중년인의 재수없는 얼굴이 보였다.

우웅!

진자운은 바로 단천뢰심강을 끌어올렸다. 무림맹주 각원 대사와의 비무 이후 한결 무당 무공에 대한 이해가 깊어진 터다. 가장 심력을 기울이고 있던 단천뢰심강의 화후가 그대로일 리 만무하다.

일시 푸른 기운이 진자운의 전신을 뒤덮었다. 무림 중에 몇 사람 다루는 이가 없다는 호신강기를 일으킨 것이다.

그뿐 아니다. 진자운은 단천뢰심강을 왼손에 들린 중검에도 실었다. 협봉검에 실었다간 검이 부러질 것을 염려한 처사였다.

그리고 벼락같이 내쳐진 비검!

콰쾅!

암향회선의 변화를 따라 중간에서 회오리를 일으킨 비검에서 쏟아진 푸른 번개에 독인들 몇이 나뒹굴었다.

그들은 황황히 다시 병장기들을 휘둘렀다. 여전히 만독문 삼대절진 중 하나라 불리는 백파만병진(百破萬兵陣)의 요체에 따른 대응이었다.

그러자 진자운의 손으로 돌아갔다 다시 튀어나온 비검이 어지럽게 휘둘러진 독인들의 병장기들에 걸려들었다.

검기를 뿜어낼 때와 전혀 다름없는 상황. 그러나 그때 진세 밖으로 물러서 있던 중년인이 눈을 부릅뜨며 다급한 목소리로 소리쳤다.

“우타하!”

중년인의 외침이 터져 나온 것과 동시다. 공중에서 여전히 맹렬한 회전을 보인 비검이 독인들의 병장기들을 썩은 짚단 베듯 자르며 파고 들었다. 백파만병진의 최대 강점이 사라지는 순간이었다.

콰쾅!

진자운은 그 짧은 순간을 결코 놓치지 않았다. 온몸을 휘어감은 단천뢰심강을 믿고 독인들이 가장 밀집한 공간으로 달려든 그는 단숨에 백파만병진을 돌파했다.

그리고 전후좌우로 연달아 휘둘러진 협봉검!

보보마다 진자운은 피를 뿌리며 독인들을 쓰러뜨렸다. 여전히 내공이 문제가 되어 단천뢰심강을 마음껏 사용할 수 없다는 걸 알기에 진자운은 손속에 사정을 두지 않았다. 다시 진세에 갇힐 경우 문제가 심각해질 수 있는 것이다.

그때 보다 못한 중년인이 다시 뛰어들었다. 그는 아직 건재한 오른쪽 장심에 잔뜩 독기를 모아 진자운에게 쏟아냈다. 쌍장으로 나뉘었을 때보다 월등한 위력의 독장.

진자운은 마치 곡예를 하듯 받아 든 중검을 휘둘러 중년인의 손가락 네 개를 한꺼번에 날려 버렸다. 그러자 중년인의 독장이 순간적으로 흔들렸다.

그 틈을 타 신형을 살짝 낮춘 진자운의 협봉검이 중년인의 옆구리를 훑었다. 더 이상 덤벼들 엄두를 내지 못할 정도의 상세를 입힌 것이다.

그 다음은 양 떼 속에 뛰어든 한 마리 늑대의 만찬이었다. 진자운이 휘두르는 쌍검에 독인들은 지리멸렬하기 시작했다. 아무리 인원이 많다손 쳐도 지휘자가 쓰러지자 남은 건 오합지졸뿐이었다.

그런데 오십이 넘는 독인들을 홀로 일패도지(一敗塗地)시키고 있던 진자운이 갑자기 신형을 멈춰 세웠다. 그의 귓전을 때리는 여인의 가

날픈 비명 때문이었다.


　"흐흑!"
　자은은 자신을 제압한 독인의 손이 목덜미를 눌러오자 나직이 신음을 토했다. 마차 바닥을 뚫고 사자매들 중 다섯 명을 구한 것까지는 좋았으나 바로 달려든 독인들에게 그녀 자신은 포로가 되고 만 것이다.
　자은에게 구원받은 다섯 사자매 중 연장자인 자혜가 눈을 부릅뜬 채 소리쳤다.
　"이놈! 빨리 자은 사매를 놔주지 못하겠느냐!"
　물론 어렵게 자은을 제압한 독인이 얼마 전까지 말 잘 듣던 포로였던 자혜의 말을 들을 까닭이 없다. 그는 누런 이를 드러내며 자은의 목덜미에 더욱 힘을 주며 어설픈 한어로 말했다.
　"그. 그대들 하늘의 천명과 부처를 받드는 여보살들은 본 존자가 화를 내기 전에 얼른 투항하는 편이 좋다. 그렇지 않으면 본 존자의 손에 떨어진 한 송이 꽃 같은 여보살은……."
　"악"
　자은은 목을 조이는 독인의 독수에 숨이 막혀 가냘픈 신음을 토했다. 그녀 인생에 있어 이처럼 심한 고통은 당해 본 바가 없었다.
　그러자 성격이 강직하고 굳건한 자혜를 제외한 나머지 사자매들이 벌써 눈가에 눈물을 그렁그렁 매달았다. 무공을 연마했다곤 하나 그녀들은 아직 나이 어린 계집애들이었고 실전 경험 역시 일천했다. 친자매와 같은 자은이 자신들을 구하려다 고통을 겪자 마음이 약해지지 않을 수 없었다.

우왕좌왕하는 눈앞의 어린 여승들을 바라보며 독인은 득의의 미소를 지었다. 잘만 하면 눈앞의 혈도가 풀린 여승들을 혼자서 제압할 수 있을 것 같았다. 아무리 중원의 구대문파 중 하나인 아미파라 하나 계집들은 어쩔 수 없다는 생각이 들었다.

그런데 그의 손에 제압되어 간혈적인 신음을 토하고 있던 자은에게서 갑자기 아무런 반응이 보이지 않았다. 갑작스런 변화였다.

'설마, 이년이 그새를 못 참고 죽었나?'

소중한 인질이었다. 눈앞의 여승들을 모두 투항하게 만들기까진 문제가 생기면 곤란했다.

다급한 마음에 숨결조차 잦아든 자은 쪽으로 시선을 던지던 독인의 눈살이 찌푸려졌다. 그녀의 새파랗게 질려 있던 안색이 상황에 안 맞게 침착하져 있어서다.

'이건 뭔가…….'

독인은 오싹한 소름을 느끼며 고개를 옆으로 돌리다 목에서 피를 뿜었다. 자은의 입에서 비명이 터져 나온 순간, 번개같이 진자운의 손을 떠난 비검에 목젖이 절반이나 잘려 나간 것이다.

"컥!"

독인이 비명을 터뜨린 순간 자은이 얼른 버둥거려 그의 품에서 빠져나왔다. 어느새 그녀의 곁에는 자혜가 다가서 있었다. 호시탐탐 기회만을 노리고 있었음이 분명하다.

"자은 사매, 괜찮아?"

자은이 새파랗게 질린 얼굴에 억지로 미소를 만들어내며 자혜에게 고개를 끄덕여 보였다.

"전 괜찮아요. 사부님과 다른 분들을……."

"알겠다."

자혜가 침중하게 안색을 굳히곤 얼른 시선을 다른 사매들에게 던졌다. 움직이라는 명령이었다.

"먼저 싸움을 피하고 사람을 구하는 데 주력한다!"

"관세음보살!"

자은을 제외한 사자매들이 합장을 하고 다른 마차를 향해 신형을 날렸다. 진자운을 상대하느라 정신없는 독인들 정도라면 그녀들로서도 충분히 상대할 수 있다는 판단이었다.


싸움의 결말은 의외로 간단하게 결정지어졌다.

진자운이 독인들의 대다수를 상대로 종횡무진하는 사이 자혜의 통솔을 받은 아미파의 여승들은 마차를 하나하나 습격해서 사람을 구해 냈다. 기하급수적으로 진자운 쪽의 편이 늘어나기 시작한 것이다.

해서 마차 다섯 대가 부서졌을 때, 독인들은 전의를 완전히 상실했고 싸우는 대신 도망을 선택하기 시작했다. 승산없는 싸움에 매달릴 만큼의 집요함은 묘족들에겐 없었고, 진자운 역시 전의를 잃은 상대를 뒤쫓아 주살하는 취미 따윈 없었다.

'…끝난 것인가?'

진자운은 문득 바람같이 움직이던 신형을 멈춰 세웠다. 어느새 그의 주변에는 우두머리로 보이는 중년인과 크게 부상당한 독인 몇 명만이 쓰러져 있을 따름이었다.

진자운은 어느새 대부분 풀려난 아미파 여승들 쪽을 힐끔 바라보곤 피구덩이 속에 누워 있는 중년인에게 걸어갔다. 그의 생명을 끊어놓기 위함이었다.

“약속했던 대로다.”

“…….”

진자운이 수중의 검을 들어올리자 중년인은 핏기없는 안색을 한 채 차갑게 노려봤다. 색마이긴 하나 근성이 있는 자란 생각이 들었다.

‘하지만 그래 봐야 색마다!’

진자운은 더 이상 생각할 것도 없이 중년인의 숨통을 끊어놓으려 했다. 마음을 굳히고.

한데, 그의 살검을 가로막는 목소리가 있었다.

“소시주, 잠시만 멈춰주세요!”

진자운은 목소리의 주인에게 시선을 던지곤 눈살을 가볍게 찌푸렸다. 얼굴이 눈에 익었기 때문이다. 목소리의 주인은 중년인과 더불어 옷차림이 흐트러졌던 중년 여승이었다.

“자신의 손으로 복수를 하고 싶은 겁니까?”

“관세음보살!”

정중한 얼굴로 합장을 해 보인 중년 여승이 미미하게 고개를 가로저었다.

“빈니는 부처님께 귀의한 지 오래입니다. 어찌 세속의 복수 따위를 입에 올릴 수 있겠어요.”

“그럼…….”

“빈니는 소시주께서 그분, 만독문의 시주님을 용서해 주길 부탁드리는 겁니다.”

꿈틀.

진자운의 눈썹이 위로 치켜 올라갔다. 못마땅했기 때문이다.

“이자를 지금 용서해 주면 다른 많은 여자들이 욕을 볼 수도 있는데,

그래도 좋습니까?"

안색을 살짝 붉힌 중년 여승이 미미하게 고개를 가로저었다.

"소시주께서는 오해를 하고 계십니다."

"오해?"

"그래요. 그분 만독문의 시주님은 본 파와 가는 길은 서로 다르지만, 결코 여인을 탐하는 분이 아니십니다."

"그럼, 아까 그건……."

"빈니는 며칠 전의 싸움으로 내상을 입은 상태였습니다. 그래서 그분 시주님께서는 빈니의 내상을 치료해 주고 계셨던 거예요."

진자운은 갑자기 마음속에서 들끓고 있던 살기가 매가리없이 고개를 숙이는 걸 느꼈다. 중년 여승의 말을 들어서인지, 눈앞의 중년인이 별로 호색한으로 보이지 않았다. 사람의 마음은 이토록 간사했다.

"뭐, 그렇다면야……."

진자운은 중년인을 아무렇게나 발로 한차례 걷어찼다. 혈도를 막아 지혈을 시킨 것과 동시에 마혈을 제압한 것이다.

'간단해 보이지만, 놀라운 수법!'

진자운을 바라보는 중년 여승의 얼굴에 가벼운 경탄이 떠올랐다. 그녀의 법명은 옥성, 아미파의 일대제자로 일류고수라 할 수 있었다.

그런 그녀와 두 명의 사자매가 연합하고도 눈앞의 중년인과 삼십 초식을 겨루지 못했다. 그러니 그를 어렵지 않게 제압한 진자운의 무공 수준을 가늠한다는 건 결코 쉬운 노릇이 아니었다. 단지 감탄한 표정으로 바라볼 수 있을 뿐.

그때 주변 정리를 끝마친 아미파 일행이 옥성 주변으로 모여들었다.

그들의 선두에는 옥성의 사자인 옥등과 사매 옥심이 있었다.

각기 다른 마차로 나뉘어 있던 사자매들은 서로를 보자마자 입가에 흐릿한 미소를 담았다. 불가에 귀의한 지 수십 년이 흐른 사람들답게 이대제자들처럼 눈물을 보인다거나 호들갑을 떨진 않았다.

"관세음보살! 옥성, 부상이 심해 걱정했더니 무사한 듯하여 다행이구나."

옥등의 담담한 정이 느껴지는 말에 옥성이 가볍게 합장해 보였다.

"부처님의 가호와 사자의 염려 덕분에 무사할 수 있었습니다."

"그래, 그렇구나."

옥등은 미미하게 고개를 끄덕여 보이곤 진자운에게 다소 빠른 걸음으로 다가왔다. 아미파 일행의 책임자답게 그녀는 나름대로 정확하게 상황 파악을 하고 있었던 것이다.

"무당파의 진 소협이라고 하셨던가요?"

"그렇습니다."

진자운이 순순히 대답하자 옥등이 합장을 한 채 크게 허리를 숙여 보였다.

"빈니 옥등이 아미파를 대표해서 진 소협의 대은에 감사드립니다."

"진 소협의 대은에 감사드립니다!"

"진 소협의 대은에 감사드립니다!"

옥등을 좇아 옥성과 옥심이 허리를 숙였고, 그 밑의 이대제자들 역시 마찬가지였다. 졸지에 진자운은 삼십여 명이나 되는 여승들에게 인사를 받게 된 것이다.

"이, 이거……"

진자운은 자신도 모르게 뒤통수를 긁적였다. 항주 군웅대회에서 우

승할 당시 받은 엄청난 환호성과는 격이 다른 예를 받자 마치 맞지 않
는 옷을 입은 듯한 기분이 들었다. 자신이 한 행동은 전혀 생각지 못하
고.

*　　　*　　　*

　만독문 서열 팔위.
　잔혹음험한 성격으로 유명한 독불(毒佛) 파미륵은 보고를 받던 중
풍성하고 후덕해 보이는 얼굴 근육을 가볍게 일그러뜨렸다. 이목구비
가 살 속에 모두 파묻혀 있는 터라 표정의 변화는 알 수 없지만, 주변
의 측근들은 그가 화났다는 걸 직감적으로 느꼈다.
　"퉤!"
　파미륵의 입에서 해바라기 씨 하나가 튀어나갔다. 그저 평범한 해바
라기 씨였다. 그러나 독불이라 불리는 파미륵의 입을 떠난 물건이 평
범할 리 없다.
　열심히 작전 실패에 대한 보고를 올리던 독인이 이마로 해바라기 씨
를 받고 몸을 부들부들 떨다 고개를 바닥에 박았다. 이미 중독되어 운
명을 달리한 것이다.
　그러자 파미륵의 옆에 시립해 있던 쌍익(雙翼) 중 좌익(左翼)인 다루
파가 진중한 표정을 한 채 말했다.
　"유루시는 유능한 전사입니다."
　파미륵의 실눈이 다루파를 향했다.
　"알고 있다. 그렇기에 본불은 더욱 화가 나는 것이다."
　다루파가 슬쩍 고개를 숙여 보이곤 말을 이었다.

"그러니 우익(右翼)인 그가 당했다면, 필시 성도로 향하던 아미파 쪽
에 커다란 변수가 생겼다고 봄이 옳습니다."

"변수?"

"그렇습니다. 적어도 유루사로선 상대할 수 없는 변수였을 겁니다."

파미륵의 실눈이 더욱 가늘어졌다. 그의 휘하 중 우익인 유루사가
무공과 강직한 성품으로 특출나다면, 좌익인 다루파는 지모로 총애를
받고 있다. 평소에 농담 중이라도 허투루 말을 하는 일은 없다.

"흐음."

세 겹으로 나눠진 턱살을 손가락으로 쓰다듬은 파미륵이 볼살을 꿈
틀거렸다.

"사천의 떨거지들이 성도에 집결하는 건 어디까지나 우리 만독문에
대항하기 위해서이다. 본불은 그 틈을 노려 오히려 아미파의 비린내나
는 계집들을 사냥하려 했는데, 하늘이 돕지 않는 것인가?"

다루파가 얼른 목소리를 높였다.

"본래 계획이란 건 변경하는 데 맛이 있습니다. 조금쯤 문제가 생겼
다 하나 존불께서 아미산을 짓밟는 데엔 하등의 문제가 없을 줄로 사
료됩니다."

"반드시 그래야 한다. 아미파의 역겨운 계집년들을 우리 만독문의
제자들이 모조리 능욕해 파계시켜야만 본불의 가슴속에 맺힌 한이 조
금이나마 풀릴 테니까."

파미륵의 실눈에서 살벌한 광채가 일었다. 갑자기 과거의 안 좋았던
기억이 떠올랐기 때문이다.

파미륵은 묘족이 대다수인 만독문의 수뇌부 중 몇 안 되는 한인으로,
십여 년 전까진 사천광불(四川狂佛)이라 불렸다. 사천에서도 손꼽히는

대마두였던 것이다.

그런 그의 불행이 시작된 건 아미파와 대립하면서부터였다.

발단은 이러했다. 평소처럼 민가의 여인을 감언이설로 현혹한 후 겁탈하려다가 아미파의 현 장문인인 회월(晦月) 대사태와 조우한 그는 재빨리 몸을 피했다. 아무리 광불이라 불릴 정도로 안하무인인 성격이나 구대문파에 속한 아미파 장문인과 적대할 순 없다는 판단이었다.

그러나 회월 대사태는 불가의 제자답지 않게 악을 원수처럼 여기는 냉엄한 성격이었다. 그녀는 자리를 피한 파미륵을 계속 쫓았고, 결국 그와 천지가 진동하는 싸움을 벌였다.

거의 일천 초가 넘게 계속된 대격전!

승자는 파미륵이었다. 그는 반 초 차이로 아슬아슬하게 회월 대사태를 이기고 하늘을 향해 광소를 터뜨렸다. 울며 겨자 먹기의 싸움이었으나 구대문파에 속한 아미파 장문인을 이겼으니 그 기쁨을 말로 표현하기란 쉽지 않았다.

하지만 그때다. 장문인의 뒤를 몰래 쫓아왔던 아미 오대장로가 지칠 대로 지친 파미륵을 암습했다. 명목은 장문인의 생명을 구한다는 것이었으나, 파미륵의 입장에선 비열한 연수합공에 뒷치기나 다름없었다.

파미륵은 분루를 삼키며 달아났다. 심각한 내상을 입고, 평생 생각해 본 적이 없는 온갖 비굴한 짓을 하며 오대장로의 이목을 흩트린 끝의 일이었다.

물론 아미파가 그런 파미륵을 그냥 놔둘 리 없다. 추격은 거의 사천이 끝나는 곳까지 이뤄졌다.

아미파 입장에서는 사천 불교계의 마불을 제거한다는 명분이 있었고, 이를 주도한 건 오대장로였다.

그들은 어떡해서든 파미륵에게 아미파의 장문인이 패배했다는 사실을 숨겨야만 했던 것이다. 자신들의 연수합공의 비밀과 더불어.

결국 파미륵은 운남의 경계를 넘어서야 아미파의 추격으로부터 벗어날 수 있었다. 온몸이 만신창이가 되고 아미파에 대한 원한과 분노, 악념만이 남은 채의 탈출이었다.

'더러운 것들, 가랑이를 찢어 죽일 것들……'

파미륵은 눈을 살짝 감았다. 다시금 스스로 묘족의 왕인 만독문주 갈홍립을 찾아가 충성을 맹세했던 때의 분노와 결의를 되새기기 위함이었다.

"다루파!"

한참의 시간이 지난 뒤 눈을 뜬 파미륵의 부름에 다루파가 얼른 허리를 숙여 보였다.

"존불께서는 말씀하십시오!"

"다시 계획을 짜라!"

"이미 준비 중입니다."

"믿겠다."

파미륵의 마지막 말에 다루파는 대답 대신 다시 허리를 숙여 보였다. 파미륵의 피로 물든 가사 자락에 고정된 그의 시선이 무서울 정도로 냉정하게 가라앉았다. 유루사는 다루파에겐 죽마고우였다. 결코 이대로 내버려 둘 순 없었다.

*　　　　*　　　　*

진자운과 아미파 일행은 일단 쌍류에 짐을 풀었다.

바로 옥심의 인솔을 받은 세 명의 이대제자가 성도로 소식을 전하러 간 만큼 나머지 일행은 조금쯤 여유를 가질 수 있었다. 사실 옥등과 옥성을 비롯한 이대제자 중 상당수가 만독문 독인들과의 계속된 격전으로 부상 중이었다. 쉬이 전체가 움직이기란 무리가 있었다.

쌍류에서 가장 큰 객점인 천복대반점(天福大飯店)을 몽땅 차지한 아미파 비구니들은 돌아가며 경계와 운기조식을 취했다. 인원이 많은 만큼 꽤나 눈에 띄는 모습이나 그만큼 편한 점도 있는 것이다.

진자운은 따로 가둬둔 유루사―한어를 아는 독인을 다그쳐 이름을 알아냈다―를 심문하고 방에서 나오다 피식 웃었다. 복도 맞은편에서 자은이 마침 모습을 드러냈기 때문이다.

"여어!"

진자운이 손을 들어 보이자 자은이 놀란 토끼 같은 얼굴이 됐다. 이런 곳에서 진자운을 만나리라곤 예상치 못했다는 반응이다.

"지, 진 시주……."

"지인 시주?"

진자운이 슬쩍 말꼬리를 늘리자 자은의 얼굴이 빨갛게 물들었다. 그와 했던 약속을 상기한 것이다.

"진 소협……."

진자운의 입가에 장난기가 떠올랐다.

"자은 누이, 우리는 꽤나 가까운 사이이지 않아? 어째서 그리 갑자기 매정하게 변한 것이지?"

"……."

자은이 입을 가볍게 벌린 채 더욱 놀란 얼굴이 됐다. 그녀는 얼른 주변을 둘러보곤 빠른 걸음으로 진자운에게 다가왔다. 누군가 지켜보는 시선이 있나 겁나하는 모습이다.

"왜 그러지? 혹시 뭔가……."

진자운은 말을 계속할 수 없었다. 자은이 자신도 모르게 손을 뻗어 진자운의 입을 가로막았기 때문이다.

진자운이 어깨를 으쓱해 보이자 자은이 조용조용한 목소리로 속삭였다.

"진 소협, 앞으론 절 그렇게 부르지 마세요."

"우으……."

자은이 얼른 진자운의 입에서 손을 뗐다. 그러자 진자운이 고개를 옆으로 기울여 보이며 말했다.

"어떻게 부르면 안 되는 건데?"

"그러니까, 절 부르는……."

"자은 누이라 부르는 것?"

자은이 얼른 고개를 끄덕였다. 불교에 귀의한 비구니인 그녀로선 진자운에게 누이라 불리는 게 꽤나 부담스러웠나 보다.

"……."

진자운의 입가에 더욱 장난스런 표정이 떠올랐다. 그는 눈앞의 귀여운 비구니를 계속 골리고 싶었다. 놀리면 놀릴수록 재미가 새록새록 솟아나는 게 결코 이대로 관계를 끊고 싶지 않은 것이다.

"흠."

팔짱을 낀 채 잠시 자은을 바라보던 진자운이 천천히 고개를 가로저었다. 단호하면서도 힘있게.

“나는 그럴 수 없어.”

“어, 어째서!”

“나는 자은 누이가 좋으니까.”

“아아…….”

자은은 거의 폭발할 듯 얼굴을 붉힌 채 발을 동동 굴렀다. 마음속에서 일어난 느낌을 어찌 표현해야 할지 모르게 된 것이다.

그 모습이 너무 애처로우면서도 우스워 진자운은 히죽 웃었다.

“도대체 나의 어디가 자은 누이는 싫은 거지? 나는 이래 뵈도 꽤나 괜찮은 놈인데 말야.”

“그건… 그건…….”

“설마 내가 그동안 자은 누이에게 나쁘게라도 대한 건가?”

자은이 맹렬히 고개를 가로저었다. 진자운이 지나칠 정도로 다정하게 대하는 것도 두렵지만, 그가 화를 내는 것 역시 그녀는 참을 수 없었다. 이미 진자운이란 사람은 자은의 작은 가슴에 화인처럼 깊숙이 각인되어 버린 것이다.

잠시의 침묵 끝에 자은이 더듬거리며 말했다.

“진 소협은 제게 너무 잘해주셨어요. 또한 사부님과 사백, 사숙님을 비롯한 저희 아미파의 사자매들을 구해주셨어요. 그 은혜는 너무나 커서…….”

“그만!”

자은의 말을 중간에 끊은 진자운이 얼굴에서 장난스런 표정을 지웠다.

“난 그런 말을 듣기 위해 나선 게 아냐. 그리고 나는 자은 누이를 친누이처럼 생각하고 있어.”

“치, 친누이요?”

“그래. 그래서 계속 나는 자은 누이를 자은 누이라 부를 거야. 물론 자은 누이 역시 날 진 가가나 오라버니라 불러주면 좋겠지만, 그건 어려울 테지?”

“그, 그건 안 돼요.”

“응, 그러니까 타협을 보자구.”

자은의 눈이 동그래졌다.

“어떻게 타협을 보자는 거죠?”

“나는 앞으로 다른 사람들이 없을 때만 자은 누이를 자은 누이라 부를 테니까, 자은 누이 역시 다른 사람들이 없을 때는 날 진 가가라 불러줘.”

“그건 절대로…….”

“안 된다는 말은 하지 마!”

진자운은 자은의 말을 끊고 협박할 때 주로 쓰는 얼굴을 해 보이며 말했다.

“만약 자은 누이가 이마저도 못하게 하면 나는 다른 사태들 앞에서 우리가 어떻게 쌍류까지 왔는지에 대해 다 불어버릴 거니까.”

“아아!”

자은은 비명이 터져 나오려는 자신의 입을 얼른 손으로 막았다. 진자운의 협박이 제대로 먹혀들어 간 것이다.

그러나 진자운은 자은의 새파랗게 질린 얼굴을 똑바로 응시한 채 용서없이 말했다.

“그럼, 날 진 가가라 불러봐.”

“그…….”

“뭐, 싫으면 말구.”

진자운은 활개를 치며 자은의 옆을 스쳐 지나갔다. 그가 향하는 쪽은 주루 쪽이었다. 옥성 등이 모여 식사를 하고 있는.

탁!

자은은 다급한 나머지 진자운의 팔뚝을 잡았다. 비구니가 아니라 일반 여염집의 여인이라 해도 하기 힘든 대담한 행동이었다.

‘호오!’

진자운이 잇새로 바람 새는 소리를 내자 자은이 굉장한 결심을 한 것 같은 얼굴로 말했다.

“진 가가!”

진자운의 만면에 싱글벙글한 미소가 번져 나왔다.

“착한 누이!”

“차, 착한 누이라니…….”

“그래, 착한 누이!”

제멋대로 자은에 대한 호칭을 바꾼 진자운이 느닷없이 그녀를 끌어 안고 한 바퀴 돌렸다. 그야말로 아이를 어르는 듯한 모습이었다.

그리고 자은에게서 한 걸음 뒤로 물러선 진자운이 정중하게 허리를 숙여 보였다.

“그럭, 소생은 이만!”

“…….”

허리를 바로 하며 자은에게 살짝 한쪽 눈을 찡긋해 보인 진자운이 진짜 활개를 치며 주루 쪽으로 걸어갔다. 슬슬 옥성 등과 만나 확인해 둘 사항이 있었기 때문이다.

‘진 가가… 착한 누이…….’

진자운의 뒷모습을 멍하니 바라보며 자은은 잠시 넋을 잃고 있었다. 향후 자신의 인생에 가장 큰 영향을 끼칠 사내를 오라버니로 삼게 됐음을 아직 그녀는 알지 못하고 있었다.


주루로 내려오는 동안 진자운은 몇 명이나 되는 비구니들한테 인사를 받았다. 모두 그에게 구원받은 자은의 사자매들이었다.

진자운이 주루에 모습을 드러내자 익히 낯이 익은 자혜가 빠른 걸음으로 다가왔다.

아미파 이대제자 중 으뜸인 그녀가 정중하게 합장해 보이자 진자운 역시 살짝 고개를 숙여 보였다. 귀여운 자은과 달리 자혜는 아직 젊은 나이나 그야말로 불문의 일대신니(一代神尼)가 될 자질이 보였다. 함부로 대할 수는 없었다.

합장을 푼 자혜가 말했다.

"사부님과 옥성 사숙님께서 진 시주를 기다리고 계십니다."

"그렇군요."

진자운은 자은을 대할 때완 완연히 달라진 표정으로 대답하곤 옥성 등이 앉아 있는 쪽으로 다가갔다. 그러자 옥등과 옥성이 동시에 자리에서 일어서 진자운을 맞았다.

"진 소협, 어서 오세요."

"어서 오세요."

진자운은 얼굴이 뜨뜻해지는 걸 느꼈다. 무당파나 청성파의 일대제자들을 아무렇게나 다룰 정도의 노련함을 지닌 그였다. 하지만 어머니뻘 되는 옥등과 옥성에게 예를 받는 건 당최 적응이 되지 않았다. 그의 뻔뻔함도 남녀는 가리는 것이다.

‘무진장 불편하구만.’

진자운은 내심 혀를 차고 허리를 살짝 숙여 보였다.

“지난번에도 말했지만, 두 분 사태는 지나친 예의는 거둬주십시오. 제가 불편합니다.”

“역시!”

옥성의 입가에 부드러운 미소가 떠올랐다. 진자운의 솔직한 심경 표현이 그녀에겐 스스로를 낮추는 협객의 모습으로 비춰진 듯하다.

서로 시선을 마주친 옥등과 옥성이 진자운에게 한쪽 자리를 손으로 가리켰다. 그러자 얼른 옆에 서 있던 자혜가 달려와 의자를 진자운 앞에 내놨다. 오랫동안 윗전을 모셔본 자만이 보일 수 있는 능숙한 솜씨였다.

진자운은 자혜에게 미미하게 고개를 끄덕여 보이곤 자리에 앉았다. 자신이 먼저 앉기 전에는 옥등과 옥성이 결코 예를 거두지 않을 것임을 알고 있었기 때문이다.

과연 진자운을 따라 다시 자리에 착석한 두 사태 중 옥성이 먼저 입을 열었다.

“소득은 있으셨는지요?”

방금 전까지의 예의로 똘똘 뭉쳐진 모습과 달리 단도직입적인 질문이다. 그런 편이 오히려 편하다 여긴 진자운이 살짝 이를 드러내며 대답했다.

“생각보다 뼈가 여문 자입니다. 몇 가지 수단을 펼쳤는데, 신음 한 번 지르지 않더군요.”

“몇 가지 수단이라 하심은……?”

진자운이 뻔히 알면서 뭘 묻냐는 표정으로 대답했다.

“분근착골과 구타지요.”

“관세음보살!”

옥등이 불호를 외운 것과 달리 옥성은 잠시 눈빛을 아래로 떨궜을 뿐이다. 진자운에게 유루사를 맡길 때부터 내심 짐작했을 일이니 당연하다.

진자운은 옥성의 안색을 살피며 말을 이었다.

“제가 보기에 유루사란 자는 죽으면 죽었지 입을 열 사내가 아닙니다. 그래도 정히 제게 심문을 부탁하시면 다른 수단을 써보긴 하겠습니다만.”

“어떤 수단을 쓰시겠다는 건지 물어도 되겠습니까?”

“살갗을 벗기고 그 위에 소금을 묻히고, 실을 꿴 바늘을 혈관에 집어넣고, 손가락과 발가락을 하나씩 잘라서 활활 타는 화로에 집어넣고…….”

“진 소협, 그만!”

진자운의 말을 멈추게 한 건 옥성이 아니라 옥등이었다. 그녀는 다소 창백해진 안색으로 고개를 연신 가로저었다. 절대로 그리해선 안 된다는 표정이었다.

그러나 진자운은 그녀를 외면하고 옥성에게 다짐받듯 말했다.

“옥성 사태께서는 어찌 생각하십니까?”

“역시 그런 일은…….”

“불문이나 명문 정파에선 할 수 없는 일이지요.”

잠시 진자운과 시선을 맞춘 옥성이 결국 고개를 끄덕여 보였다. 유루사에 대한 심문을 그제야 포기한 것이다.

“그럼, 저는 이만 물러가 보겠습니다.”

진자운이 자리에서 일어서자 옥등과 옥성이 역시 뒤따라 일어섰다. 살벌한 얘기가 오고 갔으나 여전히 예의만은 깍듯하게 지키는 두 사태였다.

◆ 第二十七章 ◆
괭이 향하는 곳?

사흘 동안 진자운은 심문을 계속했다.

물론 유루사의 성격을 파악한 후 그에 대한 심문은 포기한 터다. 진자운이 노리는 건 그와 함께 잡아둔 두 명의 한어를 아는 독인들이었다.

진자운의 심문 방법은 단순했다.

그는 첫날부터 유루사를 갖가지 방법으로 심문하는 장면을 독인들에게 보여준 후 다른 한 명을 집중적으로 괴롭혔다. 두 사람 중 한 명은 관객이 되게 하고, 나머지 한 명은 연기자로 만들어 실컷 시각적인 고통의 현장을 보여준 것이다.

그러자 이틀이 지나기도 전에 반응이 왔다. 홀로 괴롭힘을 당하던 자는 분하고 억울해서 입을 열기 시작했고, 시각적 고통에 길들여진 나머지 녀석은 자신의 차례가 올 것을 두려워해 더욱 목소리를 높였다.

서로 경쟁이라도 하듯.


　'쳇. 대충 만독문 녀석들이 사천에서 뭘 하려는지는 알아냈는데, 꼬맹이에 대한 사항은 전혀 오리무중이군.'

　진자운은 심문실로 정한 객실을 빠져나오며 내심 투덜거렸다. 어느새 두 명의 독인들이 알고 있는 만독문과 그들의 소소한 가족 사항까지를 모조리 꿰어찬 터다. 나름대로 만족할 만한 결과를 얻은 셈이나 진짜 그가 알고 싶던 담화연에 대한 정보는 전혀 없었다. 아예 독인들은 담화연에 대한 존재 자체를 모르고 있었다.

　하긴 그들을 탓할 수만은 없는 일이다.

　담화연이 누구던가!

　이름도 당당한 마교의 성녀이자 전대 교주였던 무상제일신마 담천위의 하나밖에 없는 직계 혈손이었다. 앞으로의 무림 정세에 그만큼 중요한 영향을 끼칠 수 있는 사람은 거의 없다고 봐도 과언이 아니었다.

　그러니 당연히 그녀에 대한 사항은 극비일 게 분명하다. 일반 문도들이 알 만한 사항은 당연히 아닌 것이다.

　그렇게 심정적으론 충분히 납득을 하면서도 진자운은 기분이 사뭇 더러웠다.

　며칠 동안 체질에도 맞지 않는 악당 노릇을 했던 게 헛고생이란 생각이 들자 갑자기 마음속에서 무한한 분노가 치밀어 올랐다. 서이환의 죽음을 본 순간 느낀 것과 그리 다르지 않은 감정이었다.

　퍽!

　진자운은 갑자기 복도 한 켠을 발로 걷어찼다. 단단히 단련된 발이 아플 까닭이 없으나 그는 살짝 눈살을 찌푸려 보였다. 눈앞으로 자은이 조심스레 걸어오는 모습을 봤기 때문이다.

"아!"

입을 가볍게 벌리고 놀란 표정이 된 자은이 빠른 걸음으로 다가왔다. 항상 진자운만 만나면 달아나려던 평소 모습은 싹 잊고서.

"진 소협, 어디를 다치셨나요?"

진자운이 짐짓 다리를 살짝 절어 보이며 퉁명스레 대꾸했다.

"진 소협?"

자은의 얼굴이 또 발개졌다.

"지, 진 가가……."

"흠."

진자운은 그제야 입가에 만족스런 웃음을 담고 비틀거리던 몸을 고정시켰다. 그러자 자은의 얼굴이 더욱 붉어졌다. 진자운이 엄살을 부렸다는 걸 눈치챈 것이다.

"진 가가는 또 그러시고……."

"그야 착한 누이가 자꾸 날 피하니까 그렇지."

"그건… 그건……."

진자운은 버릇처럼 말을 더듬는 자은에게 다시 웃어주곤 더 이상 몰아붙이지 않았다. 그녀를 만나 우스갯소리를 나누자 방금 전까지의 불쾌한 심사가 조금쯤 누그러졌다. 다시 평소의 진자운으로 돌아올 수 있었다.

진자운이 장난기를 거두자 자은이 간신히 평정을 되찾은 얼굴로 말했다.

"사부님께서 찾으십니다."

“옥성 사태께서?”

“예.”

진자운의 눈 깊은 곳에서 작은 기광이 번뜩였다. 지난 며칠간 지켜본 바 자은의 사부인 옥성 사태는 여간내기가 아니었다. 불문에 적을 둔 여승이라기보다는 권모술수에 통달한 여제갈 같았다. 그렇지 않고서야 자신을 욕보이려 했던 유루사를 그처럼 대범하게 용서할 순 없을 터였다.

‘하긴, 그 시점에서 자신의 청백을 주장하기 위해선 그 방법이 가장 옳은 것이었을 테지만……’

진자운은 지난 사흘간 알아낸 유루사의 성격과 옥성과의 일을 떠올리곤 고개를 옆으로 기울여 보았다.

유루사의 성격으로 볼 때 그가 옥성에게 음심을 품고 색마가 되려 했던 건 아니란 생각이 들었다. 오히려 그보다는 그녀로부터 아미파의 중요 기밀을 빼내려 위협을 가했다고 보는 편이 옳을 터였다.

물론 그 점은 옥성 역시 잘 알고 있었을 것이다. 그래서 반대로 유루사로부터 만독문의 기밀을 빼내기 위해 목숨을 앗으려는 자신을 말렸을 것이고 심문을 맡긴 것이 분명하다.

진자운은 자신이 내린 판단에 확신을 느낄수록 뒷맛이 씁쓸해졌다. 과거 무당파에서 눈치만을 보며 묻혀 살 때의 기억이 새록새록 되살아났다. 그건 정말로 빌어먹을 느낌이었다.

“혹시 성도에서 손님들이 온 건가?”

진자운이 느닷없이 질문을 던지자 그의 안색을 관심 어린 표정으로 살피고 있던 자은이 얼른 고개를 끄덕이곤 놀란 표정이 됐다.

“그걸 어찌 아셨지요?”

진자운이 피식 웃었다.

"그냥 지금쯤이면 성도로 떠난 옥심 사태 일행이 되돌아올 시간이 됐다고 생각했을 뿐이다."

"그렇지만……."

"옥심 사태 일행을 성도의 군웅들이 그냥 내버려 뒀을 리 만무하지."

자은의 뒤이은 의문마저 명쾌하게 풀어준 진자운이 주루 쪽으로 걸어가며 그녀의 손을 잡아끌었다.

"착한 누이, 그러니까 빨리 가자구."

"아!"

어쩔 수 없이 진자운에게 딸려가며 자은이 고운 얼굴을 살짝 붉혔다. 그다지 싫지 않은 표정을 지어 보이며.


주루로 내려선 진자운을 맞은 건 질투로 번뜩이는 살쾡이의 시선이다.

물론 진짜 살쾡이가 질투의 눈빛을 던졌다면 진자운은 입가에 미소를 담지는 못했을 것이다. 현 상황 역시 그다지 유쾌한 건 아닐 테지만.

"흥, 여승을 끌고 다니다니, 정말 대단한 사람이군요!"

진자운은 대뜸 양손의 손톱을 몽땅 세운 채 달려들 듯한 기세인 당문혜의 외침에 어깨를 가볍게 으쓱해 보였다. 별로 대수로울 것 없다는 모습이다.

오히려 놀란 건 여전히 그에게 손목이 잡혀 있던 자은이다. 그녀는 얼른 진자운의 손을 뿌리쳤다. 그녀의 작은 몸이 진자운의 널찍한 등

너머로 모습을 감춘다.

그 점이 당문혜의 분노를 더욱 샀다. 그녀는 자은 쪽을 질투로 불타는 눈빛으로 쏘아보곤 다시 진자운을 비꼬았다.

"두 분, 사이가 참 좋아 보이시네요?"

진자운이 피식 웃고 대답했다.

"당 소저가 정말 제대로 보셨소. 여기 있는 자은 사매와 나는 의남매가 되기로 했소이다. 그러니 친할 수밖에 없지 않겠소이까?"

"의남매를 맺었다고요?"

"그렇소이다."

진자운의 단호한 말에도 당문혜는 얼굴에 떠오른 미심쩍은 기색을 쉬이 지우지 않았다. 무림 중에 의남매를 맺었다가 부부가 된 예는 밤하늘의 별 만큼이나 많았다.

다 그렇지 않은가. 남녀 사이의 의남매란 건 친구를 맺었다고 주장하는 것만큼 신빙성이 없는 말이었다.

처음의 표독함은 지웠으되 당문혜의 얼굴엔 여전히 의심이 가득했다. 어떻게서든 진자운의 본심을 밝혀내고야 말했다는 단호한 결의가 흘러넘치는 얼굴이다.

그러나 이때 진자운의 관심은 이미 그녀를 떠나 있었다. 옥성 등과 자리를 함께한 채 진지한 대화를 나누고 있던 몇 사람의 중년인 중 익히 낯익은 한 사람이 진자운을 발견하고 다가왔기 때문이다.

"진 소협!"

다가오자마자 목소리를 높인 이는 대리 점창파의 삼대고수 중 한 명인 단연경이었다.

그가 소식을 전하는 일이 끝났음에도 운남으로 돌아가지 않은 까닭을 쉬이 짐작한 진자운이 얼른 계단에서 뛰어내렸다. 그리고 바람같이 당문혜를 지나쳐 단연경에게 다가간 진자운이 그의 손을 굳게 부여잡았다.

"단 대협, 떠나지 않으셨군요."

"떠나지 않았소."

단연경의 얼굴은 여전히 냉정했고 매와 같은 눈빛 역시 변함 없었다. 다만, 진자운은 조금쯤 매의 눈빛이 부드러워졌다고 느꼈다.

진자운이 손을 떼자 단연경이 작은 목소리로 중얼거렸다.

"만독문의 유루사를 제압했다고 들었소만?"

"아는 자입니까?"

단연경이 다소 굳은 얼굴로 고개를 끄덕여 보였다. 대담하고 냉정한 그의 성격을 아는 진자운으로선 뜻밖의 모습이다.

'유루사의 무공이 제법이지만, 단 대협을 위협할 정도는 못 된다. 그렇다면 그의 배후인 독불 파미륵 때문이란 말인데…….'

잠시 염두를 굴린 진자운이 조심스레 물었다.

"독불 파미륵은 어떤 자입니까?"

단연경이 조금 감탄한 표정으로 되물었다.

"유루사의 입을 열게 만든 것이오?"

"그는 쉽사리 입을 열 사람이 아닙니다. 나는 다른 사람의 입을 열게 만들었습니다."

"그렇군."

단연경이 미미하게 고개를 끄덕여 보였다. 같은 운남에서 활동하는 처지라 유루사의 강직한 성격을 그는 잘 알고 있었던 것이다.

그때였다. 느닷없이 주루로 내려온 진자운에게 몰리는 관심을 유심히 지켜보고 있던 중년인 하나가 천천히 자리에서 일어섰다.

이때 그의 주변에는 옥성이나 청성파의 송진 등을 비롯한 꽤나 많은 무림인들이 모여 있었다. 그런데 그들 모두를 중년인은 은연중 압도할 만큼 꽤나 기태가 출중했다.

사십대쯤 되어 보이는 잘생긴 얼굴. 그리고 귀족적인 품위가 느껴지는 태도. 아무래도 젊은 시절엔 여인 꽤나 울리고 다녔을 법한 외모다.

중년인은 잠시 진자운과 단연경을 훑어보더니, 여유가 느껴지는 걸음으로 걸어왔다. 한눈에 봐도 이곳에 모인 자들 중 최고의 고수라 불리기에 부족함이 없는 모습이다.

[누굽니까?]

진자운이 전음으로 묻자 단연경이 굵은 눈썹을 한차례 치켜 올리곤 대답했다.

[당가의 천수무영(千手無影) 당천수. 현 당가주의 손아래 동생으로 손이 빠르고 내심을 읽기 힘든 강호다.]

'역시!'

진자운은 자신의 판단이 대충 옳았음을 느끼곤 내심 고개를 끄덕였다.

구대문파와 팔대세가의 배분을 같이 놓고 비교할 순 없으나 대충 당가주의 동생이라면, 진자운과는 비슷한 배분이다. 처음 생각했던 바대로 항주 무림맹을 떠난 후 만난 최강의 고수인 셈이다.

힐끔.

당천수는 진자운 등 뒤에 선 당문혜에게 책하는 듯한 눈빛을 던졌다. 시집갈 나이가 다 된 터에 너무 과하게 진자운을 대했다는 질책이다.

그러자 세상에 두려울 것이 없는 듯하던 당문혜의 표정이 시무룩하게 변했다. 대숙인 당천수는 당가 내에서 당문혜가 가장 어려워하는 사람 중 한 명이었다.

'숙부는 내 맘도 모르고.'

당문혜는 내심 종알거리면서도 얼른 조신한 표정을 지어 보였다. 그러자 그녀에게서 시선을 떼고 진자운의 지척까지 다가선 당천수가 입가에 흐릿한 미소를 띠었다.

"무당파에 한 명의 신성이 나타났다는 소문은 익히 들었다네. 자네가 바로 반보무적 일보단천이라 불리는 진 소협일 테지?"

"……."

진자운의 입가에 항시 머물러 있던 여유만만한 미소가 슬그머니 자취를 감췄다. 당천수의 말은 그만큼 큰 충격으로 다가온 것이다.

'이 머나먼 사천까지 벌써 내 소문이 퍼졌단 말인가?'

진자운이 눈살을 찌푸린 채 일시 대답하지 않자 당천수의 입가에 매달린 미소가 조금 더 짙어졌다.

"훗. 어떻게 머나먼 강남의 항주에서 떨친 진 소협의 명성이 이 궁벽한 사천까지 전해졌는지 궁금한가 보군?"

"솔직히 궁금하군요."

진자운이 결국 입을 떼자 당천수가 보통 사람보다 장대한 어깨를 한차례 으쓱해 보였다. 그야말로 평생을 만인의 위에서 군림하며 자신만만하게 살아온 사람만이 보일 수 있는 모습이다.

"우리 당가에서는 항주 무림맹에 적지 않은 인원을 보냈다네. 그러니 천하에 이름 높던 후기지수들인 사룡을 제압하고 군웅대회를 제패한 진 소협에 대한 소문이 전해진 건 당연한 일이지 않은가."

“군웅대회가 끝나자마자 저는 항주를 떠났습니다. 그리고 뒤도 돌아보지 않고 사천까지 왔습니다. 아무리 무림의 소문이란 게 발 없는 말과 같다곤 하지만……..”

진자운은 갑자기 말을 멈추고 입가에 작은 주름을 만들었다. 뭔가 깨닫는 바가 있었기 때문이다.

“그렇군요. 사천에서 출발한 문파의 제자들은 계속 전서구 같은 걸로 소속 문파와 연락을 취하고 있었을 테니, 제 소문 역시 금세 전달된 게 당연하지요.”

“바로 그렇네.”

진자운의 빠른 두뇌 회전에 입가의 웃음을 거둔 당천수가 목소리를 조금 낮췄다.

“실은 당가에는 타 문파에는 없는 전서응들이 꽤 많다네. 그래서 조금 빠르게 중원 각지의 소식을 얻을 수 있었지.”

“특히 무림맹의 소식에 중점을 두셨겠지요?”

“부인하진 않겠네.”

당천수가 순순히 고개를 끄덕이자 진자운은 더 이상 질문하지 않았다. 이 이상의 대답을 원한다는 건 타 문파에겐 밝힐 수 없는 당가의 비밀을 털어놓으라고 강요하는 것이나 다름없기 때문이다.

대신 당천수가 다가올 때부터 침묵을 지키고 있던 단연경이 특유의 매와 같은 눈빛을 번뜩이며 말했다.

“당 대협, 그 당가의 전서응이 날아오는 곳 중에 운남도 포함되어 있는 게 아니오?”

“글쎄요.”

“대답을 회피하는 것이오!”

단연경의 목소리에 강경함이 담기자 당천수의 입가에 사라졌던 미소가 다시 떠올랐다. 진자운을 대할 때완 다른 섬뜩함이 담긴 미소였다.

"단 대협, 무림 중에 천수무영 당 모가 허언을 하거나 비겁자란 소문이 한마디라도 나돌고 있소이까?"

"아직까지 듣지 못했소."

"그렇다면 지금 단 대협의 말이 얼마나 큰 실례를 범한 것인지 아시겠구려?"

"죄를 인정하라는 뜻이오?"

"사나이란 모름지기 자신이 내뱉은 말에 책임을 질 줄 알아야 하지 않겠소?"

단연경은 더 이상 대답하지 않았다. 대신 옆구리에 매달린 애검의 검파에 손을 댔다. 검객답게 검으로 대답을 대신하겠다는 뜻이었다.

물론 당천수 역시 입가에 살기 어린 미소를 더욱 짙게 했다. 아무런 동작도 취하지 않았으나 그에게서는 섬뜩할 정도의 살기가 뿜어져 나오고 있었다.

그렇게 막 두 사람 간에 살기가 폭발하기 직전이었다.

스팟!

고수가 아니면 거의 파악하기조차 쉽지 않은 작은 소음과 함께 당천수와 단연경이 거의 동시에 뒤로 신형을 물렀다. 두 사람이 서로를 향해 쏟아내고 있던 무형지기를 쪼개는 한 가닥 검기에 팽팽하던 균형이 깨져 버렸기 때문이다.

물론 첨예하게 대립하던 두 사람의 무형지기를 부순 건 진자운이 슬쩍 소지로 쏘아보낸 지검무 태극의 무형검기다.

아직 완성되지 않은 지검무 태극이나 절정에 오른 고수들에겐 꿈에
서조차 볼 수 없던 무학의 신경지나 다름없다. 무형지기가 깨지는 순
간 두 사람이 크게 놀라 뒤로 신형을 물린 건 결코 부끄러운 일이 아니
었다.

그렇게 떨어져 나간 두 사람 사이로 진자운이 얼른 끼어들었다. 간
격 자체를 없애 버린 것이다.

그는 다시 두 사람이 맞붙지 못하도록 엄중한 시선을 던지곤 짐짓
차갑게 말했다.

"지금 사천무림과 운남무림은 대적을 맞아 신음하고 있습니다! 어찌
같은 편끼리 싸워서 화기를 상하려 하는 겁니까?"

"그건……."

당천수는 뭐라 반박하려다 묵묵히 침묵을 견지하고 있는 단연경의
모습에 역시 입을 다물었다. 이미 진자운의 이해하기 힘든 무공을 목
도한 터에 가타부타 말을 한다는 건 수치스런 일이었다.

진자운이 슬쩍 단연경에게 고개를 끄덕여 보이곤 당천수에게 시선
을 고정시켰다.

"당 대협께서 제 별호를 알고 계시다면, 신분 역시 모르진 않을 거라
사료됩니다만?"

"진 소협이 새롭게 결성된 불사단의 단주란 건 알고 있네."

"그뿐 아니라 오단의 총단주지요."

"그렇다고 들었네."

"그렇다면 어째서 제가 이곳, 사천에 왔는지도 알고 계실 테지요?"

"거기까진 아직……."

"그렇군요."

진자운은 마치 충분히 이해한다는 듯한 표정을 지어 보인 후 자신은 무척 너그러운 사람이라는 얼굴을 한 채 고개를 끄덕여 보였다. 당천수가 진자운에게 처음 보였던 거만한 표정과 그다지 다를 바 없는 재수없는 태도를 취해 보인 것이다.

그러자 평생 이와 같은 일을 경험해 본 바가 없는 당천수의 얼굴에 가벼운 당황감이 떠올랐고, 단연경은 입가로 튀어나오려는 실소를 간신히 참아야만 했다.

제삼자인데다 검객다운 예리한 관찰력을 갖춘 그는 진자운의 갑작스런 행동이 당천수를 흉내 낸 것임을 쉽사리 눈치챌 수 있었다. 그럼에도 터져 나오려는 웃음을 참은 건 어디까지나 당천수를 생각한 배려라 할 수 있었다.

결국 서로 다른 이유 때문에 살기가 누그러진 두 사람.

그들을 이끌고 진자운은 여전히 심사를 읽기 힘든 옥성과 심난한 기색의 승진이 앉아 있는 쪽으로 걸어갔다. 사천무림의 군웅들 앞에 처음부터 강렬한 인상과 함께 등장한 것이다.


다시 열흘이 훌쩍 지났다.

그동안 쌍류로 모여든 무림인들 중엔 당가, 청성파, 아미파의 삼강 외에도 사천에 자리잡은 군소 문파의 고수가 다수 포함되어 있었다.

그동안 잠자코 있던 만독문의 노골적인 발호.

그 시발점이라 할 수 있는 대리 점창파의 참화와 아미파 여승들에 대한 습격 소식은 지난 며칠간 은밀히 사천무림 전체로 퍼져 나갔다.

이미 오래전부터 만독문의 발호에 공포와 경계심을 품었던 사천무림인들이었다. 마음속의 지주 중 하나인 아미파 여승들의 습격 소식에 대한 반응은 격렬했다. 삽시간에 만독문에 대한 두려움이 분노로 바뀐 것이다.

그래서 사천에서도 성도 부근에 자리잡은 중소 문파 무림인들은 쌍류로 속속 집결했다. 만독문이 아미파 제자들을 공격한 곳이 성도 부근인만큼 그들이 느끼는 책임감과 분노는 타 문파를 압도하고 있었다.

'젠장, 이러다간 사천에 새로운 무림맹이 창설될지도 모르겠군.'

진자운은 쌍류가 내려다보이는 언덕배기에 털썩 누워 하늘을 바라보다 입 안에 물고 있던 풀잎을 툭 뱉어냈다.

오늘 아침만 해도 당가에 의해 아예 통째로 임대가 된 천복대반점으로 십수 명이 넘는 무림인들이 찾아들었다. 모두 사천 내 군소 문파에 소속된 피 끓는 나이의 무림인들로, 첫 싸움이 나자마자 목숨을 잃을 자들이었다.

창칼받이들!

하긴 생각해 보면 항주 무림맹에서 열린 군웅대회도 마찬가지였다. 말이 좋아 정마대전의 선봉장이지, 실제론 명문 대파의 피해를 최소화하기 위한 창칼받이를 뽑는 게 목적인 군웅대회였다.

무림을 구한 영웅.

달콤함 속에 숨겨진 추악한 독. 치사량을 훨씬 넘기는 주제에 지독히도 감미로운 독이다. 사람의 혼백을 들어올렸다가 마구 뒤흔들곤 집어 던지는 광풍이다.

그 광풍을 사천에 풀어놓은 건 자비롭고 후덕한 얼굴을 한 주제에 속에 구렁이 몇 마리를 숨기고 있는 옥성과 당가의 효웅, 당천수였다.

그들은 만독문이 지금이라도 당장 사천무림을 침공할 것처럼 호들갑을 떨었고, 젊은 군웅들 앞에서 뜨거운 눈물을 뚝뚝 떨궜다. 아미파의 젊은 비구니들은 우는 데 선수들이니 효과는 더욱 만점이었다.

옥성을 비롯한 아리따운 비구니들의 눈물에 쌍류로 모여든 젊은 애송이들은 일제히 목숨을 걸겠다고 소리를 질러댔다. 지금 당장이라도 만독문이 있는 운남으로 달려갈 것처럼 녀석들은 길길이 날뛰어댔다.

정말 지 주제도 모르는 것들뿐이다.

자신 역시 과거 그와 유사한 광풍에 휩쓸려 무당파에 입문했다는 사실을 알기에 진자운은 입맛이 썼다. 꾸역꾸역 쌍류로 몰려들고 있는 멍청한 애송이들을 광풍에 휩쓸리게 하는 데 자신의 명성 역시 일조를 했다는 생각이 들었기 때문이다.

그러나 진자운은 곧 복잡한 생각 따윈 집어치우기로 했다. 자신에게 주어진 생명이 얼마나 소중한지도 알지 못하는 바보들에게 연민을 품는 일 따윈 그에게 어울리지 않았다. 그럴 시간이 있으면 좀 더 생산적인 일에 신경 쓰는 편이 나았다.

'그러니까 어째서 그 빌어먹을 독불 녀석은 일이 이렇게 되도록 움직이지 않는 거냔 말이다!'

진자운은 옆으로 신형을 비틀며 바닥을 뒹굴거리다 갑자기 벌떡 뛰어 일어섰다. 지난 열흘간 뒹굴거릴 시간은 충분했다. 더 이상은 좀이 쑤셔서 참지 못할 지경이었다.

진자운이 옥성과 당천수의 눈에 빤히 보이는 행동에 냉연한 시선을 던지면서도 쌍류를 떠나지 않고 있는 이유는 단 한 가지. 이번 사태의 발단을 제공한 원인 제공자에 있었다.

독불 파미륵.

그동안 진자운이 알아낸 정보에 의하면 그는 본래 사천광불이라 불리던 한인으로, 만독문 내 서열 팔위의 요직을 점한 자였다. 별 효용 가치도 없던 유루사와는 완전히 격이 다른 인물이다.

그러니 그만한 자라면, 앞으로 담화연을 구출하는 데 꽤나 쓸모가 있을 게 분명하다.

그녀의 소재를 파악하는 데도 사용할 수 있고, 더 나아가선 인질 교환까지도 생각할 수 있다. 한 문파의 서열 팔위란 그리 녹록한 자리가 아니다.

그러나 그의 예상대로라면 지금쯤, 아니, 훨씬 이전에 쌍류로 공격해 들어와야 했던 파미륵은 여지껏 전혀 움직일 생각을 하지 않고 있었다. 아예 포로가 된 오른팔 유루사의 존재 따윈 싹 뇌리에서 지워 버린 것처럼.

물론 그가 유루사를 포기할 수도 있긴 하다.

고래로부터 전법 중에는 살을 주고 뼈를 꺾는다는 등의 재수없는 방법이 존재해 왔다. 파미륵이 냉정한 자라 그런 짓거리를 했을 수도 있다.

하지만 진자운은 자신이 파미륵이라면 유루사를 포기하진 않으리라 생각했다. 그 같이 충직하고 강직한 자는 주변의 인망이 있는 법이다. 쉽사리 얻기도 힘들지만, 버릴 때는 수하들의 신임을 잃을 각오가 필요했다.

그리고 그렇게 쉽사리 수하들의 신임을 잃을 자라면 만독문 같은 거대 방파의 서열 팔위라는 중책을 맡긴 힘들었다. 혹시 십대고수라면 몰라도.

'설마 만독문은 서열을 무공 순위로 매기는 건 아닐 테지?'

진자운은 잠시 인 불안을 얼른 머리 속에서 털어버렸다. 설마 천하를 쟁패하겠다는 세력이 그렇게 멍청하게 일을 처리하리란 생각은 들지 않았다.

그렇다면 도대체 무슨 속셈일까?

진자운은 열심히 염두를 굴리다 결국 고개를 가로저었다. 아무리 생각해도 만독문에 대한 정보가 너무 부족하다. 현재로선 기다릴밖엔 다른 도리가 없다.

그때 진자운의 눈에서 작은 이채가 떠올랐다. 산비탈을 오르는 섬세한 그림자를 발견했기 때문이다.

'당문혜?'

진자운은 잠시 숨어버릴까 진지하게 고민하다 그녀를 향해 가볍게 신형을 날렸다. 사실 부자인데다 권세까지 겸비한 당가에서 제멋대로 자라난 철없는 계집애를 피할 이유란 전혀 없다.

슥!

진자운이 눈앞에 떨어져 내리자 당문혜의 눈이 살짝 커졌다. 필시 진자운을 찾기 위해 언덕배기를 올랐을 터인데, 표정이 새침하다.

"여전히 무례하군요!"

"무례?"

"그래요. 아침부터 모습을 감춘 것도 그렇고, 이렇게 느닷없이 제 앞에 나타나는 것도……."

"그럼 가도록 하지."

진자운이 신형을 돌리자 당문혜의 얼굴에 다급한 기색이 떠올랐다. 오늘처럼 진자운과 단둘이 되는 때를 그녀는 손꼽아 기다려 왔다. 마음먹고 찾아온 터에 진자운의 반응이 시큰둥하자 화가 나기 이전에 마음이 초조해졌다.

“잠깐만, 기다려 봐요!”

나름대로 품위를 지키려 했으나 목소리가 조금 떨려 나온다. 애써 감추고 있던 내심이 폭로된 것이나 다름없다.

진자운이 걸음을 멈추고 살짝 고개를 돌렸다. 그의 입가에 매달린 히죽한 미소에 당문혜의 얼굴이 와락 일그러졌다. 자신이 놀림을 당했다는 걸 깨달은 것이다.

“나쁜 사람!”

진자운이 어깨를 가볍게 으쓱해 보였다.

“본래 내 성격은 꽤나 나쁘다오, 당 소저와 마찬가지로.”

“제 성격이 나쁘다고요?”

“설마 좋다고 주장하려는 건 아닐 테지요?”

“…….”

확신이 담긴 진자운의 표정을 바라보며 당문혜는 입술을 꽉 다물었다. 현 상태에서 말싸움을 해봤자 자신에게 이로울 게 없다는 판단을 내렸음이 분명하다.

‘생각보다 바보는 아니군.’

진자운은 입가에 빙글거리는 미소를 매단 채 눈앞의 당문혜를 관찰했다.

잘빠진 계란형의 얼굴, 커다랗지만 새침하게 치켜 올라간 눈매, 고집이 있어 보이는 입술.

전체적으로 볼 때 나쁘지 않은 얼굴이다.

아니, 실제론 미인이라 불릴 만하다. 진자운이 만약 항주 무림맹에서 삼봉과 담화연을 보지 못했다면, 사랑을 느꼈을지도 모른다.

그러나 그건 어디까지나 ‘만약’에 불과하다. 이미 꽤나 많은 절세미인을 본 바 있는 진자운에게 눈앞의 당문혜는 평범한 ‘미인’에 불과했다.

별다른 감정이나 욕망을 불러일으키지 못하는 얼굴.

게다가 성격까지 나쁜 여인이다. 역시 성격이 가히 좋지 못한 진자운이 쩔쩔맬 리 없다. 그녀가 간절히 바라마지 않는 것과는 달리.

“뭘, 그렇게 쳐다보는 거예요!”

당문혜가 살짝 두 볼을 상기시키자 진자운이 입가에 미소를 담았다.

“당 소저가 어째서 날 찾아왔는지 잠시 생각해 봤을 뿐이오.”

“그건…….”

“뭐, 굳이 이유를 댈 필요는 없소. 이렇게 밖으로 나왔으니 산책이라도 합시다.”

진자운은 당문혜에게 변명할 틈을 주지 않고 산등성이를 따라 걷기 시작했다. 그러자 당문혜가 아랫입술을 살짝 깨물곤 얼른 그 뒤를 따라나섰다.

“같이 가요!”

진자운은 걷는 속도를 줄이지 않았다. 무가의 여식인 주제에 연약한 척하는 건 용납할 수 없었기 때문이다.

그렇게 진자운과 당문혜는 쌍류의 뒷산을 한동안 별말없이 거닐었다. 기회를 봐서 당문혜가 몇 번이나 말을 걸려 했으나 진자운은 그때마다 화제를 다른 곳으로 돌렸다. 그다지 대화를 섞고 싶지 않을 때 취하는 방법이다.

결국 입술을 툭 내민 채 진자운의 뒤를 따르게 된 당문혜가 갑자기 걸음을 멈췄다. 가슴속에서 슬슬 치밀어 오르기 시작한 부아가 목젖까지 찼을 때다.

“잠깐 말 좀 해요!”

진자운이 걸음을 멈췄다. 그가 여상스런 태도로 고개를 돌려 보이자 당문혜가 두 볼을 가볍게 부풀어 올리며 말했다.

“진 소협은 내가 마음에 들지 않는 건가요?”

진짜 과년한 여인으로선 내뱉기 힘든 말이다. 그 점을 당문혜 역시 인식한 듯 그녀의 얼굴은 가볍게 상기되어 있었다.

“당 소저는 내가 마음에 드는 것이오?”

진자운이 되묻자 당문혜가 얼른 고개를 가로저었다.

“전혀요!”

“그럼 어째서 내게 그런 걸 묻는 것이오?”

“당신이 제법 괜찮은 사람 같으니까요.”

“제법 괜찮다?”

“그래요. 내가 보기에 진 소협은 젊은 사람들 중에선 꽤나 강하고 명성 또한 떨친 데다 배경 역시 무당파로 좋아요. 그런 신랑감은 찾기가 쉽지 않죠.”

“그래서 날 점찍었다?”

진자운이 자신을 손가락으로 가리키며 묻자 당문혜가 꽤나 진지한 표정으로 고개를 끄덕였다.

“그런 거죠.”

“아하하!”

진자운이 가볍게 웃음을 터뜨리자 당문혜가 얼른 목소리를 높였다. 부연 설명을 하고 싶어진 것이다

“그런 식으로 웃지 말아요! 사실 이런 말 하긴 그렇지만, 나 역시 그리 빠지지 않은 신부감이잖아요. 그러니 진 소협과 내가 부부가 되면

나쁠 거 없잖아요!"

"나쁠 거야 없겠지."

"그쵸!"

당문혜가 반색을 하며 다가들었다. 그러나 진자운은 얼른 그녀를 피해 뒤로 물러섰다. 마치 마구잡이로 날아드는 날파리를 쫓으려는 듯한 태도다.

"이기 무슨 행동이에요!"

당문혜가 항의하듯 소리쳤다. 그러자 그녀와의 거리를 충분할 정도로 벌린 걸 확인한 진자운이 미미하게 고개를 가로저었다.

"당 소저, 나쁠 게 없다와 좋다는 건 같은 말이 아니오."

"그건 무슨 뜻이죠?"

"말 그대로요."

"뭐가 말 그대로란 거예요!"

당문혜는 진자운이 한 말의 의미를 이미 알고 있는 게 분명하다. 그렇지 않으면 방금 전까지 기대에 가득 차 있던 얼굴이 이렇게 표독한 표정을 띠고 있을 리 없다.

'어이가 없군. 도대체 당가에서 어떤 교육을 받고 자란 걸까? 이토록 어리석고 오만에 가득 차 있다니!'

진자운은 눈앞의 당문혜를 한바탕 놀려볼까 하다가 입가에 씁쓸한 미소를 지어 보였다. 그럴 만한 가치가 없다고 생각했기 때문이다.

"나는 내가 세상에서 가장 사랑하는 사람과 함께하고 싶소. 그냥 나쁠 건 없는 정도의 상대로는 부족하오. 그리고 그건 당 소저 역시 마찬가지가 아닐까 싶소만?"

"나는… 나는……."

“혹시 여태까지 그런 것 따윈 전혀 신경 쓰지 않고 있었던 것이오?”

“……”

진자운은 질문을 던진 후 곧 후회했다. 자신의 질문이 당문혜에겐 확인 사살이나 다름없었다는 걸 깨달았기 때문이다.

“흐음.”

그답지 않게 잠시 뜸을 들인 진자운이 투정난 아이를 달래는 듯한 얼굴을 한 채 말을 이었다.

“뭐, 지금은 내가 밉겠지만…….”

“개자식!”

당문혜는 진자운을 증오가 담긴 시선으로 쏘아보곤 얼른 신형을 돌려 뛰어갔다.

문득 그녀의 눈가가 붉게 달아올라 있는 모습을 본 진자운은 그저 뒤통수만을 긁적일 뿐이었다. 오랜만에 진심으로 선한 뜻을 가지고 말했는데, 돌아온 건 욕설이었다. 뭐가 잘못된 건지 그는 알 수 없었다.

“이 정도로 미움을 받다니! 독불 녀석을 기다리는 것도 그만 끝내야 겠군. 더 죽치고 있는 것도 슬슬 지겨워지려던 참이니 잘됐다고 해야 하려나?”

진자운은 멀어져 가는 당문혜의 뒷모습을 바라보며 나직이 중얼거렸다.

“떠나겠다고요?”

“예.”

“어디로 가시려는 건지 물어봐도 되겠습니까?”

“운남으로 갈 생각입니다.”

“운남으로요?”

옥성은 진자운을 특유의 내심을 읽기 힘든 표정으로 빤히 바라봤다. 마치 내심을 샅샅이 파헤쳐 읽겠다는 눈빛.

진자운은 슬그머니 옥성의 시선을 피하며 말했다.

“얘기를 들어 아시겠지만, 저는 각원 대사님의 밀명을 받고 사천에 왔습니다.”

“그렇다고 들었어요.”

‘그렇다고 들었다? 곧이곧대로 믿진 않겠다는 뜻인가?

진자운이 준비해 뒀던 말을 꺼냈다.

“각원 대사께서 첫 번째로 내린 명은 무림맹의 오단이 충분한 준비를 갖출 시간을 벌라는 거였습니다.”

“사천무림인들의 결집을 말하시는 거겠지요?”

“그렇습니다. 그 점은 제가 아니더라도 당가의 당 대협이나 옥성 사태님께서 나서서 순조롭게 진행됐기에 성공한 거나 다름없다고 생각합니다.”

“그렇군요. 그런데 첫 번째가 있으면 두 번째도 있을 듯한데요?”

“그건…….”

진자운은 말끝을 흐리곤 미미하게 고개를 가로저었다. 대답할 수 없다는 뜻이다.

그러자 옥성도 대충 예상했다는 듯 더 이상 묻지 않았다. 대신 그녀는 입가에 부드러운 미소를 띤 채 말했다.

“역시 진 소협은 꽤나 신비로운 사람이에요.”

“그런가요?”

“예, 그래요. 현 무당 장문인인 운룡 진인의 사제이며 무당 속가제일
인. 거기다 당당히 사룡을 제압하고 군웅대회를 제패한 오단의 총단주
인 확실한 신분을 가진 분이지만, 하는 행동은 도저히 종잡을 수 없거
든요.”

“그건 옥성 사태의 평가인 겁니까?”

“그럴 거예요.”

남의 뒷조사를 있는 대로 한 주제에 옥성은 태연하게 미소 지을 뿐
이었다. 정말 내심을 읽기 힘든 만큼 방심할 수 없는 여인이었다.

그러나 진자운은 눈앞의 옥성이 그리 밉지 않았다. 어리석을 정도로
오만한 당문혜나 당천수 등과 달리 눈앞의 옥성은 배경이나 권세를 내
세워 무언가를 추구하는 사람이 아니었기 때문이다.

스스로를 갈고닦은 자만이 가질 수 있는 당당함!

그런 점에서 진자운은 눈앞의 옥성을 서이환이나 단연경과 동급으
로 봤다. 무공의 높고 낮음을 떠나 인간이 지닌 품격이 여타의 무림인
들과는 다른 것이다.

‘그렇지만 음험한 여자다!’

내심 고개를 옆으로 기울인 진자운이 히죽 웃어 보였다. 그러자 옥
성이 갑자기 무언가 생각났다는 듯 살짝 아미를 찌푸려 보였다.

“단 대협은 데려가실 수 없어요.”

“왜……?”

“단 대협은 현재 당 대협을 제외하면 이곳 쌍류에 모인 무림인들 중
제일의 고수예요. 그분이 진 소협과 함께 이곳을 벗어난다면 방비에
큰 구멍이 생기게 됩니다.”

“그렇지만 제겐 운남의 지리와 상황에 밝은 단 대협이 반드시 필요

합니다. 그러니……."

"대신!"

슬쩍 목소리를 높여 진자운의 말을 끊은 옥성이 담담한 목소리로 말했다.

"진 소협께는 유루사 시주를 아미산까지 데려가 주시는 수고를 부탁드릴까 해요."

"유루사를요?"

"그래요. 진 소협께서 유루사 시주를 제 사부님께 데려다 주시는 거예요."

옥성의 사부는 현 아미파의 장문인인 회월 대사태다. 그녀가 쌍류에서 당천수와 더불어 이름을 함께하는 데는 사부의 후광이 컸다.

물론 그렇다고 회월 대사태의 명성이 진자운에게까지 통용되는 건 아니다. 그는 어려서부터 훨씬 더 대단한 사람들과 교분을 쌓아왔다. 이제 와서 아미파 장문인 정도의 이름에 마음이 흔들리진 않는다.

그런데도 진자운은 얼핏 들으면 미친 게 아닌가 할 정도인 옥성의 제안에 구미가 크게 당겼다. 옥성이 그와 같은 제의를 한 이면을 읽었기 때문이다.

'제길, 그동안 내가 쌍류를 떠나지 않았던 까닭을 정확히 읽고 있었단 말이지? 정말 음험한 여자다!'

진자운은 내심 투덜거리면서도 옥성에게 감탄했다. 자신의 내심과 계획을 정확하게 꿰뚫어 보고, 결코 거부할 수 없는 제안을 한 그녀의 판단력과 결단력에 탄복한 것이다.

그녀의 제안은 진자운과 쌍류 군웅 양측을 모두 만족시킨다.

진자운으로선 유루사란 미끼와 동행함으로써 그동안 줄곧 기다려

왔던 독불 파미륵을 꾀어낼 수 있다. 홀로 된 진자운을 파미륵은 결코 그냥 놔두지 않을 터였다. 만독문 내에서의 위치와 명예를 지키기 위해서라도.

그리고 쌍류 군웅 측에선 파미륵이란 무서운 적이 진자운에게 덤벼들 동안 좀 더 전열을 가다듬을 시간을 가질 수 있게 된다. 어쩌면 파미륵은 진자운을 공격하다 큰 피해를 입거나 오히려 패퇴할 가능성도 있다. 어떤 결과가 나오든 쌍류 군웅 측으로선 이득은 있고 손해는 없다고 볼 수 있었다.

결국 문제는 하나!

진자운이 자신의 무력에 얼마만큼 자신있냐에 달려 있었다. 상대는 과거 회월 대사태조차 꺾지 못했던 절정고수이고, 만독문의 서열 팔위로 무수히 많은 독인들을 거느린 자였다.

'남의 이용을 당하는 건 체질에 맞지 않지만……'

진자운은 옥성을 잠시 바라보다 천천히 고개를 끄덕였다. 제안을 받아들인 것이다.

"아미산이 오악(五嶽)에 버금갈 정도의 명산이라고 들었습니다. 이번 기회에 한 번 찾아가 보는 것도 나쁘진 않겠지요."

"관세음보살!"

나직이 불호를 외운 옥성이 살짝 자리에서 일어섰다.

그리고 굽혀진 허리.

"사태……."

진자운이 얼른 자리에서 일어서자 옥성이 자세를 바로 하곤 입가에 부드러운 미소를 띠었다.

"미안하단 말은 하지 않겠습니다. 빈니는 바람이 향하는 곳을 알지 못하니까요."

"그 바람이 광풍이 아니기만을 바랄 뿐입니다."

"광풍이라……."

옥성은 말끝을 흐린 채 침묵했다. 운남에서 불어온 바람은 사천에
이르러 이미 광풍으로 변해 있었다. 그리고 그 광풍은 곧 천하 전체를
뒤덮을지도 모른다. 진자운의 바람은 그저 바람만으로 끝날 공산이 큰
것이다.

'그래도 광풍을 막아줄 방벽이 있다면…….'

진자운을 바라보는 옥성의 눈빛이 그윽하게 변했다. 그러나 진자운
은 그 시선을 슬금슬금 피하고 있었다.

◆ 第二十八章 ◆ 유치한 짓거리!

유루사와 함께 쌍류를 떠난 진자운은 닷새 뒤 아안(雅安)을 눈앞에
뒀다.

멀리 보이는 오밀조밀한 성곽의 모습.

이제 한 식경을 조금 더 걸으면 아안인데, 진자운은 갑자기 관도 한
켠에 털썩 주저앉았다. 쉬겠다는 뜻이다.

닷새간 진자운과 동행하며 충분할 정도로 그의 성격을 확인할 수 있
었던 유루사의 눈살이 가볍게 찌푸려졌다. 당최 무슨 생각을 하는지
모르겠다는 표정이다.

푹푹 찌는 날씨에 손으로 몇 차례 부채질을 해 보인 진자운이 살기
어린 눈빛을 유루사에게 던졌다.

"앉아!"

한어를 모르는 유루사라 해도 눈치가 있고 머리 또한 그리 처지지

않는다. 그동안 몇 가지 말쯤 배우지 못했을 리 없다.

꿈틀.

진자운을 향해 안면 근육을 일그러뜨려 보인 그가 얌전히 옆 자리로 걸어왔다.

바로 그때다.

퍽!

유루사의 정강이를 진자운이 발로 걷어찼다. 자신의 명령에 재깍 따르지 않은 것에 대한 벌이었다.

그는 고통에 인상을 쓰면서도 얼른 진자운 옆 자리에 주저앉았다. 반항을 보이면 보일수록 진자운이 기뻐한다는 사실을 알고 있었기 때문이다.

'쳇, 자식이 눈치는 빨라가지고!'

진자운은 유루사 쪽을 힐끔 바라보곤 길바닥에 침을 뱉었다. 그동안 옥성이나 기타 사천무림인들 앞에서 정파 협객의 행세를 하느라 뒷목이 다 뻣뻣할 지경이었다. 이제 그들에게서 벗어나자 자연스레 옛날 버릇이 튀어나온다.

현재 진자운의 기분은 썩 좋지 않았다.

사실은 무척 안 좋아서 마구 짜증이 치밀어 오르고 있다고 함이 옳다. 자신만만했던 독불 파미륵 생포 계획에 중대한 차질이 발생했기 때문이다.

'빌어먹을, 지난 닷새간 나 여기 있소, 하고 다녔는데 아직도 덤벼드는 놈이 없다니! 사실은 저 유루사인가, 곰새끼—묘족어로 유루사는 앞발을 든 곰이란 뜻이다—인가 하는 녀석이 만독문 내에서 별 비중 없는 놈인 거 아냐?'

진자운은 유루사의 과묵한 옆얼굴을 잡아먹을 듯 노려봤다. 방금 전 쌍류를 떠난 지 얼마 안 됐을 때처럼 뻣뻣하게 굴었으면 흠씬 패주려고 했다. 어디까지나 개인적인 감정을 풀기 위해서였다.

하지만 감이 좋달까?

유루사는 울화통 터질 정도로 고집쟁이에 우직한 성격답지 않게 진자운이 뻗친 마수를 피했다. 갑자기 말 잘 듣는 장진구 같은 행동을 한 것이다.

그 점이 또 마음에 안 들어 한동안 식식대던 진자운이 문득 파란 하늘에 떠 있는 구름 한 조각에 시선을 던졌다. 처음 볼 때는 별다를 게 없는 그냥 구름이었는데, 조금 안력을 집중하자 빡빡머리에 귀여운 여승처럼 보인다.

"아무래도 잘못했어!"

진자운은 너무 귀여운 나머지 여동생으로 삼은 자은을 떠올리며 입가에 피식 미소를 띠었다.

진자운이 쌍류를 떠나는 날, 그녀는 달려나와 배웅하지도 못하고 객실 창문 너머로 몸을 숨긴 채 눈물을 글썽이고 있었다. 그리고 거기서 얼마 떨어지지 않은 곳에는 자은과는 완연히 다른 독기 어린 눈빛을 번뜩이는 당문혜의 모습 또한 보였다.

오싹!

진자운은 당문혜를 떠올리며 어깨를 가볍게 떨었다. 여인이 한을 품으면 오뉴월에도 서리가 내린다는 말처럼 갑자기 무더위가 한풀 꺾인 느낌이다.

그때 묵묵히 바닥을 바라보고 있던 유루사가 갑자기 시선을 앞으로 던졌다. 거의 인생 포기한 사람처럼 뭐든 관심없어 보이던 그로선 이

례적인 모습이다.

진자운이 유루사의 시선을 좇았다.

유루사의 시선이 고정된 길 저편에선 한 쌍의 조손으로 보이는 늙은 이와 어린애가 천천히 걸어오고 있었다. 어디서나 볼 수 있는 평범한 모습이다.

그러나 그들의 등장과 함께 날아든 냄새는 결코 평범하지 않았다. 아니, 실은 평범할지도 모른다. 다만 새벽부터 길을 재촉하느라 정오가 다 되도록 아직 식전인 진자운에겐 너무나 감미로웠다.

꼬르륵!

진자운은 뱃속의 회충들을 일제히 요동치게 만드는 빙당호로 냄새에 잠시 현기증을 느꼈다.

그 같은 현상은 유루사도 마찬가진지 평소 뻔뻔함을 유지하던 그의 얼굴 역시 붉게 상기되어 있었다. 역시 배고픔 앞에선 왕후장상이 따로 없는 것이다.

'아안까지는 아직 꽤 거리가 남았으니…….'

진자운은 염두를 굴리다 얼른 천상의 향기를 풀풀 내뿜는 빙당호로를 파는 조손을 향해 손을 들어 보였다.

"거기, 빙당호로 장수!"

"예이!"

조손 중 손자 쪽이 얼른 진자운 쪽으로 달려왔다. 이제 열 살이 조금 넘어 보이는 소년의 얼굴에는 싱글벙글한 미소가 가득했다. 하긴 느닷없이 손님을 맞은 셈이니 좋기도 할 것이다.

진자운이 힐끔 유루사 쪽을 바라보고 소년에게 말했다.

"빙당호로 외에 뭐가 또 있냐?"

“빙당호로 장수가 빙당호로 외에 또 뭘 팔겠어요?”

“오직 빙당호로뿐이냐?”

“그렇습죠.”

소년의 능수능란한 대구에 진자운은 피식 웃었다. 하긴 빙당호로 장수한테 딴 걸 파냐고 묻는 것도 우습다.

진자운이 품에서 은자 부스러기 하나를 꺼내 건네자 소년의 얼굴에 대번에 교활한 기색이 떠올랐다.

보통 시중에서 파는 빙당호로는 몇 문의 구리 동전이면 살 수 있다. 진자운이 건넨 은자 정도라면 하루 장사를 완전히 끝낼 수 있는 돈이다.

“저기, 얼마나 사실 건가요?”

“얼마나 살 수 있겠냐?”

“이 정도 돈이면, 한 열다섯 개 정도…….”

“맞고 싶냐?”

소년이 얼른 말을 정정했다.

“지금 가지고 있는 빙당호로가 대충 서른 개쯤 되는데 몽땅 가져가세요.”

“그렇게까지는 배고프진 않은데.”

“그렇지만 저희는 거슬러 드릴 돈이 없는데요.”

소년의 목소리가 점점 줄어들어 가자 진자운이 히죽 웃어 보였다.

“빙당호로 네 개만 내놓고 가라!”

“예?”

“귀먹었냐?”

“아뇨.”

소년은 진자운이 딴소리를 할까 무서운 듯 얼른 멀찍이 떨어져 있던 조부로 보이는 늙은이 쪽으로 달려갔다. 그의 귀에다 대고 뭐라 떠드는 걸 보니, 소년의 조부는 가는 귀가 먹은 게 분명하다.

소년은 싱글벙글 웃으며 빙당호로 네 개를 가지고 달려왔다. 방금 전 진자운과 유루사의 뱃속 기생충들을 미치게 만들었던 바로 그 천상의 냄새가 코끝을 파고들었다.

"여기……."

소년이 내미는 빙당호로를 빼앗아 얼른 입 안에 쑤셔 넣은 진자운이 묵묵히 자신을 바라보는 유루사에게도 하나 던져 줬다. 어쨌든 파미륵을 사로잡을 때까지는 살려둬야만 한다.

우물우물…….

진자운은 진짜 맛있게 빙당호로를 빨고 씹어 먹었다. 자칫 빙당호로가 매달린 대나무 작대기까지 먹어버릴 기세다.

그 모습에 질린 듯 입을 가볍게 벌리고 있던 소년이 흑백이 또렷한 눈을 한차례 깜빡거리곤 물었다.

"많이 배가 고프셨나 봐요?"

진자운은 대답 대신 손을 휘휘 저어 보였다. 볼일 끝났으면 그만 가버리란 뜻이다.

그러나 소년은 한 걸음 뒤로 물러섰을 뿐 떠나지 않았다. 대신 여태까지의 쾌활한 웃음을 지우고 눈빛을 반짝거렸다. 무언가를 기대하는 표정과 더불어.

'응?'

진자운이 이상한 낌새를 눈치챘을 땐 이미 늦었다. 어느새 두 개째 목구멍을 넘어가고 있던 빙당호로에서 발산된 독기가 온몸으로 퍼져

나가기 시작한 것이다.

"컥!"

진자운의 입에서 피화살이 터져 나왔다. 이미 독이 손을 쓸 수 없을 정도로 퍼진 모습.

"멍청한 놈! 이렇게 간단한 수법에 걸려들다니!"

소년이 입가에 득의로운 미소를 보이곤 진자운에게 냉큼 달려들었다. 어느새 호조(虎爪)로 변한 쌍수가 진자운의 전신 요혈을 노리며 맹렬히 파고들었다.

진자운으로선 절체절명의 위기!

바로 그때 빙당호로를 입에 넣는 시늉만 하고 있던 유루사가 소년을 향해 다급한 표정으로 소리 질렀다.

"우타-르하(위험하다)!"

"뭐?"

애석하게도 유루사의 경고는 소년에겐 너무 늦었다. 그의 쌍수가 막 진자운의 가슴을 파고들려는 찰나였다.

퍽!

당장에라도 쓰러질 듯 휘청거리던 진자운의 발이 소년의 복부를 걸어찼다. 느닷없는 상황의 반전이다.

소년이 뒤로 나뒹굴었다. 비참할 정도의 모습이다. 그때 어느새 부근까지 다가서 있던 노인이 등에 메고 있던 빙당호로통을 진자운에게 집어 던졌다.

파파파파팡!

빙당호로 통에서 쏟아져 나온 건 거의 눈에 보이지도 않을 정도로 가는 수백 발의 세침이었다.

노인과 진자운 사이의 거리는 지척지간.

성한 상태의 진자운이라 해도 피하긴 쉽지 않은 거리였다.

노인과 소년의 얼굴에 음험한 미소가 떠올랐다. 그들은 독에 중독된 진자운의 마지막 발악이 덧없는 몸부림으로 변하리란 걸 전혀 의심치 않고 있었다.

그러나 순간 유루사는 다시 경호성을 발하는 대신 눈을 감았다. 그만은 진자운의 입가로 퍼지는 유쾌해 미치겠다는 미소를 똑똑히 발견한 것이다.

'악마!'

유루사의 뇌까림이 끝나기도 전이다. 진자운의 전신을 흐릿하지만 선명한 푸른 기운이 에워쌌다.

단천뢰심강!

하늘을 가르는 천공의 벼락으로 온몸을 에워싼 진자운은 그대로 앞으로 돌진했다. 웃던 얼굴 그대로 공포로 질려 버린 두 조손을 향해서.

콰쾅!

노인이 먼저 날아가고 소년이 그 뒤를 따랐다. 노인의 온몸에는 진자운에게서 튕겨져 나간 세침들이 가득 박혀 있었고, 소년은 바닥에 대자로 뻗은 채 입에서 연신 피를 게워냈다. 한순간 만에 승부가 결정난 것이다.

진자운은 빠른 걸음으로 소년에게 다가가 그의 얼굴을 발로 툭 걸어 찼다. 그러자 드러난 흉측한 얼굴.

"역시 변장이었군."

"……."

진자운은 원독에 찬 흉측한 얼굴을 내려다보며 이를 드러냈다. 그의 이 사이로 핏물이 번져 나왔다. 내력을 운기해 역류시킨 핏물의 영향이었다.

그럼 이대로 암습의 종결?

'설마?'

진자운은 오랫동안 기다려 왔던 만독문의 암습이 이것으로 끝났으리란 순진한 생각은 하지 않았다.

그는 유루사를 발로 걷어차 혈도를 제압한 후 빠르게 주변을 둘러보곤 신형을 날렸다. 속속 모습을 드러내기 시작한 독인들을 향해서.


스팟.

진자운이 휘두른 협봉검에 독인 셋이 일제히 신형을 휘청거렸다. 독침을 부는 대롱을 입에 물고 있던 그들의 눈은 이미 빛으로 가득 찬 세상과의 작별을 고하고 있었다.

"으아악!"

"아악!"

자신의 눈을 붙잡고 비명을 질러대는 독인들을 뒤로하고 진자운은 연속적으로 협봉검을 찔러댔다.

그의 번개 같은 찌르기에 다시 두 명의 독인이 바닥에 주저앉았다. 그들의 팔은 어느새 축 늘어져 있었다. 팔과 손가락을 움직이던 힘줄이 잘려 나간 것이다.

그러나 그 순간 진자운은 머리 위에서 떨어져 내리는 거대한 그물을 온몸으로 맞아야만 했다. 그가 물리친 십수 명의 독인은 어디까지나 이번 한 수를 성공시키기 위한 미끼였음이 분명하다.

'쳇, 머리 좀 쓰는군!'

바로 앞에서 시커먼 독검을 찔러 들어온 두 명의 독인을 진자운은 자오원앙각을 펼쳐 날려 버렸다. 그리고 그의 신형이 바람같이 바닥을 박차고 뛰어올랐다.

번쩍!

진자운의 협봉검에서 일어난 단천뢰심강이 하늘을 온통 덮은 그물을 가르며 튀어 올랐다. 섬전같이.

파파파팟!

진자운은 그물을 뚫은 즉시 협봉검을 휘둘러 사방에서 쏟아진 철전들을 모조리 튕겨냈다.

공중에 뜬 상태인지라 일시 내력이 달렸다. 그러나 그는 검을 멈추지 않았다. 자신을 기다리고 있는 함정이 아직 더 남아 있다는 걸 직감적으로 알고 있었기 때문이다.

휘익.

진자운이 제운종을 펼쳐 공중에서 신형을 이동시키자 이번에는 일단의 죽창 부대가 달려들었다.

밑에서 위로 연신 찔러대는 죽창의 기세에 진자운은 연달아 제운종을 펼쳐야만 했다. 수중의 협봉검만으론 수십 개가 넘는 죽창 세례를 일시에 제압할 수 없는 것이다.

'이것들이!'

진자운은 수중의 협봉검에 내력을 집중해 공중에 띄웠다.

그의 신형이 순간적으로 협봉검의 검파를 밟고 다시 공중에서 방향을 틀었다.

쉐엑!

진자운의 발끝에 채인 협봉검이 죽창을 찔러대던 독인 하나를 산적

꿰듯 꿰뚫었다.

그 순간, 공중에서 신형을 고정시킨 진자운의 열 손가락이 죽창 부대를 향해 벼락같이 떨쳐졌다.

파파파파파!

열 개의 손가락 끝에 머물다 떠나간 무형검기들!

지검무 태극의 검기가 죽창 부대를 휩쓸었다. 내력을 분산시키느라 사람을 살상할 정도의 위력은 아니었다. 하지만 죽창 부대의 전열을 흐뜨려 놓기엔 충분했다.

"크윽!"

"컥!"

마치 보이지 않는 암기에 얻어맞은 듯 죽창을 든 독인들이 비틀거렸다. 그리고 그것으로 진자운에겐 충분했다.

슉!

순간적으로 바닥에 떨어져 내린 진자운의 손에는 어느새 세 번째 검이 들려 있었다.

검기의 파도!

그대로 검신합일한 진자운의 돌격에 우왕좌왕하던 죽창 부대가 단숨에 두 쪽으로 갈렸다. 애초에 그다지 높은 무공 실력을 가진 자들이 없었기에 땅에 내려선 진자운의 앞을 가로막을 자는 전혀 없었다.

그렇게 진자운이 몇 차례 휩쓸고 지나가자 죽창 부대는 지리멸렬했고, 앞서 일진으로 달려들었던 독인들 역시 무참히 박살났다.

초절정에 근접한 절정고수의 위력!

진자운은 풍비박산난 독인들의 몇 겹이나 되는 진세를 오연하게 눈으로 훑었다. 위기의 순간 버렸던 협봉검의 검파가 눈에 띄었다.

“으으…….”

협봉검은 중년으로 보이는 독인의 허벅지를 꿰뚫고 바닥에 꽂혀 있었다. 공중에서 떨어질 때의 기세가 얼마나 대단했는지를 보여주는 모습이다.

“미안하게 됐군.”

천천히 걸어간 진자운이 단숨에 협봉검을 빼 들자 독인이 얼굴을 시퍼렇게 물들이며 입에서 게거품을 물었다. 고통이 너무 심해 그대로 기절해 버리고 만 것이다.

그런데 진자운이 협봉검에 묻은 피를 공중에 털고 신형을 돌렸을 때다. 흰자위만 남아 있던 독인의 눈이 도로 정상으로 돌아왔다.

서늘하게 가라앉은 눈.

파팟!

독인의 양손 소매에서 끝이 낚싯바늘처럼 휘어진 갈고리가 튀어나왔다. 그 한 쌍의 갈고리는 독인의 손에 잡힌 것과 동시, 그대로 진자운의 양 옆구리를 노리며 파고들었다.

사람의 방심을 노린 회심의 일격!

그러나 독인의 얼굴이 일시 일그러졌다. 그가 휘두른 한 쌍의 갈고리는 허무하게 빈 공간을 가를 뿐이었다.

“이형환위(移形換位)?”

그렇다. 순간적으로 신형을 두 개로 나눠 독인의 암습을 피해낸 진자운이 바람같이 파고들었다.

번뜩!

협봉검의 피 먹은 검기가 독인의 가슴을 노리고 찔러져 갔다. 한쪽 다리가 피에 젖은 독인으로선 어찌해 볼 도리가 없어 보이는 상황.

데굴!

독인은 협봉검의 검기에 대항하는 대신 바닥으로 굴렀다. 나려타곤(懶驢陀滾)과 비슷하나 전혀 다른 움직임.

그와 동시 이어타정(鯉魚打艇)의 동작과 함께 독인이 진자운의 품속으로 뛰어들었다. 그의 손에 들린 갈고리가 섬뜩한 기운을 뿌렸다.

'고수!'

진자운은 눈앞의 독인이 여태까지 일방적으로 무찔렀던 자들과 수준이 다른 고수란 걸 금세 눈치챘다. 그렇다면 대응 방법 역시 달라지는 게 옳다.

파팍!

순간적으로 쭉 반보 이동한 진자운의 발이 독인의 갈고리를 연속적으로 걷어찼다. 일단 간격을 좁혀 들어온 독인의 공격을 차단하려는 의도였다.

그러자 진자운을 찢어발기는 데 실패한 갈고리를 독인은 가슴 쪽으로 모았다. 일반적으로 볼 때 검격에 대비하기 위한 준비 동작으로 보인다.

하지만 진자운은 이미 눈앞의 독인을 꽤 높이 보기로 결정했다. 그런 평범한 까닭일 리 없다는 생각과 함께 진자운은 협봉검을 세워 다시 무찔러 들어가는 걸 포기했다.

대신 그는 한 걸음 뒤로 물러서며 우수에 들린 청강장검에 검기를 집중시켰다. 독인이 어떤 변화를 보이는 즉시 목을 베어버릴 심산이었다.

'달려들어라!'

독인은 진자운의 예상과 달리 공격해 들어오지 않았다. 목숨을 걸고 자신의 전력을 쏟아내지 않았다.

그는 오히려 진자운이 뒤로 물러서길 기다렸다는 듯 간격을 넓혔다.

아니, 진자운이 간격을 넓혔다고 생각한 순간 그는 신형을 뒤로 뽑아 올렸다. 진자운과의 승부에 승산이 없다고 여기고 도주를 선택한 것이다.

"아하하!"

진자운은 진정 기쁨에 차 크게 웃었다. 독인의 정확한 상황 판단과 대처가 무척 마음에 들었기 때문이다.

물론 그렇다 해서 도망가는 걸 그냥 놔둘 순 없다.

스으!

다시 전열을 정비해 달려들기 시작한 독인들을 향해 진자운의 쌍검이 일제히 검기를 뿜어냈다. 필시 이번 습격의 지휘자가 분명한 독인의 도주를 돕기 위해서였을 것이다.

십 자의 검기!

그러자 순식간에 불나방처럼 달려들던 독인들이 좌우로 흩어졌다. 광포할 정도인 진자운의 검기가 만들어낸 공포의 영향이다.

진자운은 바로 신형을 띄웠다.

그의 신형이 바람같이 도주하는 독인을 쫓았다.

한 걸음, 두 걸음…….

진자운은 세 번째 도약이 끝나기 전, 도주하던 독인을 따라잡는 데 성공했다. 독인과 진자운의 무공에는 그 정도의 격차가 존재했다.

스팟!

진자운의 협봉검이 독인의 넓은 등판을 찔렀다. 그의 수준을 높게 본 이상 손속에 사정을 둔다는 건 있을 수 없다.

검기가 파고들기 전 살기가 먼저 독인의 등판을 두드렸다. 그러자 독인은 더 이상 달아나는 데 집중할 수 없게 된 걸 알고 다시 신형을 날렸다.

또다시 나려타곤을 닮은 신법으로 상황을 호전시키려는 의도!

그러나 진자운은 같은 수법에 두 번 속는 사람이 아니다. 그의 청강장검이 사선을 그리며 굽혀진 독인의 목을 노렸다. 만약 나려타곤을 닮은 신법을 끝내 펼치려 한다면 목을 포기해야만 할 것이다.

'지독한!'

독인은 이를 갈며 수중의 갈고리를 맹렬하게 흔들었다. 어떻게 해서든 진자운의 검기로부터 달아나기 위한 몸부림이다.

카카캉!

진자운의 청강장검과 부딪친 갈고리 하나가 독인의 손에서 튕겨 날아갔다. 어쩔 수 없는 힘의 차이다.

진자운은 뒤로 주춤거리며 물러서는 독인을 봐주지 않고 협봉검으로 찔렀다.

번개 같은 삼 검!

협봉검에서 쏟아진 검기가 독인의 요혈을 연달아 점혈했다. 피 한 방울 흘리지 않고 제압에 성공한 것이다.

"크으!"

독인은 잇새로 짐승과 같은 신음을 터뜨리며 힘없이 주저앉았다. 지독히도 비장한 모습이었다.

'흥, 이건 마치 내가 악당이 된 듯하군.'

진자운은 기어이 제압하는 데 성공한 독인을 내려다보며 눈살을 가볍게 찌푸렸다. 잠시나마 마구 날뛸 수 있었던 것에 대한 기쁨과는 별

개로 눈앞 독인의 태도가 마음에 들지 않았다.

퍽!

진자운은 무방비 상태의 독인을 발로 걸어차 쓰러뜨렸다.

"네 이름은?"

"……."

독인은 입을 다문 채 대답하지 않았다.

진자운이 바라던 바다.

그가 다시 독인의 얼굴을 발로 짓뭉개자 주변으로 흩어졌던 독인들의 입에서 절규 비슷한 소리들이 터져 나왔다. 진자운의 예상대로 제압당한 독인은 이번 습격의 지휘자였던 것이다.

진자운은 차가운 시선으로 주변의 절규를 묵살하고 발로 독인의 얼굴을 밟아대며 말했다.

"만독문 서열 팔위, 독불 파미륵에겐 용호와 같은 두 명의 수하가 있다고 들었다."

"크으……."

"유루사와 다루파! 유루사는 내게 잡혔으니, 네 녀석은 다루파겠구나?"

일순 다루파라 불린 독인의 눈빛이 가볍게 흔들렸다. 그러나 진자운은 그의 시선 따윈 아예 쳐다보지도 않고 말을 이었다.

"뭐, 대답하지 않아도 상관없다. 내가 관심있는 건 독불 파미륵뿐이니까. 그런데 말야……."

"……."

잠시 말을 멈추고 시선을 두려움에 질린 눈앞의 독인들에게 던진 진자운이 갑자기 버럭 소리 질렀다.

"유루사란 바보스러울 정도로 우직한 녀석과 여우같이 교활한 다루파를 몽땅 잃어버린 머저리 녀석은 어딨는 거냐! 설마 양팔이라 불리는 수하들을 몽땅 포기하고 달아나기라도 한 건 아닐 테지?"

"크헉!"

"컥!"

"크아아!"

진자운의 목소리는 실제로 그리 크지 않았다. 보통 사람이 크게 고함지른 정도에 불과했다.

하지만 그의 일갈에는 패도적일 정도의 내가경력이 담겨 있었다. 내공보다는 독술에 조예가 깊은 독인들이 견딜 수 있을 리 없다.

독인들은 손으로 귀를 막고 바닥을 굴러댔다.

진자운의 일갈이 강호에 전해지는 음공처럼 생명을 빼앗을 정도는 아니나 그들이 겪는 고통은 매우 극심했다. 개중에는 너무 놀라 오줌을 지린 자도 있었다.

아비규환(阿鼻叫喚)!

진자운의 눈앞에 펼쳐진 모습은 분명 그와 같았다. 하지만 그는 굳건한 표정으로 주변을 살폈다. 어디엔가 숨어 있을지도 모를 파미륵을 찾기 위함이었다.

'설마 이번에도 나서지 않았단 말인가?'

진자운은 내심 고개를 가로저었다. 그럴 리 없다는 판단이었다. 이미 한차례 실패하여 유루사를 빼앗겼는데, 다시 다루파만을 보낸다는 건 말이 안 된다.

바로 그때다. 진자운에게 확신이라도 심어주려는 듯 미세한 바람 소리와 함께 일단의 고수들이 전장으로 날아들었다. 얼마 전 진자운에게

철전 세례를 퍼부었음이 분명한 십여 명의 단궁수들과 꽤나 육덕이 좋
아 보이는 화상이었다.

'왔구나!'

진자운은 육덕 좋아 보이는 화상을 퉁명스레 바라보다 히죽 웃었다.

"정말 보고 싶어 죽을 뻔했소!"

"뭐어?"

"뭐, 그만큼 반갑다는 거요."

파미륵은 미친놈을 보듯 진자운을 노려봤다. 그가 가장 아끼는 수하
인 다루파를 완전히 걸레로 만든 주제에 오래전 헤어졌던 친인 대하듯
하는 모습에 어이가 없었던 것이다.

그러나 파미륵은 만독문에 들어가기 전부터 사천무림에선 거물로
통하던 마두다. 진자운의 유치한 도발에 격분해 모습을 드러내긴 했으
되, 쉬이 자신의 내심을 드러낼 사람이 아니다.

"……."

진자운을 향해 실눈을 한차례 꿈틀거려 보인 파미륵이 손을 들어올
려 휘하의 단궁수들을 뒤로 물렸다.

이미 진자운이 독인들 틈에서 마음껏 날뛰는 모습을 본 터였다. 휘
하의 단궁수들 따윈 별 도움이 되지 않는다는 걸 그는 알고 있었다.

휘이이!

갑자기 불어온 바람에 파미륵의 가사 자락이 가볍게 흩날렸다. 겉모
습만으로만 보면 후덕하고 사람 좋아 보이는 배불뚝이 화상의 모습 그
대로다.

진자운이 히죽거리며 물었다.

"그런데 설마 부른다고 진짜 튀어나올 줄은 몰랐소만?"

"네 유치한 짓거리에 동참해 줘서 고맙다는 인사라도 하려는 것이
냐?"

"유치한 짓거리……."

"그럼, 유루사를 끌고 홀로 아미산으로 향하는 게 유치한 짓거리가
아니란 말이냐?"

'다 알고 있었다?'

진자운은 눈앞의 파미륵을 새삼스레 쳐다봤다. 그러나 아무리 열심
히 비범한 구석을 찾아봐도 눈앞의 화상은 단지 배불뚝이일 뿐이다.
오히려 유루사나 다루파의 경우는 빼어남을 한눈에 알아볼 수 있었는
데, 파미륵은 전혀 종잡을 수 없는 모습이다.

긁적!

자신도 모르게 뒤통수를 긁적인 진자운이 고개를 옆으로 뉘어 보였
다.

"당신은 내가 생각했던 것보다 더 무서운 사람일지도 모르겠군."

"무섭긴. 너 같은 애송이의 눈에 뻔히 보이는 도발조차 참지 못하고
뛰쳐나온 나잇값도 못하는 늙은이일 뿐이다."

"하흥, 역시 그런 것이오?"

진자운이 크게 웃자 파미륵의 실눈 깊숙한 곳에서 작은 섬광이 일었
다. 평생 그의 앞에서 이처럼 대담하게 구는 자를 본 일은 그리 많지
않았다. 화가 치미는 만큼 진자운에 대한 경각심 역시 커진다.

스으!

파미륵의 가사 자락이 펄럭거렸다. 이번엔 바람이 불어서가 아니라
심중에서 인 살기 때문이다.

"애송아, 꽤나 설쳐 대더구나! 이렇게 나왔다는 건 자신이 있다는 뜻

일 테지?"

"물론!"

진자운은 양손에 든 청강장검과 협봉검을 가볍게 흔들어 보였다. 덤빌 테면 덤비라는 모습.

파미륵의 가사 자락이 더욱 심하게 펄럭거리기 시작했다. 그러자 그의 뒤에 도열해 있던 단궁수들이 하나둘 뒤로 물러서기 시작했다. 파미륵이 뿜어내는 살기를 감당할 수 없었기 때문이다.

'공격하려는가!'

한데, 갑자기 파미륵이 실눈을 가볍게 찌푸려 보였다.

"마교의 일검필살 귀견수와는 어떤 관계냐?"

진자운의 눈에 이채가 떠올랐다.

"서이환을 아는 것이오?"

"안면이 조금 있을 뿐이다."

"하긴, 둘 다 마도에 속한 사람들이니 안면 정도는 있을 수 있겠군."

진자운이 납득했다는 듯 고개를 끄덕이곤 말했다.

"나는 서이환에게 검을 이어받았소."

"그 말은 서이환이 죽었다는 거냐?"

"그렇소."

"그렇군, 그래."

파미륵의 목소리에 조금 애잔한 기색이 감돌았다. 서이환과 그는 그저 안면만 있던 관계는 아니었음이 분명하다.

그가 퉁명스레 말했다.

"네 녀석이 들고 있는 검은 서이환의 삼아검(三牙劍). 녀석의 목숨이다!"

"삼아검?"

"설마 검을 이어받았으면서도 검명조차 모르고 있었다는 거냐?"

진자운은 말없이 고개만을 끄덕였다. 그러자 파미륵이 기가 차다는 표정과 함께 설명했다.

"월아검(月牙劍), 흑아검(黑牙劍), 귀아검(鬼牙劍)! 서이환이 일검필살 귀견수란 별호를 얻게 된 건 세 번째 검인 귀아검의 이름과 무관하지 않다."

"이거 말이오?"

진자운이 청강장검을 흔들어 보이자 파미륵이 미미하게 고개를 끄덕였다.

"검명은 몰라도 검 자체는 이해하고 있구나."

"사실 엉겁결에 검을 맡긴 했지만, 나는 검에 대해선 아직 잘 모르오."

"검에 대해 잘 모른다?"

"그렇소. 그래서 열심히 배워 나가고 있는 중이오."

"허허……."

파미륵은 나직이 웃음을 터뜨렸다. 진자운의 말을 믿을 수 없다는 표정이다.

하긴 검을 모르는 자가 어찌 서이환의 삼아검을 다룰 수 있으랴!

진자운의 말을 곧이곧대로 믿을 사람은 별로 없을 터였다. 특히 지옥에서 튀어나온 악귀처럼 삼아검을 휘두르며 만독문의 독인들을 쓸어 가던 그의 놀라운 무위를 지켜본 자라면 더 더욱 그러했다.

'도대체 정체가 무어냐?'

파미륵은 진자운을 차게 노려봤다. 정파의 무공을 사용하지만 패도적이기는 마도에 가깝고, 마교의 고수인 서이환의 검을 이어받은 진자운이다. 파미륵이 그의 정체에 의구심을 갖는 건 어쩌면 당연했다.

그러나 진자운에겐 파미륵이 단지 만독문의 고수일 뿐이다. 마음속을 어지럽힐 거리낌 따윈 애초에 존재할 건덕지가 없다.

'늙은이가 꾸물거리긴!'

당장에라도 공격할 듯하던 파미륵이 서이환의 얘기를 꺼내며 머뭇거리자 진자운은 은근히 짜증이 치솟았다. 방금 전까지 마구 날뛰던 피가 아직 식지 않은 상태였다. 이대로 싸움을 끝내고 싶을 리 없다.

스윽!

진자운이 먼저 움직임을 보이자 파미륵의 실눈이 꿈틀거리며 강한 기운을 뿜어냈다. 여태까지 진자운에게 일방적으로 당한 터였다. 다시 선수를 빼앗길 수 없는 건 당연하다.

파라락!

다시 강해진 살기에 파미륵의 가사 자락이 미친 듯 펄럭거렸다. 게다가 이번엔 가사 자락이 팔락거리는 것만으론 끝나지 않았다.

파곽!

검기를 일으키며 빠르게 간격을 좁혀오는 진자운을 향해 파미륵이 거대한 몸을 날렸다.

어느새 두 배 정도로 부풀어 오른 그의 좌장이 검신합일한 진자운을 향해 휘둘러졌다.

우룽!

파미륵의 거대한 수장에서 뇌성이 일었다. 중원무림에선 꽤나 생소한 밀종대수인(密宗大手印)이 펼쳐진 것이다.

'장력 따위가 검신합일을 뒤흔들어?'

진자운은 파미륵의 대수인과 격돌한 직후, 거의 부러질 듯 휘어진 월아검—협봉검의 이름이다—을 얼른 손에서 놨다. 검기가 제압당한 이상 검에 집착하는 건 바보 짓이다.

그와 동시, 뒤로 제쳐 놨던 왼손의 귀아검이 아래에서 위로 움직였다.

하늘로 치솟는 뇌전!

파미륵은 역시 두 배로 커진 우장으로 진자운의 머리를 박살 내려다 육중한 신형을 옆으로 이동시켰다. 귀아검의 움직임이 동귀어진을 각오하고 있었기 때문이다.

결과적으로 그의 판단은 옳았다.

하늘로 치솟은 뇌전은 곧 힘을 잃었다. 위기의 순간 급하게 펼쳐진 일검인 만큼 당연한 결과.

'애송이, 진짜 검에 익숙하지 않구나!'

파미륵의 좌장이 가벼운 회전을 보였다. 검기를 가다듬기 위해 뒤로 물러서는 진자운의 머리를 노린 변화였다.

파파!

진자운은 태산압정의 식으로 떨어져 내린 파미륵의 좌장을 어깨로 받아냈다. 순간적인 판단이었다.

물론 거의 몇천 근의 힘이 담긴 장력에 함부로 어깨를 내맡겼을 리 없다.

장력을 받는 것과 동시, 반죽장 옆으로 신형을 이동한 진자운의 상체가 가볍게 뒤틀렸다. 파산경의 회전력을 어깨에 집중해 반탄강기를 전개한 것이다.

'웃!'

파미륵은 오히려 자신의 대수인을 튕겨내는 진자운의 파산경에 볼살을 가볍게 떨었다. 이런 경우는 당최 경험해 본 바가 없다.

그 순간, 힘을 잃었던 귀아검이 파미륵의 복부를 노렸다. 파미륵으로선 다 잡았던 승기를 놓치는 순간이었다.

휘익.

보고도 못 믿을 만큼 빠르게 신형을 뒤로 물린 파미륵이 진자운을 매섭게 노려봤다. 자신이 진자운 같은 애송이에게 밀려 뒤로 물러서기까지 했다는 걸 믿지 못하겠다는 얼굴이다.

진자운 역시 내심 한숨을 돌렸다. 그의 생각보다 파미륵은 강했다. 과거 처음으로 그에게 패배를 안겨줬던 독중독인 갈정립보다는 못하지만, 무시할 수 없는 강자였다.

'빌어먹을 만독문! 고수 한번 더럽게도 많구나! 저런 늙은이가 고작 서열 팔위밖엔 안 되다니!'

진자운은 내심 욕설을 퍼붓고 수중의 귀아검을 등 뒤에 매달린 검갑에 집어넣었다. 아직 익숙치 않은 검법보다는 반보무적 십팔식이 승산이 있다는 판단이었다.

"내 앞에서 검을 거둬?"

파미륵은 불쾌한 표정을 지었다. 검객이 싸움에 임해 검을 거둔다는 건 상대방에 대한 무시 외에는 다른 이유를 댈 것이 없다.

진자운이 히죽이 웃어 보였다.

"적수공권인 상대에게 나만 무기를 사용하는 건 도리가 아니지 않소."

"내가 적수공권이라 검을 거뒀다?"

"뭐, 그런 셈이지요."

"허허……."

파미륵은 나직이 웃고는 눈빛에 더욱 힘을 담았다.

"애송아, 너는 정말로 검에 익숙하지 않구나?"

"쳇, 늙은이가 눈치 한번 빠르시구려."

"그럼 이번엔 네 녀석이 그렇게 자신하는 무공을 펼쳐 보거라!"

"재촉하지 않아도 그럴 작정이오!"

진자운이 입가에 매달린 미소를 지우고, 천천히 일권파의 자세를 취해 보였다.

그러자 살기등등해진 파미륵이 양손 모두에 대수인 공력을 끌어올리곤 바람같이 진자운에게 달려들었다. 두 번째 대결의 시작이었다.


다시 맞붙은 두 사람.

진자운과 파미륵의 싸움은 쉬이 끝나지 않았다. 두 사람 모두 초절정에 근접한 절정고수였다. 생명을 건 싸움인만큼 승부가 쉽게 날 리 없다.

연신 맞붙었다 떨어지기를 반복하며 두 사람은 단숨에 백 초식 이상을 겨뤘다. 공격을 하면 방어를 하고, 방어 속에 날카로운 반격이 있으니, 가히 용호상박이라 할 만했다.

하지만 싸우면 싸울수록 용맹해지는 진자운과 달리 파미륵은 백 초식을 넘은 순간부터 점차 체력이 부치는 기색을 보였다.

무인으로선 한창때인 이십대. 게다가 내외를 고르게 연마한 진자운과 달리 파미륵은 늙었고, 무공 또한 내공에 치우쳐 있었다. 무공의 수준은 동일하나 체력에선 진자운에 비할 바가 못 됐다.

퍼퍽!

진자운이 연속적으로 펼친 일권파를 대수인으로 간신히 막아낸 파미륵의 신형이 잠시 비틀거렸다.

일권파 안에 담긴 무시무시한 내경. 그것을 해소하느라 잠시 경계가 소홀해진 사이 진자운의 자오원앙각이 하단전을 때린 것이다.

투퉁!

하나 진자운의 발은 오히려 되튕겨져 나왔다. 파미륵이 대수인과 더불어 자랑하는 이대절기인 불괴기공(不壞氣功)의 위력이었다.

물론 진자운이 그런 데 기죽을 사람이 아니다. 그는 오히려 불괴기공의 반탄력을 발판 삼아 신형을 가볍게 공중으로 띄웠다.

휘익.

딱 파미륵의 얼굴 높이.

거기서 회전을 일으킨 자오원앙각이 파미륵의 인후혈을 노렸다. 단번에 승부를 결정지을 수 있는 일격.

그러자 파미륵이 갑자기 공중에 뜬 진자운을 꽈악 끌어안아 왔다. 불괴기공을 이용해 진자운을 터뜨려 죽이려는 의도였다.

파팍!

진자운이 파미륵의 인후혈은 포기하고 견정혈을 발로 걷어찼다. 파미륵의 끌어안기 신공에 대한 응수였다. 그리고 공중에서 회전을 일으킨 그의 팔꿈치.

일시 파미륵의 얼굴이 반대편으로 돌아갔다. 여태까지완 달리 변형된 파산경이 먹혀들어 간 것이다.

'됐다!'

진자운의 눈에서 번쩍 신광이 일었다.

파산경의 연속 동작은 상대가 박살날 때까지 계속된다. 초장부터 막아냈다면 모르겠으되, 이미 발동이 걸린 이상 막을 방법은 세상에 존재하지 않는다.

퍼퍼퍼퍼퍽!

또다시 불괴기공에 가로막혀 튕겨져 나온 팔꿈치를 진자운은 반대편으로 회전시켰다. 그리고 파미륵의 장대한 몸을 타고 이동하기 시작했다. 그의 몸을 발판 삼아 파산경 전 육초를 아낌없이 쏟아낸 것이다.

막혀 있던 둑이 터진 것과 같은 기세!

그러나 진자운의 파산경은 놀랍게도 중간에 멈춰야만 했다. 그가 검을 들었을 때와 마찬가지로 동귀어진을 각오한 파미륵의 쌍장이 자신의 몸을 향해 작렬했기 때문이다.

휘릭.

진자운은 작은 회전과 함께 파미륵의 거대한 몸에서 떨어져 내렸다.

백 초의 공방 끝에 가까스로 잡았던 승기였다. 그 소중한 기회를 어이없이 날린 진자운의 안색은 별로 좋지 않았다. 사실 그는 매우 황당해하고 있었다. 파미륵의 불괴기공의 괴물 같은 위력에 살짝 질려 버린 것이다.

'결국 그 방법밖엔 없는 건가?'

진자운은 정통으로 파산경을 얻어맞고도 괴물같이 눈앞에 버티고 서 있는 파미륵을 차갑게 노려봤다. 운남의 길잡이로 삼기 위해 적당히 힘을 빼고 상대하긴 했지만, 이젠 슬슬 그가 징그러웠다. 빨리 승부를 끝내고 싶었다.

지익!

발끝으로 바닥을 한차례 쓸어 보인 진자운이 양손에 검기를 모았다. 파미륵의 생사를 개의치 않고 지검무 태극으로 단숨에 승부를 결정지으려는 의도였다.

검기와 함께 치솟는 살기!

그런데 막 진자운이 지검무 태극을 펼치려는 찰나였다. 압도적인 몸집을 자랑하며 쌍장을 치켜들고 있던 파미륵이 갑자기 힘을 잃고 바닥에 주저앉는 게 아닌가!

쿵!

엄청난 몸집답게 파미륵이 쓰러지는 소리는 굉장했다. 그리고 주변에서 열심히 응원을 보내고 있던 독인들에게 끼친 영향 역시 적지 않았다.

"우칸타!"

"우칸타!"

독인들은 마치 세상이 종말을 고하기라도 한 듯 바닥에 주저앉아 울부짖었다. 다루파가 제압당했을 때완 또 달랐다. 그들에게 있어 파미륵이 얼마나 중요한 존재인지를 보여주는 모습이었다.

그러나 진자운은 독인들의 울부짖음에 동정을 보내고 싶은 생각이 전혀 없었다. 파미륵이란 괴물과 싸우느라 그 역시 꽤나 많이 지쳤고, 짜증 역시 목구멍까지 치밀어 오른 상황이었기 때문이다.

"시끄럽다!"

단 한 마디로 독인들의 울부짖음을 잦아들게 만든 진자운이 바닥에 대자로 뻗은 파미륵에게 걸어갔다. 그가 혹시 꼼수라도 쓰는 게 아닌가 확인하기 위해서였다.

그러자 정신을 잃자 오히려 대불(大佛)스러워진 파미륵이 후덕한 인상에 미소를 지은 채 그를 기다리고 있었다. 마치 자신을 괴롭힌 악당 진자은의 모든 죄과를 너그럽게 용서해 주겠다는 듯.

"씨발, 잘도 자는군!"

진자운이 나직이 욕설을 터뜨렸다.

◆ 第二十九章 ◆　포대화상과의 동행

운남은 전체 면적 중 팔 할이 산지로 되어 있는 곳이다.

그중에서도 여강은 상당한 고산 지대였다. 나무는 크게 자라지 못하고, 한여름에도 날씨가 선선하다.

여강 시내를 네 방향으로 나눠놓은 길을 일러 사방로(四方路)라 하는데, 길게 늘어선 상점들 앞에는 맑은 개천이 흘렀다. 여강 사람들이 성산(聖山)이라 부르는 옥룡설산(玉龍雪山)의 눈이 녹아 흘러내린 물이다.

사방로를 휘몰고 가는 맑은 바람.

깔깔거리며 거리를 뛰어다니는 장족과 납서족 아이들 사이로 사인교 하나가 모습을 드러냈다.

여강을 지배하는 목왕부의 상징인 나무 목(木) 자가 새겨진 사인교의 등장에 사람들은 분분히 좌우로 흩어졌다. 납서족들은 눈을 빛내며 자랑스럽게 가마를 바라보고, 장족이나 묘족, 백족들의 얼굴에는 작은 두려움이 보인다.

목왕부는 납서족의 왕이 거처하는 곳이다. 그곳의 귀인이 탄 사인교가 흉포해 보이는 호위 무사와 함께 모습을 드러냈으니 이런 소란이 이는 건 당연하다.

기분 좋게 흔들리는 사인교에 앉아 작게 난 창으로 사방로 이곳저곳을 살피던 담화연은 나직이 한숨을 토해냈다.

그녀는 거의 칠 개월 만에 목왕부를 빠져나올 수 있었다. 다 그동안 자매 같은 우의를 다진 목왕부의 군주들을 꼬드긴 덕분이다.

하지만 여전히 그녀의 옆에는 칠독마수 구양수가 찰싹 달라붙어 있었다.

요 근래 들어선 감시인이라기보다는 호위 무사나 다름없이 됐지만, 여전히 그의 감시는 철통같았다. 명민하기 이를 데 없는 담화연조차 달아날 엄두가 나지 않을 정도로.

'쳇, 역시 목왕부에서 빠져나오는 것만으론 아무것도 안 되는 건가?'

담화연은 사인교 안에서 마구 발버둥을 쳤다. 그녀를 하늘의 천녀이자 천하에 다시없는 요조숙녀로 아는 목왕부 사람들이나 군주들이 봤다면 기함을 할 광경이다.

그녀는 한동안 그렇게 자신의 뜻대로 풀리지 않는 상황에 대한 화풀이를 했다. 이렇게라도 가슴속의 울화를 풀지 않는다면 화병이 나도 몇 번은 났을 터였다.

그러는 동안 그녀를 태운 사인교는 사방로 중 동로(東路)를 따라 목적지인 추월정(秋月亭) 앞에 이르렀다. 여강에서 가장 커다랗고 아름다운 호수 공원 앞에 도착한 것이다.

탁!

사인교가 멈춰 서자 담화연은 언제 가마꾼들의 어깨를 흑사시키며 발버둥을 쳤냐는 듯 몸가짐을 바로 했다. 왕부의 군주나 후궁들이 걸치는 화려한 납서족 전통 복장을 하고, 얼굴에 베일을 드리운 그녀의 모습은 요조숙녀 그 자체였다.

그때 익숙한 구양수의 묵직한 목소리가 들려왔다.

"아가씨, 목적지에 도착했습니다."

"문을 여세요."

"예."

구양수의 대답과 함께 사인교의 문이 열렸다. 그러자 여강 특유의 따가운 햇살에 가볍게 눈살을 찌푸려 보인 담화연은 나비처럼 우아하게 사인교에서 내렸다.

"여기……."

구양수는 얼른 수중에 들고 있던 양산으로 담화연을 햇빛으로부터 보호해 줬다.

"고마워요."

담화연이 미미하게 고개를 끄덕여 보였으나 구양수는 별다른 안색의 변화를 보이지 않았다. 누가 보든 주인을 끔찍이 위하는 충의의 표상과 같은 모습이다.

'재수없는 자식!'

담화연은 생글거리는 눈웃음을 구양수에게 던지곤 사뿐사뿐 추월정으로 걸어갔다. 옥룡설산에서 막 흘러내린 맑고 투명한 빙담(氷潭)이 그녀를 반갑게 맞이하고 있었다.

“호호호!”

“호호호!”

추월정에서 가장 물빛이 아름다운 곳에 위치한 여선루(女仙樓)에서 흘러나오는 웃음소리는 끊임이 없었다. 담화연과 목왕부의 두 군주가 시시때때로 서로를 바라보며 웃어댔기 때문이다.

물론 모든 소란의 주동자는 담화연이다. 왕부의 천금인 두 군주로 하여금 규율이나 예의를 벗어던지게 만들 수 있는 건 오직 그녀뿐이다.

아랫배가 당길 정도로 웃은 탓에 눈가에 눈물마저 고인 일군주 목청경이 동생 이군주 목검연의 옆구리를 살짝 찔렀다.

“얘, 너무 목소리가 커.”

목검연이 동그랗고 커다란 눈을 샐쭉하게 뜨며 목청경에게 소리쳤다.

“내 목소리가 크다니! 그럼 언니의 웃음소리는 옥룡설산의 신녀님한테까지 들릴 게 틀림없어요!”

“뭐야!”

목청경이 다시 목검연의 옆구리를 손가락으로 찔렀다. 그러나 이미 한 번 당했기 때문인지 목검연은 살짝 허리를 비틀어 그녀의 손가락을 피했다.

“호호. 시집갈 나이가 되니, 언니도 손동작이 무뎌졌군요!”

“이게!”

동생의 놀리는 소리에 목청경의 눈꼬리가 살짝 올라갔다. 그녀와 목검연은 두 살 차이로 평소 더할 나위 없이 친한 자매이나 승부욕마저 없을 순 없다.

티팅!

목청경이 연한 녹색의 옥지환을 낀 손가락을 살짝 팅겼다. 여염집 여인으로선 감히 흉내도 못 낼 빠르기로.

그러자 목검연 역시 손목을 가볍게 회전시키며 목청경의 손가락을 막아냈다. 목청경의 공격이 지법(指法)이라면, 목검연의 방어는 금나수(擒拿手)라 할 수 있다. 모두 보기엔 간단한 듯 보이나 꽤나 고절한 무공의 동작이다.

"끝까지 대항하겠다는 거냐!"

목청경이 다소 화가 난 표정으로 말하자 목검연이 태연하게 받아쳤다.

"가만히 앉아서 매를 맞을 순 없잖아."

목청경의 미간 사이에 작은 주름이 생겼다. 그녀가 화가 났을 때 보이곤 하는 변화다.

"좋다! 오랜만에 일군주인 내가 이군주인 네게 가르침을 내려주도록 하마!"

"아이, 무서워라!"

목검연은 호들갑스런 말과 함께 몸을 떨어 보였다. 물론 장난기가 가득한 얼굴이다.

그때 두 자매가 노는 모양을 피식거리며 바라보고 있던 담화연이 조용한 목소리로 끼어들었다.

"이곳은 평민이 드나들 수도 있으니, 왕부에서보다 행동이나 언행을 조심해야 한다고 했던 분들이 누구시더라?"

"아!"

"아!"

목청경과 목검연은 서로 약속이나 한 듯 손으로 입을 가렸다. 추월
정이 처음인 담화연에게 잔뜩 설교를 늘어놨던 일을 떠올린 것이다.

담화연이 빙긋 웃어 보였다.

"어차피 여선루 앞은 제 구양 호위가 지키고 있어요. 설혹 평민들이
근처에 놀러 나왔다 해도 여선루 근방에는 얼씬도 못할 테니 안심하세
요."

"그, 그런가?"

"그렇구나! 그래!"

목청경과 목검연이 동시에 고개를 끄덕거렸다. 여선루로 평민들이
다가오지 못한다는 사실보다는 담화연이 화나지 않았다는 게 그녀들을
기쁘게 만들었다.

그런데 목청경을 밀치고 다시 담화연에게 재잘거리며 떠들려던 목
검연이 갑자기 눈을 몇 차례 깜빡거렸다. 빙담을 등지고 앉은 담화연
의 뒤편으로 갑자기 모습을 드러낸 백의공자에게 시선을 빼앗긴 것이
다.

"저 사람……."

목검연이 운을 뗀 순간, 재빨리 그녀의 주변으로 모인 목청경과 담
화연의 시선이 백의공자 쪽으로 집중됐다. 목검연의 백설같이 하얀 얼
굴이 가볍게 상기된 걸 눈치챘기 때문이다.

"잘생겼네!"

목청경이 감탄하듯 말하자 담화연이 입술을 가볍게 내밀며 고개를
가로저었다.

"저건 잘생겼다기보다는 계집 같다고 하는 편이 옳아요. 사내가 저
리 몸매가 호리호리하고 얼굴이 곱상해서야……."

“그렇지만 잘생긴 건 잘생긴 거잖아!”

평소와 달리 담화연의 의견에 반박한 건 목검연이었다. 그녀는 어느새 목덜미까지 붉어져서 백의공자를 바라보고 있었다.

하긴 햇볕이 따가운 여강에서 눈앞의 백의공자처럼 하얀 얼굴을 한 사내를 보기는 하늘의 별 따기나 다름없다. 평소 보지 못한 사내의 미모에 목검연이 홀렸다 해도 그녀를 탓할 순 없을 것이다.

하지만 백의공자를 향한 목검연의 뜨거운 시선은 곧 당황감으로 물들었다. 문득 여선루 쪽을 바라본 백의공자가 눈부시도록 매력적인 미소를 던져 왔기 때문이다.

“어머!”

목검연은 황홀한 표정과 함께 얼굴을 양손으로 가렸다. 그러자 그녀 옆에 바짝 붙어 있던 목청경이 나직이 혀를 찼다.

“쯔쯧, 여기 너만 있는 줄 아는구나.”

목검연의 샐쭉한 시선이 목청경을 향했다.

“그럭 언니란 말야?”

“그건 모르지.”

“또 그놈의 공주병이 나왔구나!”

“뭐라구!”

목청경이 사납게 노려보자 목검연이 나직이 코웃음 쳤다.

“흥. 혹시 절세미인인 화연 동생이라면 몰라도 내가 언니한테 미모로 꿀린다는 생각은 들지 않네요.”

“화연 동생보다 못한 걸 아는 걸 보니, 네가 아주 맛이 가진 않았구나!”

“그야 천하에 화연 동생보다 예쁜 아가씨가 있을 리 없잖아.”

"그래, 말 잘했다. 그럼 저기 잘생긴 공자가 너와 화연 동생 중 누굴 향해 미소 지었겠니?"

"그, 그건……."

목검연이 말을 더듬었다. 평소 일군주인 목청경에게 한마디도 지지 않던 것과는 대조적인 모습이다.

그만큼 담화연의 미모는 탁월했다. 군계일학(群鷄一鶴)이었다. 어려서부터 탁월한 미모를 지녔다고 소문난 두 군주가 스스로 졌다고 시인할 정도인 것이다.

그때 두 군주의 언쟁에서 슬쩍 빠진 채 백의공자의 일거수일투족을 살피고 있던 담화연의 눈에 서늘한 기운이 스쳐 갔다.

'대담하게 여기까지 나타났구나!'

담화연은 나직이 냉소 지었다. 그녀는 백의공자의 정체를 누구보다 잘 알고 있었다.


구양수는 빙담 너머에서 백의공자가 모습을 드러냈을 때부터 주의를 기울이고 있었다.

같은 남자가 보기에도 매력적인 미모.

늠연한 기태.

백의공자는 외양만으로도 찬란한 빛을 발하고 있었다. 평소 사람의 겉모양새 따위엔 별다른 관심이 없던 구양수조차 순간적으로 찬탄을 금치 못했을 정도다.

하지만 구양수가 주의한 건 백의공자의 빼어난 외모만은 아니다. 그를 진짜 긴장시킨 건 백의공자에게서 전혀 사람의 기척이 느껴지지 않는다는 것이었다.

'이토록 가까이 도달할 때까지 내가 아무런 기척을 느낄 수 없었다는 게 말이 되는가?'

구양수는 회의 섞인 시선을 백의공자에게 던졌다. 당당한 만독문의 십대고수인 그가 자신의 능력에 의심을 품은 건 이번이 처음이었다.

그래서 무서웠다, 눈앞의 백의공자가.

그때 마치 집 앞에 산책이라도 나온 듯 여유로운 걸음으로 구양수 앞에 도착한 백의공자가 부드럽게 미소 지었다.

보는 것만으로도 온몸이 나른해지는 미소.

구양수는 자신의 내력이 갑자기 흔적도 없이 흩어지는 걸 느끼고 두 눈을 부릅떴다. 절정에 도달한 무인의 감각이 본능적으로 위기를 감지한 것이다.

"크악!"

구양수는 독문의 칠독마수를 운기한 채 백의공자에게 달려들었다. 그의 평생에 가장 완벽한 공세.

그러나 그 순간 백의공자의 하얀 손이 백색 뇌전을 만들어냈다. 환상이 아닌 실재의 뇌전.

콰득!

구양수의 신형이 공중에 한 걸음쯤 뜬 상태로 굳었다. 시간이 갑자기 정지한 것처럼.

'뭣?'

그사이 백의공자는 아무 일도 없었다는 듯 구양수의 곁을 지나치고 있었다. 시간이 정지한 공간 중에 그 홀로 움직이는 듯하다. 아니, 실은 구양수 혼자만 시간 속에 갇혀 버린 것인가.

그렇진 않았다.

백의공자가 스쳐 지나간 순간, 구양수의 신형이 힘없이 바닥에 떨어져 내렸다. 하단이 박살난 탑처럼 허물어졌다.

푹!

"아!"
"앗!"
목청경과 목검연, 두 군주는 백의공자가 여선루에 오른 순간, 가벼운 신음과 함께 동공이 작게 수축되었다. 백의공자의 입가에 너무 부드러워 어떤 여인이든 녹아버릴 듯한 미소가 흘러나온 것과 동시의 일이다.

"염화마공(艶話魔功)!"

담화연의 목소리에는 작은 놀람의 기색이 담겨 있었다. 마교 백대마공 중 천마십공(天魔十功)이라 불리는 절대마공 중 하나를 목도했으니 당연하다.

백의공자의 시선이 담화연을 향했다. 여전히 부드럽지만, 구양수나 군주들에게 던졌던 것과는 달리 강인함이 묻어나오는 미소가 그의 입가에 떠올랐다.

"신교의 천마무적대주 상유하가 성녀를 뵈오이다!"

"흥, 정말 잘도 찾아오셨군요."

담화연의 냉랭한 대꾸에 상유하가 얼른 고개를 숙여 보였다.

"만독문 내에서도 성녀에 대한 사항은 극비였던지라, 거처를 찾아내는 데 좀 시간이 걸렸습니다."

"그게 아니라 아예 이번 기회에 내가 세상에서 사라지기를 바란 게 아닌가요?"

“그건 오해십니다.”

“오해라…….”

담화연은 상유하를 빤히 바라봤다. 언제 봐도 지나칠 정도로 아름다워 비인간적인 느낌이 드는 얼굴은 여전한데, 눈빛은 예전보다 더욱 깊어 보였다.

‘재수없는 천재 새끼!’

담화연은 자신의 자질이 절대 눈앞의 상유하를 뛰어넘을 수 없다는 사실에 내심 이를 갈았다. 당당한 신교의 성녀로서 일개 천마무적대주에게 위압감을 느껴야만 하는 현실이 못마땅했던 것이다.

그때 바닥을 향하고 있던 상유하의 시선이 담화연을 향했다. 슬슬 본론에 들어갈 때가 됐다는 판단이다.

“신고 내에 성녀의 오랜 부재에 대한 말이 많습니다.”

“내가 그런 데 신경 쓸 것 같나요?”

“물론 성녀께서 그런 사소한 일에 신경 쓰실 필요는 없습니다. 다만, 속하의 생각에 이젠 슬슬 총단으로 복귀하시는 편이 낫지 않은가…….”

“건방지군요! 언제부터 상 대주가 성녀인 내 행사에 대해 토를 달 수 있게 된 거죠?”

“무례했다면 용서를!”

상유하는 다시 고개를 바닥으로 향했다. 그러나 담화연은 그의 깍듯한 모습에 오히려 가벼운 소름을 느꼈다. 어떤 상황에서도 눈빛 하나 흩트리지 않는 그의 모습이 너무 싫고 무서웠다. 마치 절대 만나선 안 될 천적과 자리를 함께한 것처럼.

‘쳇!’

나직이 혀를 차는 걸로 내심을 가다듬은 담화연이 퉁명스레 말했다.

“나는 아직 노는 게 끝나지 않았어요. 그러니까 상 대주는 오늘 그냥 돌아가는 편이 좋아요. 이곳에서의 일은 내가 다 알아서 할 테니까요.”

“그럼 총단으로는 언제 복귀하실 건지 물어도 되겠습니까?”

“묻지 마세요!”

담화연의 대꾸는 유치하기가 어린애 수준이었다. 하지만 성녀의 권위를 빈 명령이다. 상유하로선 따르지 않을 수 없다.

“부디 성녀께서 평안하시기를.”

‘빨리 가버려라!’

상유하를 향해 내심 짜증을 토해낸 담화연이 갑자기 생각난 듯 말했다.

“서 단주는 지금 뭘 하고 있죠?”

“서이환 단주는······.”

잠시 말끝을 흐린 상유하가 표정의 변화 없이 대답했다.

“성녀께서 납치당하신 칠 개월 전, 전사했습니다.”

“역시······.”

담화연이 나직이 탄식했다. 그녀는 서이환의 죽음을 어느 정도 예상하고 있었던 것이다.

결국 나타났을 때와 다름없이 상유하가 여선루를 떠나갔다. 마치 느닷없이 불어온 미풍이 꼬리를 감추는 것과 같이.

‘하아, 과연 그 바람둥이에 난봉꾼이 저 사람을 상대할 수 있을까?’

담화연은 진자운을 생각하며 고개를 가로저었다. 어느새 제정신을 차린 두 명의 군주가 마구 떠들었고, 어이없이 바닥에 쓰러졌던 구양수가 비틀거리며 일어서는 모습이 보였다. 모든 게 상유하가 모습을 드러내기 전으로 돌아간 것이다. 여전히 오한을 느끼고 있는 담화연 자신만을 제외하고.

*　　　*　　　*

보국사(報國寺).

아미산에 들어선 지 만 하루 만에 웅장한 자태를 자랑하는 대사찰 앞에 도착한 진자운의 입가에 미소가 떠올랐다. 한눈에 보기에도 무언가 그럴듯해 보이는 눈앞의 사찰이 세속에서 말하는 아미파란 생각을 한 것이다.

그때 그의 뒤를 묵묵히 따르고 있던 포대화상(원말명초 의병을 조직해 항몽 운동을 한 무승, 배가 툭 튀어나오고 웃는 얼굴이 해맑다)이 나직이 혀를 찼다.

"쯔쯧, 무당파의 제자라는 자가 아미파에 대해 이리 모르고 있다니!"

진자운의 시선이 포대화상을 향했다.

"또 무슨 말을 하고 싶은 것이오?"

"세속을 떠나 불도에 속한 자라면 저런 겉모양새에 현혹되어선 안 된다는 게다."

"불도에 속한 자?"

"본불이 불교에 귀의했다면, 네 녀석은 도교의 제자가 아니더냐!"

"난 아니오!"

딱 잘라 포대화상의 말을 부인한 진자운이 입가에 살살 미소를 담았다.

“파미륵, 당신이 어지간히 아미파에 가기 싫은 게로군?”

“흥!”

포대화상으로 분장한 파미륵은 나직이 코웃음 쳤다. 살짝 토라진 모습이 귀엽다.

하긴 천하를 떨어 울리던 사천광불이자 만독문의 서열 팔위—결코 무공에 의한 서열이 아니다. 그의 무공은 만독문 내에서 다섯 손가락 안에 든다고 알려졌다—인 그다. 진자운 같은 까마득한 후배에게 패배해 끌려온 것도 서러운데, 마구 놀리기까지 하니 기분이 좋을 리 없는 건 당연하다.

하지만 진자운은 그런 파미륵을 위로하지 않았다. 그는 잠시 동안 아미파라 믿어 의심치 않는 보국사를 뚫어져라 바라보고 있었다. 아미파 장문인인 회월 대사태에게 파미륵에 대한 얘기를 어떻게 꺼내야 할지 염두를 굴리고 있는 것이다.

“결정했다!”

진자운은 한참 만에 손뼉을 쳤다. 그러자 토라져 있던 파미륵이 실눈을 꿈틀거리며 물었다.

“애송아, 뭘 결정했다는 거냐?”

“댁이 알 건 없수.”

파미륵을 다시 토라지게 만든 한마디를 던지고 진자운이 터벅터벅 보국사 쪽으로 걸어갔다.

“거긴 아미파가 아니라니까!”

뒤에서 파미륵이 애처롭게 부르짖었으나 진자운은 싹 무시했다. 눈앞의 으리번쩍한 절이 아미파가 아니면 도대체 어디가 아미파란 말인가!

보국사는 아미파가 아니었다.

다만, 그곳은 근처에서 애를 갖는 데 무척 용하다고 알려진 사자상을 지닌 곳이었다.

진자운은 보국사의 지객승의 친절한 설명과 코가 완전히 닳아 뭉드러진 사자상을 보고 파미륵의 말을 듣지 않은 걸 후회했다. 설명하는 중간중간 자신을 고자 보듯 하는 지객승의 뜨거운 눈빛에 치를 떨어야 했기 때문이다.

그라도 아예 소득이 없었던 건 아니다.

진자운이 아미파를 찾아왔다는 말을 꺼내자, 곧장 보국사의 주지란 자가 달려왔다. 사실 정확히 표현하자면, 굴러왔다고 해야 옳을 것이다.

나름대로 귀여운 맛이 있는 파미륵과 달리 보국사의 주지는 말 그대로 늘어진 볼살이 보기 괴로운 중늙은이였다.

나물만 해서 밥을 먹는 주제에 어떻게 저리 살이 찔 수 있을까?

진자운은 심각하게 보국사 한 켠에 개를 삶는 솥이 걸리지 않았는지에 대해 의심했다. 그 자신도 무당파에서 종종 토끼나 기타 짐승을 잡아먹은 적이 있다. 의심은 슬슬 의혹의 수준을 넘어서고 있었다.

물론 중요한 건 그런 게 아니다.

진자운이 아미파 장문인인 회월 대사태의 법명을 언급하자 보국사 주지는 연신 고개를 굽신거렸다. 마치 커다란 죄라도 지은 듯한 모습이다.

어쨌든 덕분에 진자운은 길을 헤매지 않아도 되게 됐다. 보국사 주지의 안내를 받으며 여유있게 아미산을 오르기 시작한 것이다.

“헉헉……”

이렇게 오래 산길을 걷는 게 처음인지 보국사 주지 관허(觀虛)는 당장이라도 숨이 넘어갈 듯 헐떡였다. 산책이라도 하듯 그의 뒤를 따르는 진자운의 얼굴에 위태위태한 표정이 떠오를 정도였다.

그때 진자운의 뒤를 따르던 파미륵이 나직이 혀를 차며 말했다.

“허어, 어찌 아미산같이 정기가 하늘을 찌르는 곳에 위치한 절의 주지가 저리 허약하단 말인고. 저러다 아미파에 도착하기도 전에 숨이 넘어가겠구만.”

진자운이 살짝 고개를 돌려 파미륵에게 주의를 줬다.

“그렇지 않아도 반쯤 죽게 생긴 사람 놀리지 마쇼.”

“그게 네놈이 본불한테 할 소리냐?”

“또 못할 건 뭐요?”

진자운이 이죽거리자 파미륵이 볼살을 꿈틀거렸다.

“과거 얘기를 해보자! 네 녀석한테 얻어맞고 반쯤 죽게 생긴 본불을 발로 걷어차며 깨웠던 흉악무도한 놈이 누구더냐!”

“글쎄, 누구더라?”

“네놈이다, 네놈!”

파미륵은 진자운에게 연신 삿대질을 해댔다. 당장 달려들기라도 할 기세다.

그러나 진자운은 피식거리기만 할 뿐 전혀 상대할 기색이 아니다. 앞으로 자신의 일에 무조건 협력하겠다는 조건을 내세우며 수하들 모두의 무사 방면을 주장하던 눈앞의 늙은 화상을 당최 미워할 수 없었기 때문이다.

그때 거의 숨이 끊어져 가던 관허가 짧은 비명과 함께 산길 한복판에 주저앉았다.

'응?'

파미륵에게서 시선을 뗀 진자운이 빠른 걸음으로 관허에게 다가가다 눈어 이채를 띠었다.

눈앞에 보이는 커다란 노송. 그 가지에 엉덩이를 걸치고 앉아 자그마한 교족을 까닥거리고 있는 소녀의 얼굴이 꽤나 낯익었다.

"비봉 은여설?"

그렇다. 소녀의 얼굴은 삼봉 중 아미파 출신인 비봉 은여설을 판박이처럼 닮아 있었다. 사실 그녀가 항상 머리에 꽂고 다니던 푸른 봉황잠을 저 외하면 거의 똑같다고 봐도 무방했다.

그러나 소녀는 은여설과 거의 비슷하게 생겼을 뿐 그녀가 아니었다. 진자운의 외침에 불쾌한 듯 가볍게 아미를 찌푸린 그녀가 수중에 들고 있던 솔방울을 집어 던졌다.

휘익!

솔방울은 웬만한 암기 못지않은 속도로 날아왔다. 그러나 소녀의 이유를 알 수 없는 심통에 장단을 맞출 필요가 없는 진자운이다.

퉁!

손가락을 튕겨 솔방울을 막아낸 진자운이 소녀를 향해 소리쳤다.

"장난이 지나치오!"

소녀가 냉큼 소나무에서 뛰어내렸다. 마치 바람에 흩날리는 민들레 꽃잎처럼 부드럽고 우아한 신법이다.

"아미파의 연운신법(蓮雲身法)!"

다년간 아미파 무공을 연구한 바 있는 파미륵이 조그맣게 중얼거리자 진자운이 미미하게 고개를 끄덕였다. 대충 소녀의 정체를 짐작한 것이다.

그때 소녀가 바닥에 엎드려 헐떡이는 관허 앞으로 깡충거리며 다가왔다.

"보국사의 주지가 어째서 복호사(伏虎寺)로 찾아온 거지요? 이쪽으로는 발길을 딛지 말라던 사부님의 명령을 잊어버린 건가요?"

관허가 힘겹게 고개를 들어올렸다.

"어, 어찌 빈승이 회월 대사태의 명을 잊을 수 있겠소이까?"

"그럼, 이유를 설명해 보세요."

소녀는 팔짱까지 끼고 관허를 내려다봤다. 그러자 관허가 간신히 몸을 일으키곤 진자운 쪽으로 시선을 던졌다. 도와달라는 빛이 얼굴에 가득하다.

'저 탐욕스러워 보이는 중대가리는 필시 과거 아미파에 큰 잘못을 저지른 바가 있을 것이다. 하지만 이번 일은 어쨌든 날 도와주려 한 것이니까……'

잠시 염두를 굴린 진자운이 소녀에게 정중히 포권해 보이며 말했다.

"소생은 무당파의 진자운이오. 이번에 옥성 사태의 부탁을 받고 귀파의 장문인이신 회월 대사태를 뵙고자 찾아왔소이다."

"옥성 사자의 부탁을 받고 왔다고요?"

'역시!'

진자운은 자신의 예상이 맞았다는 걸 깨닫고 입가에 빙긋 웃음을 담았다.

"옥성 사태는 매우 중요한 일이라고 하셨소이다."

"으음."

단단히 벽을 쌓고 있던 소녀의 얼굴에 작은 금이 갔다. 옥성이 대임을 맡고 아미파를 떠난 사실을 그녀 역시 귀동냥으로 들어 알고 있었기 때문이다.

'하지만 사부님께서는 금정(金頂)에서 폐관 중이신데 어쩌지……'

소녀는 고운 아미를 찌푸린 채 고민하다 나직이 한숨을 토해냈다. 이와 같은 일을 자신의 판단으로 처리할 순 없다는 생각을 한 것이다.

"진 소협, 저는 아미파의 속가 일대제자인 은여영이에요. 강호에서 비봉이라 부르는 여설이는 제 친동생이자 사제지요."

"실례했소이다!"

진자운이 다시 정중하게 포권해 보이자 은여영이 조그맣게 고개를 끄덕여 보였다.

동생인 은여설과 그녀는 연년생 자매로 얼굴은 거의 비슷했지만, 타고난 자질이나 성격은 완전 딴판이었다.

은여설이 타고난 무골에 모두에게 사랑받는 성격의 소녀라면, 은여영은 평범한 무공 재질에 다소 어두운 성격이었다.

동생인 은여설이 세상 모든 사람들의 축복을 받는 빛이라면, 언니인 은여영은 어둠이었다. 모든 좋은 것이란 좋은 것을 동생에게 빼앗긴 어둠.

그런 그녀에게 진자운처럼 진실되고 깍듯하게 자신의 잘못을 사과하는 사람은 그야말로 오랜만이었다.

보통 다른 사람들은 그녀와 은여설을 혼동하고도 절대 미안한 표정을 짓지 않았다. 오히려 적반하장 격으로 더욱 동생인 은여설에 대해 떠들어대기만 했다. 듣는 은여영의 기분은 전혀 배려하지 않고서.

'그러니, 일단은 용서해 주기로 할까?'

은여영은 다소 부드러워진 표정으로 말을 이었다.

"현재 사부님께서는 금정에서 폐관수련 중이세요."

"금정?"

"아미금정을 말해요. 아미산에서 가장 높은 곳이죠."

"그렇군요."

천천히 고개를 끄덕인 진자운이 내심 히죽 웃었다.

'그렇다는 건 회월 대사태를 만나 이젠 늙어서 아무리 예쁜 여자를 봐도 마음이 흔들리지 않게 된 파미륵에 대해 설명할 필요가 없다는 뜻이군.'

그러나 진자운의 기대는 그에게 조금이나마 호감을 갖게 된 은여영에 의해 곧 산산조각났다.

그녀는 진자운이 잠시 염두를 굴리느라 지어 보인 고뇌에 찬 표정을 회월 대사태를 못 만나게 된 것에 대한 아쉬움으로 착각했다.

'저렇게 괴로워하다니! 역시 무리를 해서라도 사부님을 만나게 해줘야겠다!'

내심 마음을 결정한 은여영이 말했다.

"진 소협, 일단 절 따라오세요. 제가 윗전께 고해서 사부님을 만날 방법을 강구할 테니까요."

"아니, 그렇게 할 것까지야……."

"그렇게 고마워할 필요는 없어요. 옥성 사자가 부탁한 일이라면 분명 막중대사일 게 분명하니까, 사부님께서도 이해해 주실 거예요."

"……."

은여영은 어이없음에 가볍게 입을 벌린 진자운에게 생긋 웃어 보이곤 관허에게 냉랭하게 말했다.

"진 소협을 안내하기 위해서였다니, 이번만은 그냥 넘어가겠어요."

"아, 아미타불! 감사합니다."

"하지만!"

목소리 끝을 살짝 치켜 올린 은여영이 관허를 싸늘하게 노려봤다.

"다시 사부님의 명을 어길 시엔 제 손이 무정하다고 원망치 마세요! 저는 아미파의 제자이긴 하지만, 불문에 귀의한 비구니는 아니에요!"

"예예!"

관허는 연신 허리를 조아릴 뿐이다. 뭘 그리 잘못했는지 진자운은 그가 즈금씩 불쌍해지기 시작했다.

그때 은여영이 살짝 손을 휘젓자 관허가 사면이라도 받은 사형수처럼 뒤뚱대며 보국사 쪽으로 걸어가기 시작했다. 자신을 두둔해 준 진자운에게 고맙다는 말 한마디 없이.

"어허, 저런 싸가지없는 불제자를 봤나!"

파미륵이 나직이 혀를 차자 진자운은 여전히 협객스런 표정을 한 채 말했다.

"저 관허 대사도 오늘 꽤나 힘들었을 겁니다. 조금이라도 빨리 보국사로 돌아가 쉬고 싶을 테니, 화상께서도 넓은 마음으로 이해해 주십시오."

"그래도 그렇지……."

파미륵은 다시 혀를 차곤 진자운에게 후덕한 표정을 한 채 전음을 던졌다.

[애솔아, 뭐 잘못 먹었냐?]

[나 말짱하오!]

[그런데 갑자기 왜 그런 닭살스런 말을 아무렇지도 않게 내뱉는

거냐?]

[당신을 위해서요.]

[날 위해서?]

[그렇수. 그러니까 앞으로 나한테 보조나 잘 맞추쇼. 내 이번 기회에
아미파와 당신 간에 쌓인 묵은 은원을 대충 털어내 볼 테니까.]

[그건…….]

파미륵은 중간에 전음을 끊고 침묵으로 돌아섰다. 진자운이 한 말이
얼마나 지키기 힘든지를 그는 잘 알고 있었기 때문이다.

그때 은여영이 파미륵을 바라보곤 진자운에게 물었다.

"진 소협, 함께 오신 대사님은 누구시죠?"

진자운이 빙긋 웃으며 대답했다.

"포대화상입니다."


천하무림으로부터 아미파라 불리는 곳의 정식 명칭은 복호사이다.
당대(唐代)에 짓기 시작해 송대(宋代)에는 '신룡당' 이라 불리었는데,
후에 절 주위에 호랑이로 인한 우환이 있어, 승려들이 '존생보장' 을
지어 이로써 제압했다 하여 '복호사' 라는 이름이 붙게 되었다.

물론 절의 기원이 그렇다는 거다.

보통 천하무림인들로부터 아미파, 혹은 아미 복호사라 불리는 이곳
은 구대문파의 일원인 사천무림의 강자이며, 비구니들만의 문파였다.

은여영의 안내로 복호사에 들어선 진자운은 겉으로 볼 때완 달리 웅
장한 경내의 전경에 가볍게 입을 벌렸다.

그는 처음 사찰 전체를 에워싼 붉은색 담장과 정문 앞의 돌계단을
볼 때만 해도 내심 고개를 가로저었다. 오히려 화려찬란한 보국사 쪽

이 더 아미파란 이름에 어울리겠다는 생각이 들었기 때문이다.

그러나 오랜 역사 동안 계속 증축이 이뤄진 복호사의 내부는 꽤나 넓직했고, 이중의 담장이 존재할 만큼 웅장했다. 그야말로 천년사찰이란 이름이 무색하지 않을 지경이었다.

은여영은 진자운의 얼굴에 떠오른 감탄의 기색을 보고 얼굴에 가벼운 미소를 띠었다. 사문인 아미파와 자신이 동일시되는 감정을 맛본 것이다.

그때 대웅전(大雄殿) 옆에 마련된 칠불보전(七佛寶殿) 쪽에서 중년 여승 한 명이 모습을 드러냈다. 은여영의 사자인 옥선(玉禪)이었다.

"여영 사매, 두 분 시주는 뉘시지?"

은여영이 얼른 옥선에게 다가가 속삭였다.

"무당파의 진 소협과 불법을 얻기 위해 행각 중인 포대화상이세요. 옥성 사자의 부탁을 받고 사부님을 찾아오셨어요."

"장문 사백님을?"

"예."

"하지만 그분은 지금 폐관수련 중이신데……."

"그래서 오 장로님들한테 허락을 받기 위해 모시고 왔어요. 옥성 사자가 부탁한 일이라면 매우 중요한 일이 아니겠어요?"

"그야 그렇겠지."

은여영이 옥성을 언급하자 옥선의 얼굴에 수긍의 기색이 떠올랐다. 옥성이 일대제자 중 회월 대사태의 의발을 이어받을 가능성이 가장 높다는 걸 아는 까닭이다.

잠시 진자운과 파미륵을 살핀 옥선이 은여영에게 고개를 끄덕여 보였다.

“그럼, 여영 사매는 두 분 시주를 지객당으로 모셔줘. 나는 법당(法堂)에 가서 장로님들한테 이 사실을 알릴 테니까.”

“그래 주시면 저야 고맙죠.”

“고마워?”

옥선이 ‘뭐가?’란 표정을 던지자 은여영이 살짝 볼에 홍조를 띠었다. 자신이 한 말이 꽤나 대담하다는 생각이 들었기 때문이다.

그런 은여영을 옥선은 흐뭇한 표정으로 바라보다 법당 쪽으로 난 소로를 따라 걸어갔다. 불문에 귀의한 비구니라 하나 이미 중년에 이른 나이였다. 그녀는 은여영의 속내를 별다른 기색 없이 살짝 보듬어준 것이다.

‘사자가 쓸데없는 오해를 하면 안 되는데…….’

잠시 옥선 쪽을 바라본 은여영이 진자운에게 다가가 조금쯤 새침해진 표정으로 말했다.

“마침 옥선 사자가 저의 수고를 덜어주셨네요.”

“그럼……?”

“제가 지객당으로 모실 테니 두 분께서는 좋은 소식을 기다리세요.”

“…….”

은여영은 여태까지와 달리 진자운의 대답을 기다리지 않고 먼저 앞서 걸어갔다.

그러자 떨떠름한 표정으로 그녀의 뒷모습을 지켜보던 진자운이 파미륵과 함께 어기적거리며 걷기 시작했다. 이젠 빼도 박도 못하게 됐다는 걸 인정하고.

“허허, 과연 불문의 대가람이로세! 어찌 이리 모든 건물이 빼어나고 부처님들은 얼굴에 불심이 가득한지…….”

‘지랄!’

파미륵이 진짜 자신이 포대화상이라도 된 듯 떠들어대자 진자운은 살포시 귀를 닫았다.

귀여운 구석도 적지 않은 늙은이지만, 종종 사람 염장 지르는 수법도 고명하다. 그래서 사천광불이라 불리고 마두라 불린 걸 거라 중얼거리며 진자운은 힐끔 아미산 정상을 바라봤다.

운무로 뒤덮인 범상치 않은 기상!

금정에 앉아 폐관수련하고 있을 회월 대사태를 생각하자 소름이 돋았다. 그녀에게서 파미륵을 구원해 줘야 할 자신이 너무 가여운 것이다.

‘제길! 날 잡아 잡수슈!’

금정을 휘감고 도는 구름이 한차례 출렁거렸다.

『태극검해』 4권에 계속…

청 어 람 신 무 협 판 타 지 소 설

제1회 신춘무협 공모전에 『보표무적』으로
금상을 수상한 작가 장영훈의 신작!!

일도양단(一刀兩斷) / 장영훈 지음

한 겹 한 겹 파헤쳐지는
음모의 속살을 엿본다!

# 『일도양단』
# (一刀兩斷)

그의 이름은 기풍한.

**천룡맹(天龍盟) 강호 일급 음모(一級陰謀) 진압조(鎭壓組)**
**질풍육조(疾風六組)의 조장이다.**

임무를 위해 출맹한 지 사 년이 지난 어느 겨울날 새벽,
돌아온 그에게 천룡맹 섬서 지단 부단주가 말했다.

"질풍조는 이미 해체되었네."

그리고…
그의 존재를 알던 모든 이들이 죽었다.

청 어 람 신 무 협 판 타 지 소 설

2005년 고무판(WWW.GOMUFAN.COM)
「장르문학 대상」최고의 영예, 대상(大賞) 수상작!

좌검우도전(左劍右刀傳) / 이령 지음

한칼에 세상이 갈라지고,
한걸음에 무림이 격동친다!

# 『좌검우도전』
# (左劍右刀傳)

## 강한 자(强漢者)가 뿜어내는 거대한 힘과
## 강인한 매력에 빠져든다!

"너는 반드시 힘을 가져야 한다. 네 의지로… 세상을 뒤엎어 버려라."

"강자를 약자로 만들고, 명예를 뭉칠하고, 돈을 빼앗아라.
협의도(夾義道)가, 마도(魔道)가 얼마나 더러운 것인지 알려주어라."

"오냐, 아무것에도 얽매이지 말고 네 마음대로 세상을 휘저어라.
너의 이름은 수강호(讐江湖)가 아니더냐? 강호를 향해 마음껏 복수하거라!
유오독존(唯吾獨尊)! 그것이 나의 소원이다."